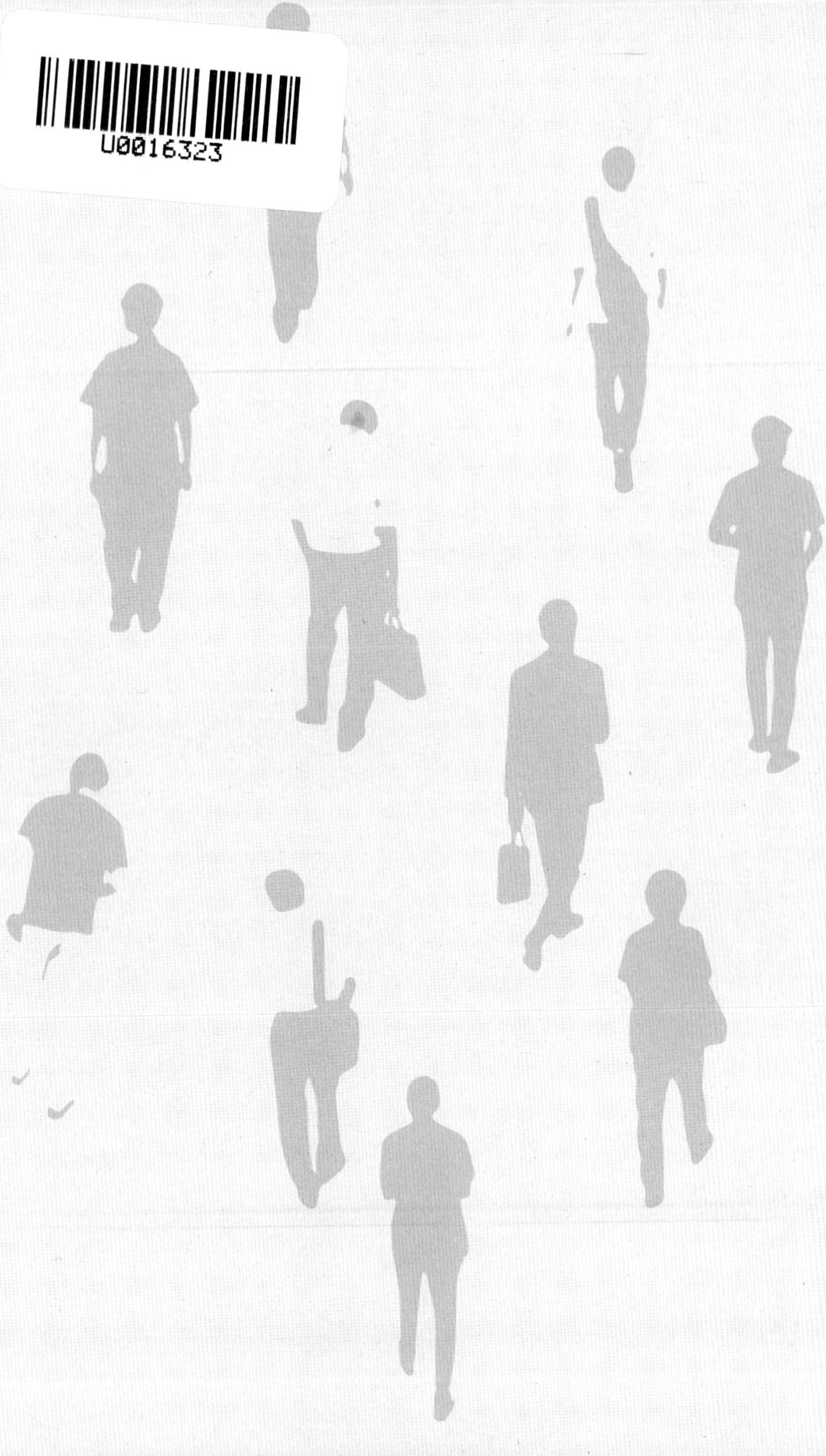

同姓同名

下村敦史 著

葉廷昭 譯

二十五日晚上，住在東京都XX區XX的男子，犯下殺人案向警方自首。

據警方表示，二十五日晚上八點左右，男子前往東京都XX區XX警署自首，坦承在廢棄賓館的屋頂與人發生爭執，不慎害對方墜樓身亡。

警方以殺害大山正紀的罪嫌，將自首的嫌犯大山正紀逮捕。目前正在深入調查兩個同名同姓的人究竟有何瓜葛。

二〇二一年一月二十六日報導

登場人物

「大山正紀同名同姓被害者互助會」

「殺人犯」大山正紀

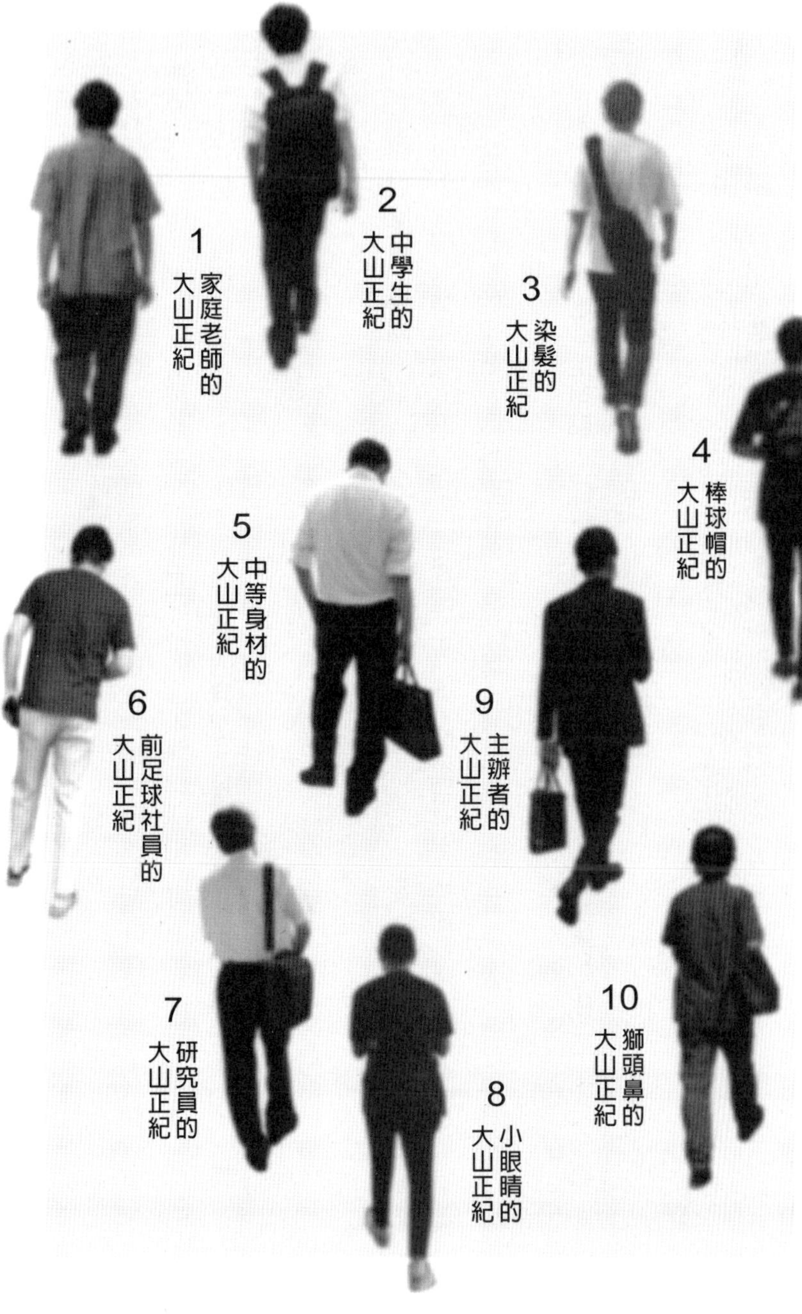

其他幾名大山正紀

序章

九月召開的國際奧委會，將東京定為下一屆奧運主辦城市，整個社會像瘋了一樣拚命討論著這個話題。大山正紀按捺著不能被看穿的邪念，躲在血色夕陽下的公園草叢裡。

大山正紀和陰影化為一體，偷偷觀察公園裡的狀況。每次呼吸吐出的白色氣息，吹動著濕潤的葉片。

有小女孩在木製長椅上跳來跳去，另一名小男孩似乎是她的弟弟，手上拿著紙飛機在旁邊跑來跑去。

「這樣很危險，快點下來。」

母親把小女孩抱到沙地上，小女孩嘟著嘴巴抗議，母親叫小女孩乖乖聽話。

小男孩揪住母親的裙子，大喊道：

「我想玩盪鞦韆！」

母親看著公園裡唯一的鞦韆，已經有一個女孩在上面玩了，年紀大約小學一、二年級左右。

「已經有姊姊在玩囉。」

「不管啦！我也要玩！」

小男孩眼巴巴望著鞦韆，使盡吃奶的力氣拉扯媽媽的裙子。

「不要任性！」

傍晚的公園迴盪著母親的訓斥聲，幾名少年少女回頭看了一眼怎麼回事，馬上又沉浸在自己的世界中。

大山正紀仔細觀察每個人的一舉一動。

鞦韆上的女孩跳下來，長得一臉可愛討喜。她走近小男孩，指著鞦韆說：

「給你玩。」

小男孩頓時眉開眼笑。

「謝謝妳，真的可以讓他玩嗎？」母親道謝之餘，順道向女孩確認。

「嗯，我玩膩了。」

小男孩跑向鞦韆，站上去前後擺盪。

母親急忙趕到一旁大叫：

「你這樣很危險，坐著好好玩！」

小男孩嘴上抱怨，還是乖乖聽母親的話。在母親的看顧下，小男孩安分地盪著鞦韆。

大山正紀在草叢中屏氣凝神，緊盯著女孩不放，舌頭舔了舔乾燥的嘴唇。

女孩到公園的角落蹲下來，伸手戳著枯葉堆中的一朵白色小花。

大山正紀持續盯著女孩子，眼前的草堆爬過一隻蜘蛛。大山正紀不為所動，蜘蛛跳到臉上，他感覺得到蜘蛛爬過的觸感。

蜘蛛在大山正紀臉上爬了一圈後，掉到泥土上。大山正紀俯視蜘蛛，直接伸手捏爛。蜘蛛的體液飛濺而出，沾到大山正紀的指頭上。他把食指和大拇指扣在一起，搓掉上面沾的蜘蛛體液，視線又移回女孩的身上。

公園的人群逐漸散去。

母親帶著小姊弟回家，女孩又回去玩盪鞦韆，生鏽的鞦韆發出金屬磨合的聲音。

到了下午四點半，公園只剩下小朋友了。

大山正紀死盯著鞦韆上的女孩，有一對小男生和小女生在後方的沙地上堆沙，應該還在念幼稚園。

大山正紀吐出沉重的氣息，鼻腔聞到一股類似腐植土的臭味。

他完全不覺得冷，不曉得是草叢遮蔽了寒氣，還是身體本身燥熱難耐的關係。夾克熱到快穿不住了，簡直跟發高燒一樣。

這座公園位於恬靜的住宅區中，有一片十公尺見方的小樹林，入口旁邊還有水泥製的公共廁所。

這一帶的居民彼此互相認識，也沒有治安上的問題，小孩子玩到入夜也不用擔心。所以才有機可乘。

大山正紀橫了心，從草叢裡現身，順手拍掉身上的葉片。

他走近鞦韆，對女孩搭話：

「不好意思，打擾一下。」

女孩擺盪鞦韆的速度變慢，最後停了下來。洋裝下的雙腿在鞦韆上晃啊晃的，女孩一臉狐疑地仰望大山正紀。

「妳一個人在玩啊？」

女孩點點頭。

「妳媽媽呢？」

「晚上才下班。」

「妳沒朋友嗎？」

「我在學校有朋友啊。」

女孩的表情帶著一抹寂寥，如同夕陽下蒼涼的公園情景。大山正紀認定這是趁虛而入的好機會。

「給妳看樣有趣的東西吧？」

誘騙小孩子不能使用具體的名詞，否則孩子沒興趣就糟糕了。用抽象的說法吊胃口，小孩才會上鉤。

果不其然，女孩探出身子問道：

「什麼有趣的東西？」

「那是祕密，在這裡不能拿出來。」

「很大的東西嗎？」

大山正紀用雙手比了一個很大的動作，越是不可名狀的東西，越能引人遐想。

「跟魔法一樣不可思議喔。」

「魔法！」

女孩的眼睛閃閃發亮。

「沒錯，本來是不能給任何人看的，我只給妳看。」

「在哪裡？」

「就在那邊。」

大山正紀指著公共廁所的方向。廁所被四棵常綠樹擋住，從公園裡看位於死角。女孩猶豫了。

「妳不想看的話，我就去找其他小朋友囉。」

大山正紀假裝對女孩不感興趣，準備去找其他小朋友。

欲拒還迎的手法一使出來，女孩立刻跳下鞦韆，小小的手掌捏住大山正紀的褲頭。

「妳幹麼？」

大山正紀故意用冷漠的語氣反問。

「……我想看。」

上鉤了。

大山正紀朝女孩伸手，嘴角微微上揚。

白天下的大雨，在地上留下尚未乾涸的水窪。泥水吞沒了血紅的夕陽，看起就像一灘腥紅的血跡。

1

足球劃出拋物線，自萬里無雲的藍天落下，賽場上充斥著吆喝聲。

大山正紀巧妙運用背部和雙臂，阻擋敵隊的中場，搶占有利的位置。對方也不甘示弱擠回來，死也不讓正紀占便宜。

正紀放鬆腳踝截下球，他沒有讓整顆球貼在自己腳上，而是輕輕碰觸一下，巧妙地往後方帶去，同時轉身越過敵方的中場。被越過的中場伸手要拉正紀的衣服，正紀上半身揮手擋架，下半身不忘盤球防禦。

敵方後衛趕緊上前補位，正紀的眼角瞄到我方前鋒正要衝過敵方防線。

正紀放慢盤球速度，以跨球的假動作虛晃一招，重心大幅左傾，等對方踏步阻截的那一瞬間，再立刻往反方向超過去。正紀擺脫後衛糾纏，隨即傳球給前鋒。這一記必殺傳球，穿越了敵方潰堤的防線。

這記傳球非常巧妙，既不會影響到我方前鋒在最佳時機衝出的速度，又剛好落在敵方守門員來不及反應的位置，前鋒得以單挑守門員。前鋒一球踢出，鑽過守門員胯下，足球應聲入網。

「好啊！」

我方前鋒高舉雙手歡呼，練習賽同樣精神抖擻。

「射得漂亮！」

正紀跑向前鋒，跟對方擊掌，清脆的拍擊聲響徹藍天下。

「傳得漂亮！」

「喔喔！」

正紀享受著夥伴的讚美，跑回我方陣營。

練習賽繼續進行，正紀對敵方控球的中場施壓，逼得對方中場不得不以傳球迴避。

敵方用頻繁的傳球擾亂我方防線，好在後衛成功截球，傳給了中場。

正紀一口氣發動快攻，要趁敵方回防之前再下一城。

「嘿！」

正紀招起一隻手，要求隊友傳球。

我方中場偷看正紀一眼，敵方後衛衝上來，顯然已盯上正紀。

正紀先做往外切的假動作，再迅速往中央切入，擺脫敵方後衛的糾纏。說時遲那時快，中場把球傳過來了，正紀接下後開始盤球，正面的敵方後衛被他大殺四方的氣勢嚇到，完全動彈不得。

正紀運用釘鞋鞋底巧妙控球，左右虛晃。

趁敵方後衛雙腳打開，正紀把球踢過對方胯下，賞他一記屈辱的胯下過人。正紀越過的時候，看到對方不甘心的表情。

就剩一個守門員了，正紀拉近距離縮短射門間距。

正紀先做出射門的假動作，成功騙到守門員。他看準守門員停下的那一瞬間，盤球超過對方。

再來就是射門得分了。

就在正紀準備起腳射門的時候，敵方後衛飛快回防鏟球，要阻擋正紀射門得分。

敵方後衛的一舉一動，就像慢動作一樣。

正紀停止射門，切入反方向，讓敵方後衛越過自己面前。

眼前的球門再無阻攔。

「哎呀、漂亮的假動作！簡直是不下梅西的神技！大山正紀，對著無人防守的球門射門得分！」正紀自己做著實況轉播，起腳踢球，輕鬆拿下一分。

正紀回過頭來，高舉雙手豎起大拇指。

「多謝觀賞大山正紀的帽子戲法！」

正紀誇讚自己，振奮我方士氣。

「可惡！」被騙到的敵方後衛用力搥打草皮，憤恨叫罵。

晨間練習，一軍最後大獲全勝。

正紀和隊友一起回更衣室，大夥脫下球衣，聊著今天的比賽。

「正紀，你真是天才。」

隊員喝著運動飲料稱讚正紀。

正紀拿毛巾擦拭上半身的汗水，比賽的興奮感尚未散去，全身上下還冒出通體舒暢的熱氣。

「我想當職業選手嘛。真希望在全國大賽打出成績。」正紀說出自己的抱負，難以壓抑心中的遺憾。

另一名隊友也附和正紀：

「我們只差一步就能打進全國大賽了。」

冬季錦標賽他們無緣晉級全國大賽，再來就等畢業引退了。大家難以釋懷，所以還是保持參賽前的練習量。

「正紀，不是有學校要給你體保資格？」

「對方教練是有暗示過啦。」

那可是名校的體保資格，成功保送入學的話，跟著值得信賴的教練學習，要當上職業選手絕非難事。

「有這種機會的，也只有正紀了。」

「你未來打算怎麼辦？」

「去親戚家的小工廠上班。」

「是喔……」

正紀的心中泛起一絲孤寂的情緒。他們約定過兩個人要一起當上職業選手，成為揚名天下的好搭檔。可是，升上高三以後，畢業的日子一天天逼近，每個人終究要面對殘酷的現實。

好友拍拍正紀的肩膀，抱住他的肩膀說：

「你是我們的希望啊。我們不得不放棄夢想，你可得替我們圓夢。」

好友一改嘻皮笑臉的態度，神情嚴肅地託付夢想，正紀心中又是一陣酸楚。

「交給我吧。」正紀拍拍好友的上臂說道：

「我一定會在世界舞台上發光發熱，像本田圭佑或中田英壽那樣，成為家喻戶曉的大人物。」

「千萬別放棄啊，要相信自己。」

「我會讓全世界都知道我的名字。只要一提到大山正紀這四個字，大家就會想到日本的超級球星。」

正紀的夢想是入選國家隊，在賽場上為國爭光，登上各大報的版面。

在超級賽事的關鍵時刻，全場支持者起立高呼正紀的名字，吼出亢奮的情緒，連電視上的轉播員也為正紀加油。而正紀也不負眾望，在一連串精湛的盤球後踢出一記妙傳，或是來一記中距離射門——最後成功得分，成為逆轉賽事的大功臣。

這是正紀幻想過無數次的光景，取得名校體保資格是實現夢想的第一步。

現代足球講究的是團隊和戰術體系，這種夢幻球星早就落伍了。正紀的另一個夢想，就是重新喚起人們對夢幻球星的記憶，用神乎其技的球技吸引觀眾。他很崇拜義大利名將羅貝托・巴吉歐那樣的夢幻球星。

「真期待世界盃賽事。」

正紀對其他隊友說道。

明年六月就要在巴西舉辦世足賽了，而日本在今年六月搶下世足賽的出場資格，達成連續五次打入世足賽的偉業。

三年前，二〇一〇年南非世足賽的分組賽，日本代表隊的表現令人驚豔。尤其第三場對上丹麥代表隊的表現，更是好得無話可說。正紀還記得中學時，深夜看那場比賽忍不住興奮大叫。

「不曉得會對上哪一國？還要等抽籤，好難熬喔。」其中一個隊友也插入話題。

「第一戰是關鍵嘛。」

大夥聚在一起聊世足賽，比如誰會通過正式選拔、哪一種戰術最適用、各出賽國家的戰力如何等等。

正紀換好制服後前往教室，跟現在才到校的學生一起爬樓梯。

一進入三年二班的教室，班上同學都在討論「凶案」的話題，跟足球社成員聊的截然不同。聚在教室中央的一群女同學，還有隔著桌子對話的角落二人組，以及待在黑板前面的幾名男同學，大家都在討論同一件事情。

那是發生在隔壁小鎮的凶殘血案，同學們會在意也實屬正常。

正紀一坐上位子，才剛把書包放到桌上，就有兩個要好的同學跑過來了。

「每天都一大堆媒體在報導耶。」

棒球社的好友先開口，那人理著一顆光頭，眉毛淡淡的，臉型跟馬鈴薯一個樣。

正紀拿出書包裡的教科書放到抽屜裡。

「你是說『愛美小妹妹凶殺案』吧。」

那是大約兩個禮拜前發生的血腥凶案，新聞媒體連日爭相報導。在公園玩耍的六歲少女，被帶到公廁亂刀砍死，而且衣衫不整。凶手試圖性侵少女，少女反抗後慘遭殺害。

「沒錯。都快兩個禮拜了，犯人還沒抓到，警察都是一群飯桶。」棒球社的好友點點頭回答。

「正紀啊，你知道嗎？少女被殺害的慘狀。」另一名頭髮自然捲的好友湊過來，還刻意壓低音量，好像在講他自己體驗過的鬼故事一樣。

「這有什麼好打聽的，全身二十八個部位中刀，肯定很淒慘啊。」

「據說悽慘的程度超乎想像喔。尤其脖子被亂砍一通，只剩下一點皮膚連著。」

只剩下一點皮膚連著——

正紀一想到那個畫面就膽顫心驚，似乎還聞到令人作嘔的血腥味。

「真的假的？」

正紀皺起眉頭反問。

「八卦雜誌有報出來。」

自然捲的好友答覆正紀的疑問，棒球社的好友很訝異地說：

「你有看八卦雜誌喔？也太老人了吧？」

「不是不是、推特上有人張貼報導的圖片，還被四處轉發……超恐怖的。」

正紀拿出手機，好奇地打開推特搜尋了一下，找到那則被轉推八千五百次的推文。

「今天發售的〈週刊真相〉報導，內容十足驚悚！上面有『愛美小妹妹凶殺案』的詳細內容，看了包準睡不著覺。小妹妹幾乎身首異處，也太凶殘了吧。快點抓到犯人，把那個畜生大卸八塊啊。」

推特附了報導的圖片，拍下報導一半以上的頁面。

「津田愛美小妹妹的遺體，在東京都X X區X X町的公園廁所被發現後，已經過了十二天。這段期間，小妹妹的家人舉辦了告別式。

卑劣凶殘的殺人犯，結束了愛美小妹妹短短六年的人生。愛美小妹妹身上有二十八個部位中刀，在公廁被人發現時已無生命跡象。

根據偵辦員警的說法，愛美小妹妹的脖子只剩下一層皮膚，殘酷的景象連員警都受到極大的震撼，還有員警在調查過程中忍不住落淚。」

這起血腥凶案在網上引發眾怒，除了有各種義憤填膺的推文外，還有許許多多的小道消息和推測。這些推文附上各種標籤，例如「#愛美小妹妹凶殺案」「#快點找出犯人」「#絕對死刑」等等。

「這根本是病態殺人吧。居然有那種神經病，太不妙了吧。」棒球社的好友講話時身體還抖了一下。

正紀放下智慧型手機說：

「六歲小女生不可能結怨，竟遭到這種毒手。」

「犯人一定是瘋子，肯定是。」

「不曉得犯人是什麼樣的傢伙。」

「各家新聞媒體的頭條，全都是這一起凶案。」

「談話性節目也是啊。」

「我沒在看談話性節目耶。那是白天播出的吧？你還特地錄下來喔？」

「我沒錄啦，是我媽錄的。她每天晚上都看，還挑吃晚飯的時候看，想不看到都難。」

「是喔？那些節目都在講啥啊？」

聽正紀講起談話性節目，二人露出一副很感興趣的表情。

正紀回想著深深烙印在腦海裡的節目內容。

節目刻意選用毛骨悚然的背景音樂，還模擬案發經過，採訪案發當地的居民，再找一些專家來進行犯人側寫，刻意挑起觀眾的興趣。每天看一大堆談話性節目，正紀發現那些節目的內容都大同小異，只是拍得很像有新的消息一樣，但他還是會跟父母一起看完。

母親純粹是抱著看懸疑劇的推理心態，父親則專心當一個聽眾，乖乖點頭稱是。

「談話性節目都有犯人側寫，還會去訪問附近居民之類的。」

某位中年女性社會學家分析，犯人一定是中年戀童癖，平常在現實社會跟女性建立不了任何關係。

「有新的資訊嗎？」棒球社的好友問道。

「說是有人看到可疑的大叔。」

「可疑的大叔？」

「有個大叔對小孩子搭訕，還問小女生知不知道誰家在哪裡。小女生回答不知道，那個人還用糖果引誘小女生幫忙。」

「靠杯、那傢伙絕對是犯人啊，為什麼警察不抓他啊。都查出這麼多訊息了，趕快畫張肖像發布通緝令啊。」

「你在激動三小啦。」自然捲的好友笑著調侃棒球社的。

棒球社的撇嘴說：

「不是嘛，我有個七歲的妹妹，擔心是應該的好嗎。最近都由我媽負責接送，也不准她到公園去玩，所以我的掌上電玩借她了。」

「公園也不准去？有大人陪不就好了？」

「對方是拿刀的變態殺人魔，跟開膛手傑克、食人魔漢尼拔一樣有病耶。」

「漢尼拔那個是虛構人物吧？」

「你別抓我語病，總之犯人是危險人物，現在還逍遙法外呢。那種人為了得到獵物，肯定不介意殺一、兩個礙事的家長。我媽都不太敢出門了。」

「是說，你妹應該不要緊吧？」

「怎麼說？」

「你妹——長得又不可愛。」自然捲的好友故意停頓一下吊人胃口，最後才說出那句玩笑話。

「幹！你再亂講我扁你喔！」棒球社的推了捲毛一把，破口大罵。

自然捲的好友笑開懷。

正紀知道他們不是真的在吵架，也被逗笑了，現場氣氛緩和不少。

「不過——」正紀又打開話匣子：

「都有目擊情報了，卻還沒抓到犯人，這代表犯人不是住在附近吧。照這樣推測，犯人躲在哪裡都不足為奇，搞不好就在我們這……」

黑板前面的其中一個同學，拿起手機叫全班同學注意聽，原來是被害者家屬要召開記者會了。

教室裡的學生議論紛紛，四周傳來交頭接耳的聲音。

「我看了保證會哭。」

「為什麼媒體不放過家屬啊？」

「可是，你不好奇嗎？」

「女兒才死沒多久，父母連話都說不出來吧？」

幾個同學已經用手機收看記者會了。

正紀也跟朋友圍著手機。

愛美小妹妹的父母坐在摺疊椅上，右邊有一名表情沉痛的中年男子，胸口上別有律師的胸章。長桌上擺了好幾支麥克風，還有一個相框，裡面有小女孩歡笑的照片。

會場有司儀主持記者會，小妹妹的父親強忍悲痛，對前來的記者致意。他用一種哀莫大於心死的語氣說道：

「女兒被殺，這對我們來說簡直是地獄。那一天早上我出門工作前，女兒還開開心心地目送我離家，怎麼會發生這種事……」

父親說到哽咽，咬住嘴唇不再說話，母親也用手帕擦拭眼淚。

「我們甚至沒見到心愛的女兒最後一面。因為大體的狀況很難復原，只好在封棺的狀態下辦完喪禮。」

凝重的沉默降臨，每個人都想到小女孩悽慘的死狀。

小妹妹的母親啜泣道：

「愛美剛生下來的時候，有三千一百五十公克。她跟早產的大女兒不同，是個很有精神的孩子，一生下來就大哭大鬧。我到現在還記得很清楚，當初花了多大的心力顧她。愛美也不挑食，長得很健康。她的體重增加，我也漸漸抱不動她——」

父親的表情痛苦扭曲：

「早知如此，我們應該多抱抱她的……」

顫抖的聲音越來越微弱，話講完之前已經完全聽不到聲音了。

沉默再次降臨，這次是母親打破沉默：

「我好恨凶手，好想親手替女兒報仇……」母親嘶啞地說出這段話。

強烈的措辭震撼了整個記者會場。

父親本想對母親說點什麼，最後卻低頭看著長桌，沒有開口。

「請你們幫忙抓到犯人！抓到以後判他死刑！」母親突然激動大叫。

由於母親太過激動，記者會就在混亂的情況下結束了。

正紀吐出胸中的一口悶氣，感覺有股壓力沉積在喉頭和胃部。

被害者家屬的哀怨，也感染到正紀了。

一旁的好友持續痛罵殺人凶手，罵到班導進教室才停。他們巴不得犯人早點被抓，受到悽慘的報復。

可是，又過了兩個禮拜，警察還是沒抓到犯人。偵查沒有重大突破，報導的力度又降不下來，連續幾天都在報導小道消息和臆測。

鄉民對犯人的怒火也未見停歇，猶如一個即將炸開的悶燒鍋。

2

大山正紀收到女性友人的簡訊，前往指定的集合地點，卻比約定時間早二十分鐘到。

公園地上有給小朋友玩的輪胎，正紀就坐在上面打發時間。

年輕的幼保人員陪幼稚園小朋友一起玩耍。

正紀眺望和樂融融的光景，小朋友活蹦亂跳，還有人在玩跳繩，看起來好快活。那天真無邪的模樣，跟純真的動漫角色一樣美麗。

一個穿著連身裙的小女孩，跑到正紀的面前：

「要吃嗎？」

小女孩沾滿泥巴的雙手，捧著泥巴捏成的丸子，對陌生人絲毫沒有戒心。

「謝謝。」正紀接下泥丸，裝出好吃的樣子，女孩開心地笑了。

「不好意思……」幼保人員注意到小女孩的舉動，向正紀低頭道歉。

「不要緊，我喜歡小孩子。他們好天真，簡直是天使。」

「是啊，真的很可愛。」幼保人員也靦腆地笑了。

正紀跟同輩一向處不來。只要跟一群人共處，正紀一定是格格不入的那一個。聊天也是勉強迎合其他人，唯有在匿名的網路上，正紀才敢做自己。

「我一直想從事跟小朋友有關的工作呢。」

正紀留意言行，以免被看出動機不單純。

「照顧小朋友一刻也不得閒，但做起來很開心，我認為這是我的天職。」

正紀聽著對方的說法，一面表示贊同。對一個沒人緣又其貌不揚的人也和顏悅色，幼保人員的溫柔差點讓正紀墜入情網。這大概就是幼保人員的包容力吧，偶像願意對每個掏錢的粉絲陪笑，但幼保人員的笑容可不是那種錢味濃厚的假笑。

快樂的時間一下就過去了。

正紀看了一眼手錶，約定的時間已經到了。向幼保人員道別後，正紀在離開公園前對剛才的小女孩揮揮手。

集合的地點是馬路另一頭的咖啡廳前面，女性友人早已等候多時。

「正紀，好慢喔，不要讓我等好嗎？」

「抱歉，我太早到了，就先去公園打發時間，所以才……」

「別找藉口了，浪費時間。」

女性友人逕自邁開步伐，今天正紀要陪這位友人尋找出租公寓，接下來她準備一個人生活。

她自顧自地說個沒完，隨便挑了一家房仲公司進去。那家房仲規模頗大，有大約十名員工上班，跟一般商業大樓裡的小事務所不同。

一名中年男子出來接待，三人隔著玻璃桌對坐在沙發上。

「我想要找公寓。」

女性友人說明來意，連帶提出各種條件。中年男子搜尋資料，說明各間公寓的條件。女性友人今天就想簽約下訂，但她的條件實在太龜毛，談了好久都沒有結果。

過了半小時，正紀閒閒沒事幹，就拿出手機打發時間。

中年男子回頭叫辦公室職員上茶。一名穿著西服的女性起身答話，去茶水間泡好茶，放到托盤上端來。

「請用茶。」

女職員有一頭柔亮的黑色短髮，外加一雙水靈杏眼，嘴唇看起來也好軟。西服完全藏不住底下豐滿的胸部，纖細的腰身看起來婀娜多姿。

好漂亮，身材好好喔。

正紀看得出神了，女職員嫣然一笑，轉身離去。女職員也察覺到正紀的視線，卻沒有表現出不開心的樣子。

正紀望向一旁，女性友人不悅地皺起眉頭，不曉得是不是在吃醋。總之，正紀乖乖陪著友人談到最後。

美女泡的茶就是特別好喝。

中年男子出示公寓資料，詢問友人的意願。

只見友人不滿地嘆氣，默默搖頭：

「這間有點……」

「您不喜歡嗎？」

「讓我考慮一下。」

離開房仲公司，女性友人始終不太高興。正紀很清楚友人的情緒陰晴不定，胡亂開口關心只會換來一大堆怨言，所以乾脆裝死。

兩人分開後，正紀回到自己的小套房，房中的五層書架塞滿漫畫，其他角落也疊了一大堆漫畫。牆上有好幾幅動漫掛軸，美少女對正紀露出燦爛的微笑。除了這些東西外，房內還有電腦和電玩主機。

好累啊。

正紀嘆了一口氣，打開電視，正在播放新聞。

「警方得到的線報超過四百條，但還是沒有鎖定犯人的有利情報，附近的居民終日惶恐不安。」

主持人呼叫現場播報人員，想知道有沒有新的訊息。

攝影機拍出公園空蕩蕩的景象，播報人員就站在公園前面，口吻嚴肅地說道：

「各位可以看到現場相當空曠，完全看不到小孩子的身影。現在小孩出門一定都有大人陪同。」播報人員一邊移動，一邊往下講：

「一向寧靜安穩的城鎮發生如此殘忍的殺人案，居民都震驚不已，大家都祈禱早日將犯人逮捕歸案。」

正紀凝視著電視螢幕。

畫面切回攝影棚，名嘴開始發表意見。

頂著社會學家光環的中年婦女，怒氣沖沖地發表高見：

「犯人無法和成熟女性對等交往，才會挑上容易支配的柔弱小女生。犯人只把女性當成滿足欲望的物品，根本不把女性當人看。」

「那為何要亂刀殺人呢？」

「犯人大概是性無能，才有這種代償行為。」

中年女名嘴舉掌成刀，做了兩、三次突刺的動作。

「拿刀殺人，對犯人來說形同性行為。」

「照這樣看來，犯人還有再次行凶的可能性，是嗎？」

「是、犯人一定會再次行凶。等性欲克制不住的時候，就會尋找下一個獵物。住在遠處的居民也要保持戒心，在警方逮捕犯人以前，千萬要好好保護孩子，不要放孩子一個人。有發現任何可疑人物，也要嚴加戒備。拜託各位了。」

「依您看，犯人是怎樣的人？」

「最近有越來越多人沉迷於動漫角色，無法跟現實世界的人溝通。他們面對的都是能夠隨意支配的虛擬人物，因此對現實生活中的人缺乏同理心，不懂得替對方著想。」

主持人點頭表示認同。

「前幾天，有一名五十多歲的無業男子被警方逮捕。男子打電話恐嚇各家大型書店，要他們立刻下架不健康的漫畫，否則他們的子女會變成第二個愛美小妹妹。男子供稱，他不是要恐嚇大型書店，而是那些漫畫會造成不良影響，創造出更多殺人凶手，他只是好心提醒書店罷了。警方表示，這件事和愛美小妹妹的案子沒有關聯。」

主持人隔了一拍後，改用沉痛的表情說道：

「愛美小妹妹就讀的小學，至今仍有孩童擺脫不了凶案的陰影，不敢到學校上課，這些孩童需要長期的心理輔導。尤其愛美小妹妹的好朋友特別驚恐，晚上睡覺還會尿床。」

中年女名嘴一副忍無可忍的表情，用力捶打桌面：

「我們的社會絕不能縱容殺人凶手！」

主持人張大眼睛，似乎被對方激昂的情緒嚇到，但仍保持冷靜的口吻做出總結：

「愛美小妹妹的案子對社會造成非常嚴重的影響，警方也呼籲民眾多多提供目擊線報。」

正紀關掉電視，不想看到的言論按個按鈕就看不到了。

正紀拿起智慧型手機登入遊戲，那是一款擬人化的線上遊戲，玩家可以操縱擬人化的美少女戰鬥。只要當鈔票戰士，就可以抽到新的美少女。越稀有的美少女出現的機率越低，花了幾千塊都不見得能抽到一張稀有卡。

打工的薪資已經匯進戶頭了，正紀打算抽新的美少女。

總之，正紀花了兩千元買有償石，然後按下「召喚」。畫面上出現十張卡片，十張卡片一一掀開，幻化出美少女的插畫。兩千元可以十連抽。

畫面上出現粉紅髮色的美少女，頭上還有櫻花髮飾。再來是金髮雙馬尾的美少女，以及戴著軍帽的銀髮美少女。

沒有正紀想要的美少女。

心有不甘的正紀持續付費，短短半小時就噴了一萬元。

最後，正紀把手機扔到床上。

抽到不想要的角色，其實也可以拿來當作強化素材，倒也不算浪費。問題是，正紀完全抽不到自己想要的。

正紀閉上雙眼，雙手合十向老天膜拜，口中還唸唸有詞。接著，正紀再次拿起手機，又花了兩千元召喚角色。

十張蓋牌的卡片一一掀開，都是看到不想再看的舊角。就在正紀快要放棄的時候，畫面突然冒出耀眼的金色光華，是ＵＲ卡＊出現的特效。

正紀雙眼發直，手掌用力握住手機。

金色卡片掀開，正紀想要的美少女終於現身了。金色長髮輕柔飛揚，美少女穿著露肚臍的女僕裝，胸部像含苞待放的花蕾一樣，附有蕾絲的迷你裙下還有纖細的美腿。是一個端著草莓蛋糕的可愛小蘿莉。

正紀興奮大叫。

抽到想要的卡片了，要趕快在推特分享自己的感動。

正紀打開一個叫「冬彌」的帳號，這個帳號主要用來分享一些個人興趣和感想。冬彌是正紀喜歡的漫畫角色，個人資料欄位如下——

「飯娘／金髮蘿莉是我婆／宅／動畫／遊戲／蘿莉哭哭臉最棒！」

同好追蹤者有一百二十一人。

正紀上傳金髮蘿莉出現的畫面，還打上評語：

「終於抽到了！哀哀叫的聲音超萌＃飯娘」

有十二個人按讚。

之後，正紀想起在公園和小妹妹交流的美好回憶。那時候，正紀拚命壓抑想要抱緊處理的衝動。於是，正紀在另一篇推文寫下：「今天在公園遇到真正的蘿莉，超萌！」

其他同好則回覆：「發文沒照片不可取」「二次元蘿莉才好」。

不能被親朋好友知道的興趣和性癖好，都可以在匿名的世界說出來。

＊UR卡意爲Ultra Rare，超級稀有卡片的意思。

正紀流連網路直到深夜。

3

大山正紀換上超商的制服，來到收銀機後面，和另一名打工女子打招呼。

「前輩早安。」

「早安。」

打工女子回敬一個開朗的笑容。她比正紀大兩歲，豐沛的頭髮帶有一點波浪捲，小巧的桃色嘴唇十分醒目。正紀對她的第一印象不錯，實際交談後又更有好感。前輩的性格溫柔，不管正紀說什麼她都會笑著聆聽。

趁著店內還沒有客人，正紀把握時間和前輩閒聊。在枯燥乏味的打工生活中，這是正紀唯一的慰藉。

雙方的對話告一段落，正紀尋找下一個話題，正好櫃台前面放了一個抽獎箱。

「前輩認識這個偶像嗎？」

「嗯？」前輩好奇地望向抽獎箱，上面印有偶像男星的圖片。

那是在地偶像和便利商店舉辦的合作宣傳活動，只要購買特定商品，就有機會抽到偶像的卡片，這個企畫昨天才開始。

「長得很帥耶。尤其是在地出身的，有種親近感呢。」

「我滿羨慕的說。」

「正紀，你嚮往演藝圈嗎？」

「呃、也不是，我就一個小人物，看到那種有成就的人，會覺得自己很渺小……」正紀苦笑回應。

正紀本以為前輩會一臉困惑，不曉得該如何回答。沒想到前輩點了點頭，對正紀的說法很有認同感。

「我們都會跟別人比較嘛。我在中學和高中的時候，也常想自己到底算什麼。」

「我想闖出一點名堂來，不然人生永遠都在當配角。」正紀嘆息。

「我們都是自己人生的主角呀。」

「可是，我從來沒有活躍過啊。」

正紀傻笑完就後悔了。這麼卑微的態度，只會降低前輩對自己的好感。

「接下來一定有機會的，是吧！」

正紀換了個說法，前輩微笑以對：

「是啊，不能認輸喔！」

「沒錯！」

正紀去確認商品陳列，前輩則留在櫃台結帳。最近太陽比較早下山，傍晚六點天色就很昏暗了。落地窗和自動門的玻璃在黑暗中反射出店內的景象。

正紀利用玻璃的反射效果，偷看前輩結帳，前輩接待客人的態度溫文有禮。確認完商品後，正紀回到收銀機後方。

「前輩，換我結帳吧。」

「謝謝。」

正紀代替前輩結帳，這個時段客人也慢慢變多了。一個理著五分頭的中年男子，拿了八卦雜誌、啤酒、海鮮罐頭來結帳。

「快一點啦。」

「請問客人有集點卡嗎？」

中年男子不悅地抱怨：

「有我就拿出來了，你快點啦。」

正紀忍住怒火，冷靜道歉：

「不好意思。」

正紀開始刷商品條碼。

八卦雜誌的封面上有幾行斗大的文字，上面寫著「警方鎖定殺害愛美小妹妹的嫌犯」「逮捕犯人指日可待？」。

那起血腥凶案的犯人啊。

八卦雜誌挑起了正紀的興趣，他決定晚點拿來翻閱。

正紀收下千元鈔，把零錢拿給中年男子。中年男子離開前，又是一臉不屑的表情。

「那個人態度好差喔。」

前輩苦笑著安慰正紀。

「修養不好吧。」

「因為結帳的不是我，他才會生氣吧？」

「咦？」

「每次我找錢給那個人，他都會故意摸我的手。」

「差勁透了。」

前輩又是苦笑。

有女客人拿著購物籃來結帳，正紀趕緊陪笑應對。

等到客人走光了，正紀用補貨的名義前往雜誌區。

電視連續幾天報導「愛美小妹妹凶殺案」，正紀也對犯人感到好奇。八卦雜誌會寫一些電視台不敢報的東西，讀起來挺有趣。

正紀隨手翻閱了一下，警方鎖定了一名四十多歲的無業男子。據說，該名男子經常和鄰居發生爭執，還會怒罵嬉鬧的小學女生，把小女生嚇哭。

警察是不會快點逮捕犯人喔。

「正紀，不行偷懶喔。」

後方傳來前輩的聲音，正紀回過頭說：

「不好意思，太好奇案情發展了。」

前輩瞄了八卦雜誌一眼，斗大的聳動標題非常搶眼。

「這件案子我也一直關注，犯人真的很過分。被害者家屬舉辦的記者會，我都看到哭了。」

「記者會我也有看，電視上有轉播嘛。」

「雜誌上有犯人的情報嗎？」

「據說是四十多歲的無業男子。」

「警方怎麼不快點逮人呢？」

「就是說啊。」

聊到一半，超商的自動門打開，是家長帶著小孩來買東西。正紀和前輩一起回到收銀機後方。

親子檔在購物籃中塞了一堆便當、泡麵、麵包，前往另一邊的櫃台結帳，負責結帳的是一名中年的打工男子，態度不怎麼親切。

每次跟那個人一起上班，正紀就渾身不自在，店內沒有其他人的時候，他們連一句對話也沒有。

好在今天跟前輩一起上班，正紀只把男子當成空氣。就好比去餐廳吃飯，有個素不相識的客人坐在遠處。

客人離去後，超商內只剩下店員，正紀聊起了網上當紅的小貓影片。前輩說過她喜歡貓咪，正紀心想她一定會感興趣。

果然，前輩吵著要看小貓。

正紀拿出手機打開推特，帳號名稱叫「飯勺」，那是他隨便取的名字。

就在他準備搜尋小貓影片時，看到趨勢關鍵字。所謂的趨勢關鍵字，就是多數人在推特使用的單字。

第一名　逮捕

第二名　十六歲

第三名　愛美小妹妹凶殺案

正紀愣住了。

剩下的排名才是藝人和新上映的電影，以及足球隊的隊名。

看到前三名的關鍵字，正紀就明白是怎麼一回事了。

「愛美小妹妹凶殺案」的犯人被逮捕了，而且——犯人可能才十六歲。

這三個關鍵字怎麼看都脫不了關係。

「這是……」前輩靠上來觀看手機，語氣也變得很嚴肅，她指著趨勢關鍵字問道：

「這是指犯人對吧？」

正紀點了一下第一名的關鍵字「逮捕」，列出所有相關推文，最上面的是轉發數量最多的推文。

那是國內最大新聞媒體的推特。

「津田愛美小妹妹在XX町公園的公廁慘遭殺害，S署二十八日逮捕了一名就讀高中一年級的嫌犯（十六歲）。少年坦承自己用小刀殺害了愛美小妹妹。」

推文附上了新聞連結，連結內沒有新的消息，只有犯人已經遭到逮捕的快訊，並重述一遍案件概要。

正紀愕然了，一個比自己還小的少年居然殘殺六歲小女生？簡直難以置信。

「犯人才十六歲，不會判死刑對吧？」

前輩的語氣夾雜著憤怒和厭惡。

「是啊，應該不會判死。」

「爛透了。」

「很難想像十六歲少年會做這種事呢。」

「少年法根本就是在保護犯人。太荒謬了啦，犯下這麼殘忍的罪行，卻逃過一死——這沒道理啊，你也是這麼想的吧？」

正紀也認同這是一起殘忍的凶案，連續幾天看同樣的新聞，他也跟其他人一樣關心這起案子。但那終究與自己無關，他沒有那麼義憤填膺。不過，表現出義正詞嚴的態度才有好果子吃，講白了，他想要討好前輩博得好感。於是正紀裝出正經八百的表情，還不忘帶上一絲怒容。

「這麼殘忍的犯人，沒有資格活著。」

「就是說啊，因為未成年就減刑未免太不合理了。死去的小女生和她的家屬，誰來替他們伸冤啊？」

「確實不可原諒，像性侵這種踐踏女性尊嚴的犯罪，最討厭了。」

「那種沒人性的少年，應該判死刑才對。不然，類似的案件絕對會一再發生。」

「有同感，是該判死刑。」

「結果那種人關幾年就放出來了。」

「而且關那種人，還要浪費人民的稅金養他，法律永遠在幫加害者。」

就在二人聊得正火熱的時候——

「死刑是不人道的惡法。」

一個聽起來很神經質的聲音，打斷了二人的對話。

站在另一邊櫃台的中年打工仔開口了。那個人的前髮稀疏，還有一張大嘴唇，眼鏡下的瞇瞇眼看上去很陰險。

「呃……你說什麼？」

正紀疑惑地反問對方。

「你們不是在談死刑嗎？動不動就要判人死刑，人權觀念有問題是吧？」

「不是、你突然講人權觀念幹麼……我們又沒討論這個，沒人性的殺人犯被判死刑理所當然吧，這才是我們討論的主題。」

「我知道啊。所以我的重點是，隨便高呼死刑的人，人權觀念有問題。」

有夠煩。

原來是網路上常見的「假道學老人」，正紀最受不了那種人了。網路上有些沒品的人，會莫名其妙攻擊別人的私人對話或推文，還搬出一堆大道理說教，門縫裡看人。

正紀和前輩對看一眼，前輩也是滿臉困惑。

「先進國家幾乎都廢死了，判少年死刑更是荒唐。」中年打工仔又在發表高見。

平常都不理人，只有這種時候才打岔，都幾歲了連察言觀色的能力也沒有。跟那些一出生就擁抱網路的世代相比，很多四十歲以上的老人，非常不會掌握人際關係的距離。

「可是，犯人是殘殺小女生的心理變態耶？你要替犯人說話是嗎？」前輩也不開心地反駁對方。

「我不是替犯人說話，妳怎麼就聽不懂呢？少年犯下過錯，應該給他改過自新、重返社會的機會，當成大人來處理是錯誤的。」

「犯下這種凶殘血案的人，判死刑算便宜他了，你有考慮過被害人家屬的感受嗎？」

「只會情緒化大喊死刑，這是古代人的思維。死刑是在剝奪犯人更生的機會，也是政府侵害人權的惡行。認可死刑制度的日本，根本是野蠻國家。」

「你要是考慮過事件的重大性，就不會講這種話了。犯人殘忍奪走小生命，應該拿命來還。」

「是喔？有正當理由就能殺人喔？妳在認同殺人的正當性？」

「死刑又不是胡亂殺人，你到底在胡說什麼？」

「國家機器殺人，還不是同一回事？所以，妳同意被害人家屬殺害犯人報仇嗎？」

前輩不開心地皺起眉頭。

中年打工仔誇張地嘆了一口氣說：

「只會歇斯底里地喊一些情緒化的言論，妳法盲是吧？」

「那你是懂法律喔？」正紀跳出來替前輩幫腔，中年打工仔似乎等這句話很久了，臉上浮現傲慢的輕笑。

「我以前打算當律師，考過司法考試，跟你們這些門外漢不一樣。」

操、你也是門外漢啦。

正紀差點開口吐槽，還好勉強忍下來了。那種半桶水沒真材實料的傢伙，身上都有種莫名其妙的虛榮心和自卑感，跟他對幹只是吃力不討好。

正紀忍著想要咂嘴的衝動。

他完全可以想像，這個中年打工仔在網路上亂嗆人的模樣。

正紀有幾個朋友也在網路上遇過瘋狗，根據他們的說法，那些網路瘋狗過去在社會人微言輕，現在拿到了散播言論的利器，就變成自我認同需求爆棚的怪獸。那幾個朋友講得或許有點道理，有參加過司法考試就得意洋洋，可悲的人生也只剩這個能說嘴了。

「算了，我不想為這種事吵架。」最後，前輩以不屑的語氣打斷話題。

「這樣啊，隨便妳。」

中年打工仔冷笑一聲，轉頭不再理人，默默地站在收銀機前面。

這種瘋狗放完屁就心滿意足了，被他纏上的人卻會留下一肚子怒火和不愉快。

現在氣氛搞成這樣，拿小貓影片來討好前輩也沒用了。正紀就在尷尬的氣氛中，上完今天的班。

4

電視上正在轉播西班牙甲級足球聯賽。

「好、上啊！」

深夜，大山正紀在房間裡興奮大叫，替自己喜歡的巴塞隆納足球隊加油。

科技日新月異，足球也改用衛星轉播了，據說將來會用網路直播。然而，用電腦螢幕看不夠過癮，正紀還是想用電視看比賽。

每個球員華麗的表現，都讓正紀激動不已。

他從中學起就不斷練習各大球星使用的華麗招式，好比克魯伊夫轉身、彩虹過人、牛尾巴過人、馬賽迴旋等等。正式比賽也敢嘗試那些技巧，不怕被教練責罵。

有了實力和穩固的地位後，這種娛樂性的技巧絕對是擄獲粉絲的一大武器。

總有一天，他要站上大舞台，用華麗的球技嚇破眾人的膽。

正紀閉起眼睛，沉醉在想像訓練的幻境中。他幻想自己代表日本出賽，參加世界盃的關鍵賽事。對手是超級強隊巴西，他像羅納迪諾或內馬爾那樣，用精湛的球技讓敵隊的支持者為之驚嘆。最後，射門得分！

幻想中總是有震耳欲聾的歡呼聲。

「大山！大山！」

「正紀！正紀！」

只要在盛大的賽事好好表現，自己的名字就有機會紅遍全球。到時候，歐洲四大聯盟的名隊將紛紛前來挖角，正紀嚮往這種一戰成名的故事。

從幻想的世界回歸現實後，正紀拿起手機觀看體育新聞，上面有歐洲足球的快報，以及比賽的相關報導。

看完其他賽事的動向，正紀返回新聞首頁，剛好瞄到國內新聞。

「『愛美小妹妹凶殺案』凸顯出少年法的大問題。」

母親很喜歡看談話性節目，正紀只好跟著一起看。尤其班上同學也很關心這話題，他平常就有在追新聞。

這則新聞徹底澆熄了足球帶給他的興奮感，他本來不想破壞自己的好心情，但在好奇心的驅使下，還是點開來看了。

報導先提到愛美小妹妹慘遭殺害的經過，之後談起了少年犯罪的問題。

十四歲以上的少年犯罪，且惡行重大的程度達到禁錮、懲役、死刑之標準，應施以刑事處分的情況下，家事法院會交由檢察官處理，這又稱為逆送。

交由檢察官處理的少年一經起訴，不會交由家事法院裁決，而是跟成人一樣接受刑事法庭判決。

十六歲以上的少年殺人，原則上也得逆送。

「愛美小妹妹凶殺案」的嫌犯少年A，年僅十六歲。除非患有精神疾病，否則也會交由檢察官起訴，以成人的身分接受判決。不過，不是所有凶殘的少年犯都會比照辦理。

少年法第六十一條禁止媒體報導少年的姓名，等於間接保護了加害者。少年法的本意是給予少年更生的機會，但一部分犯下血腥凶案的少年，回歸社會後非但沒有悔改，反而又犯下凶殘的罪行。這也凸顯了少年法的問題。

少年A——

少年B——

少年C——

這些稱呼方式，只把犯人當成一個符號。

犯下竊盜罪、強制猥褻罪、誘拐罪、殺人罪的少年，在報導時全都稱為少年A。有共犯的話，就多加幾個字母，稱其為少年B、C、D。

只要被抓的是未成年人，犯人的「面孔」就會被隱藏在單純的符號下，人們只會記得血腥的犯案內容，不會記得犯人的存在。不、犯人的姓名被藏匿起來，打從一開始社會大眾就沒有任何印象。

法律助長凶案被淡忘，究竟有何意義可言？

最不公平的是，被害者的姓名和個資卻被報導出來。媒體毫不顧念被害者家屬的哀求，也不管他們會受到多大的傷害。理由是以匿名的方式報導，無法確認凶案的真實性（亦即是否真的有發生凶案），而且會損害到大眾知的權利。

按照這一套邏輯，真正該公布的應該是犯人的姓名。

世人多半不想看到匿名報導。

比方說，有學生在超商或餐飲店自拍惡作劇影片，或是在網路上發言惹議，鄉民就會分析當事人過去的言論，進行人肉搜索。有時候連當事人的姓名、學校、打工地點、住所都會被查出來。

個資的傳播速度超乎想像，這也證明大眾反對匿名報導。

如今，凶殘的少年犯罪層出不窮，保護加害者的少年法第六十一條已經落伍了，法律也該與時俱進才對。

目前有市民團體發起連署，要求公布加害少年的姓名，連署人數已達一萬兩千人。

少年法必須修改。

整篇文章蘊含強烈的怒意。

正紀的足球熱被澆熄了，但接下來同學聊起凶案的話題時，他也不愁沒談資了。無論是踢球或日常生活，正紀都想成為眾人的焦點。

該看的都看完了，正紀關掉房間的電燈，鑽入被窩休息。

到了午休時間，正紀和另外五名好友一起聊天。他坐在書桌上大談足球經，剛好聊到東京預賽時他使出帽子戲法的回憶。

「大山你超帥的。我感動到哭了呢，你賽後還有接受採訪不是嗎？好厲害喔。」當時有來幫正紀加油的辣妹，興奮地提起往事。

「還好啦，對方實力不怎樣，有那種表現應該的。我追求的是更高的目標。」

「不過，我們還是很感動啊。身旁的觀眾都在喊你的名字呢。」

「第二場比賽的逆轉助攻，我個人比較有印象啦，就是在延長賽快攻反擊。」

「對對對，那個我看了也很感動。」

正紀不認為辣妹會懂助攻的巧妙之處，但被稱讚的感覺不壞。
大夥聊了一會足球的話題。
之後，有人提到「愛美小妹妹凶殺案」，對話的流向也很自然地改變了。
「應該判犯人死刑，替愛美小妹妹討個公道。」
棒球社的好友氣憤難耐，一旁的捲毛倒是有不同的意見。
「可是啊，犯人才十六歲，不可能判死啦，而且被害者只有一個。」
「那是法律垃圾吧。用那麼凶殘的手法殺人，關沒多久又放出來，誰受得了啊。正紀你也是這麼想的吧？」
正紀不是特別感興趣，但也同意這起凶案不可饒恕。一個天真無邪的六歲小女生，全身二十八個部位中刀，腦袋和身體只連著一層皮，被棄屍在公共廁所。是人都會感到憤怒，被害者的夢想、希望、未來，都被犯人無情剝奪了。
「是啊，我也是這麼想。」
正紀馬上附和對方的說法，他是足球社的王牌，充滿正義感的形象也是一大賣點。
「是說，犯人非但不會判死，連姓名和長相都不公開。一個少女慘遭殺害，法律還是用少年A的稱呼來保護犯人。這純粹是一種符號，只會讓大家淡忘凶案。」
正紀來個現學現賣，其他同學點頭稱是，似乎覺得很有道理。
棒球社的好友生氣地說：
「媽的應該公布姓名啦。」
「嘿啊，只公開被害者的個資，太不公平。」正紀也點頭如搗蒜。

「媒體整天報導被害者跟姊姊一起開心遛狗，還說她當過兒童雜誌的模特兒，長大想開花店。公布這種訊息有意義嗎？」

正紀在新聞上看過幾則類似的消息，母親看了也跟著痛罵犯人。

其他幾名同學各自發表看法。

「公布這些訊息，比較容易刺激大眾的同情心吧。加害者的個資反而受到保護，可以凸顯出兩者的差異啊。」

「犯人真是人渣，殺了人還用未成年當保護傘。」

「聽說犯人的房間裡有很多漫畫和動漫商品。」

「我媽還擔心我跟那個犯人一樣呢。」

「現在這個時代，誰不看動漫啊？」

「我懂我懂。可是啊，老一輩的都嘛有偏見，他們不知道動漫也有很多類型，連遊戲機都只認識紅白機。」

大家談起凶殘的血案，總是興致勃勃。

最後，「愛美小妹妹凶殺案」的話題取代了足球的話題。

5

大山正紀來到咖啡廳，聽面前的女性友人抱怨各種社會不公。

正紀乖乖當一個聽眾，裝出認真傾聽的模樣，還不時表達同情和關懷，竭盡所能討好對方。

正紀也知道自己被當成垃圾桶，但也不抱怨什麼。

過了大約一小時，女性友人抱怨爽快了，拿起包包準備離開。

正紀確認桌上的帳單金額，跟對方一起走向櫃台結帳，順便從皮夾裡拿出兩百元，那是正紀個人的餐點費用。

女性友人看了帳單一眼，皺起眉頭說：

「貴死了……」

她故意在店員面前不耐煩地嘆氣，付了五百元鈔和零錢。

二人離開咖啡廳前往車站，女性友人想到了某件事：

「對了，每次吃飯付錢，有件事我實在無法接受。」

對方的口吻頗為不悅，正紀也提高警覺接招。

或許剛才的茶水費應該平分吧。不過，對方點了鬆餅、抹茶聖代、咖啡，吃掉五百多塊的東西，平分對正紀划不來。

可是，女性友人似乎不是在講剛才的事。

「男生跟女生一起吃飯，應該男生請客才對吧。連幫女生分擔經濟壓力的心意都沒有，那種男生註定一輩子交不到女朋友。」

女性友人這話說得有點過火，正紀忍不住反駁：

「呃、各付各的很正常吧。」

「啥？女生要花錢打扮自己，投資的額度跟男生不一樣，男生請客才正常吧。」女性友人也不開心地回嘴。

動漫裡的女主角才不會說這種垃圾話。正紀在心中抱怨，只想快點回家，尋求二次元美少女的慰藉。

「有道理！」正紀也不希望對方遷怒自己，乾脆迎合。

女性友人鼻孔噴氣，也沒再說什麼。正紀很清楚，一旦惹她不高興，接下來幾個禮拜就得聽她一直抱怨。

正紀打算換個話題，剛好想到之前的事情。

「對了，妳房子找到了嗎？」

女性友人在找房子，打算自己搬出來住。上次正紀陪她去找房仲，沒有她想要的房子，不曉得後來進展如何？

女性友人嘆了一口氣說：

「完全找不到……倒楣透了。」

「之前人家介紹的房子不錯啊，那家房仲不行嗎？」

「那家不行，根本不入流。」

「是喔？」

「他們不是有請我們喝茶？還記得吧？」

正紀想到那個身材火辣的西服美女。

「啊啊、美女泡的茶味道不錯呢。」

正紀有感而發，女性友人一臉不爽，還發出咂嘴的聲音。正紀不懂她的反應所為何來？

「我有講什麼奇怪的話嗎？」

「都什麼年代了？上司一說要泡茶，其他人都裝死，只有女職員站起來泡。」

「應該是她職位最低吧？看她滿年輕的。」

「亂講，也有年輕的男職員啊。所有男職員屁股都黏在椅子上，沒有要起來的意思，還搞以前男尊女卑那一套。那種公司我受不了。」

「是嗎……負責接待我們的那個人，感覺人不錯啊？」

「使喚女性去泡茶，不會是好貨色啦。」

正紀歪著頭，不太認同對方的說法。

「怎樣？」

女性友人的表情頓時垮了下來。

「沒有、只是美女泡出來的茶，總比大叔的髒手泡出來的茶要好吧？」

「啥？莫名其妙，這話在歧視女性吧？我就趁這機會說清楚了，正紀。不要動不動就把動漫人物當成老婆，這種人在我心中就已經是腦殘的級別了。」

女性友人抱怨時，表情像極了生氣的鬥牛犬。

這點話誰不會講啊？

正紀也被嗆到不開心了。

隨意貶低別人的興趣，這才叫歧視吧？正紀不爽歸不爽，倒也沒講出來。

「以後不要再見面了。」

女性友人威脅斷絕往來，說完就離開了。

面對突如其來的情緒爆發，正紀完全傻眼。

回家以後，正紀還是很在意對方的動靜。正紀坐在床鋪上，打開推特的「私人帳號」，也就是在現實生活中交朋友的帳號。追蹤數和被追蹤數都只有一位數，包括幾名熟識的對象還有藝人。

那個女的馬上發了一則推文。

「有個混蛋對我說，美女就該替男人泡茶。我真的打算跟那傢伙斷絕來往，那傢伙算什麼東西啊？」

正紀大受震撼，一顆心也跟著慌了。

朋友之間互相追蹤對方，彼此看得到對方的推文。那個女的明知如此，還用充滿惡意的方式曲解對話，在推特上攻擊正紀。

再怎麼不爽，也不該做出這麼過分的事情吧，這擺明是罵給正紀看的。

正紀嘆了一口氣，不用想也知道反駁只會換來更嚴重的爭執。可是，忍氣吞聲又無從宣洩心中的壓力。

那好吧。

正紀打開另一個用動漫角色命名的帳號，那是平常用來發表個人興趣的帳號。反正用的不是本名，要發什麼推文都無所謂，哪怕公開個人的性癖好也沒差。

「大叔泡的茶跟美女泡的茶，當然是美女泡的茶喝起來比較開心啊。我只是把自己的感想告訴女性友人，結果對方懷疑我人品有問題，說我歧視女性。她還在我們互相追蹤的帳號上發文罵我……女人真是太陰險了，好恐怖（抖）。」

抱怨完，心情稍微舒坦一點。正紀調整好心情，繼續玩手遊。

今天正紀也照樣付錢抽卡，卻抽不到想要的角色。就在耐性快要磨光的時候，手機不斷發出通知訊息的響鈴，害正紀根本沒法玩遊戲。

正紀疑惑地打開畫面確認，發現有超過四百件通知，連忙打開推特。

那則抱怨的推文才發沒多久，已經被轉推了三百八十次，底下還有二十五則回文。

正紀戰戰兢兢地觀看回文。

「想法也太古板！腦漿過期喔。」

「歧視女性的軟爛男。」

「動漫宅乖乖在家別出門啦。」

「你只會帶給女人不幸，請不要放出來害人。」

「你自己講出白目的歧視性發言，被電了還說女性陰險恐怖，怎麼不去給車撞啊？」

各種唇槍舌劍刺傷了正紀的心。正紀嚇得雙眼發黑、心跳加速，握住手機的手也在發抖。

回文還沒讀完，又冒出更多的回文和轉發。

原來正紀剛才的推文，被某個「好事」的傢伙公開，成了眾人矚目的焦點。

在網路的世界裡，一旦發言稍有不慎，被影響力極大的鄉民號召公審，其他跟屁蟲就會跟著打抱不平，持續回文狂燒當事人的推文。

鄉民吹起了群起圍攻的號角。

沒想到自己真的碰上了。

正紀驚慌失措，完全拿不定主意。被公審的人出面解釋，純粹是火上澆油。費盡唇舌還原事實真相，也只會被情緒化的鄉民當成推託之詞。

這下該道歉好呢？還是來個相應不理？

那些把罵人當娛樂的王八，注意力很快就會轉移到下一個火種上。裝龜孫子忍到那時候才是明智之舉吧。

正紀關掉手機畫面，先深呼吸一口氣，抬頭環顧室內。眼前是熟悉的房內景象，有大量的個人收藏品，包括漫畫、動畫ＤＶＤ、美少女掛軸等等。

這邊才是現實世界。

不會被任何人傷害的世界，沒有陌生人肆無忌憚罵人的空間。

可是，正紀在這個世界沒有任何牽絆。

心跳逐漸平復後，手機的訊息通知鈴聲還是響個不停。

正紀很在意網路上發生的事情，於是一手拿起手機，一手按住狂跳不已的胸口，接著深呼吸一口氣，解開手機的螢幕鎖。

本人帳號也收到了幾則通知。

怎麼會這樣？

正紀的額頭滲出冷汗。

本人帳號的追蹤者又沒幾個，通常好幾天才會有一則回文。怎麼偏偏在這時候，跳出好幾則通知？

正紀的腦袋裡充滿問號，幾乎快被不安打垮。手指顫抖地打開通知訊息。

「冬彌的私帳，就是這傢伙吧？」

為什麼自己的帳號會曝光？正紀一開始還擔心是不是手機被駭。

不過，正紀很快就明白曝光的原因了。方才用另一個帳號發的抱怨文，被其他鄉民大量轉發，好死不死又被那個女的看到。那個女的在抱怨文底下留言，直接指名道姓痛罵正紀。有鄉民看到那則留言，從那個女的朋友名單中找出「大山正紀」的帳號，證實了「冬彌」就是「大山正紀」的另一個身分。

仔細想想，在網路上抱怨職場或私生活的鳥事，很有可能被鄉民大量轉發，甚至被自己認識的人看到，身分曝光也是理所當然的事。這麼簡單的道理，正紀竟然沒想到，現在後悔也太遲了。有人會在匿名帳號上，發一些引人注目的推文，還說那些推文不能被熟人看到，否則自己的身分會曝光。現在正紀知道那些貼文統統都是假的，不然那些人的真實身分早該曝光了。

正紀毫不猶豫砍掉「大山正紀」的帳號，順便點進「冬彌」這個帳號的設定功能。螢幕上顯示「您是否要刪除帳號？」，正紀卻沒法果斷按下「是」。

正紀對私帳毫無留戀，但另一個帳號可不同。

那個用來發表個人興趣的匿名帳號，有正紀整整四年的回憶。不只追蹤了幾千幅知名繪師的美少女插畫，還有跟志同道合的夥伴閒聊的紀錄。

在正紀猶豫的當下，誹謗留言迅速增加。轉眼來到一百、一百五十、兩百——

「這傢伙的推文都在聊『幼女』和『蘿莉』這些話題，超扯的啦。說他不是性侵犯打死我都不信。」

「別到社會上丟人現眼。」

「媽的乖乖當個家裡蹲啦。」

「電到他砍帳號！」

「你就是沙豬，只要你活著一天，我們就會永遠批判你，屁股洗乾淨受死吧！」

「客氣地說一句，快去投胎吧。」

正紀自問，我有做什麼千夫所指的壞事嗎？

群眾的怒火太可怕了，正紀的胃部劇烈抽痛，活像被千百根針扎到。

這時候，正紀想起之前看過的一則新聞，據說東南亞的某個國家會用石頭，把外遇人士或同性戀砸到死。

正紀撫摸自己的胸口。

如果人心有形體，那正紀的心早已被群眾扔的石頭碎成千百塊了。

正紀下定決心，按下「刪除帳號」的選項。

下一秒帳號已經不見了，三萬則以上的推文，還有四千五百個按讚的紀錄，全都不復存在了。

所有的回憶都消失了，正紀在那一刻被「社會」放逐。

每次新聞報導有人被言語霸凌到自殺，大家都說語言是一種暴力，而且心靈受到的傷害永遠不會恢復。他們明知這個道理，為何還理直氣壯地使用暴力呢？

加害者被群眾公審以後，會替自己找各種藉口，把錯都怪到被害者頭上。

我討厭那傢伙的長相。

他說話方式很噁心。

他拒絕我的邀約。

那個賤人專釣帥哥。

誰叫他個性陰沉。

他就阿宅。

他講話惹我不爽。

這些理由在旁人看來很荒謬，但加害者卻深信那是攻擊和排除對方的正當理由。在現實社會中霸凌他人，絕對會被群眾公審，但在網路上大家卻不當一回事。

房間裡大量的收藏品，似乎變得索然無味了。

正紀不爭氣地哭了。

如今，正紀失去了跟社會唯一的聯繫。

網路世界才是正紀的一切，只有在網路上才能感受到人與人的連結。現實世界中，正紀永遠無法融入群體，難以跟其他人交流。

未來該怎麼辦才好？

正紀來到戶外。

六神無主的正紀，漫無目的走在大街上，走到以前來過的公園，那時公園內有一群幼稚園小朋友在嬉戲玩耍。

正紀不由自主地走進公園。

6

「歡迎光臨。」

超商的自動門打開，大山正紀和客人打了聲招呼，客人卻連點頭回禮都沒有。來超商的人都是一副面無表情的死樣子，店員的招呼聲對他們來講，大概就跟自動門打開時的電子鈴聲差不多吧。

正紀有種自己變成機器的錯覺，要不是有一起打工的夥伴，他也許早就得精神病了。

客人離開後，前輩來找正紀聊天：

「正紀，你昨天有看電視劇嗎？」

「什麼電視劇呢？」

「九點的《請你愛上我》。」

可惜沒看，不然就有共通話題了。

「啊啊……那段時間我在看別台的綜藝節目，我喜歡的搞笑藝人有上節目。」正紀在答話時，很後悔自己沒看電視劇。

「你喜歡看搞笑節目啊？」

「滿常看的。人活著，都希望過得開心點嘛。」

正紀沒有特別熱衷的興趣或嗜好，每天都過得非常空虛。來打工也只是利用夜校沒上課的時間賺取房租和生活費罷了，根本沒成就感可言。

他趕快換話題，以免越想越消沉。

「前輩喜歡音樂嗎？」

「嗯……」前輩陷入沉思。

「不太常聽？」

「我大多聽古典樂。」

「貝多芬那種的？」

「都有吧。」

「感覺好優雅喔。」

「才不是，我以前學鋼琴。」

「鋼琴！會彈琴超帥的，很厲害嗎？」

「高中的時候比賽有得過第一名。」

「第一名很厲害耶。我這輩子還沒有什麼成就呢，很羨慕前輩有這種經歷。我以前練過一點吉他，但也不是特別有熱忱，沒想過要走音樂這條路，技術也不怎樣。練到後來，也純屬消遣罷了。」

前輩聽了笑笑的，笑容中參雜著一絲哀愁：

「我也一樣啊。這世上有天分的鋼琴家太多了，你之前不是說自己都在當配角嗎？其實我也同樣闖不出名堂。」

「可是，妳參加比賽得名了對吧？網路上查得到妳的名字吧？」

「嗯……是查得到。」

前輩馬上給了一個肯定的答覆，這代表她自己就有上網查過。

「不介意我查一下吧？」

「好啊。」正紀拿出手機，前輩苦笑同意了。

正紀在搜尋引擎中打入前輩的名字，查到一大堆相關搜尋結果。最上面的是一篇報導，標題是「現在最耀眼的人才」，頁面上有她的全名和標題。

正紀點進網頁。

「本專欄每次會介紹『現在最耀眼的人才』，第二十八期要介紹一位女性廚師，她曾經前往法國學習法式料理，學成後在新宿開了一家餐廳。」

網站上介紹的是一位同名的廚師，照片顯然不是前輩本人。

「那個人是名店的大廚喔。」

前輩在一旁說明。

「同名同姓？」

「沒錯，照片也是曝光率最高的。看到其他同名同姓的人，感覺挺不可思議的。在我眼中對方就像冒牌貨，說不定她才覺得我是冒牌貨。」

「確實有這種事呢。」正紀不太懂那種感覺，還是先表示認同。

後面幾則報導也是介紹那位法式料理大廚。第四則報導，介紹的是另一個同名同姓的女高中生，參加全國體操大賽的消息。

「這個咧？」

前輩笑著搖搖頭說：

「我以前是管樂社的。」

正紀重新搜尋，這次多加了「鋼琴」兩個字，終於出現高中鋼琴比賽的報導。上面還有刊載記者的採訪內容。

「就是這個。」

報導中的前輩，先闡述自己對音樂的熱忱，之後希望大家透過這次的比賽，認識她的音樂。

「我本來以為，奪冠就有機會當上鋼琴家。可是越往上爬，看到的天才就越多……最後我放棄夢想，只把鋼琴當成單純的興趣。」

前輩接受過記者採訪，還被寫成新聞報導出來，得到了眾人的關注。正紀跟這種璀璨的經歷完全無緣，所以很羨慕前輩，就算她只闖出一時的名堂也一樣。

正紀說出自己的感想，前輩回答：

「可是，這樣高不成低不就的，反而會特別執著，放棄不了也滿痛苦的。我其實也沒有完全看開。」

「畢竟是認真在追夢嘛。」

「嗯，也許是這樣吧。」

談到私人話題，正紀感覺彼此的關係更進一步，是很開心的事情。

「正紀你呢？」

「咦？」

「有跟你同名同姓的人嗎？」

「啊、前輩是問這個啊？我還以為妳要問我名字有沒有被刊在網路上呢。我看看喔……」正紀在手機的搜尋引擎中，打上自己的全名。

最上面顯示的搜尋結果，是牙醫的個人官網。有一位叫大山正紀的牙醫，在「江浪牙科醫院」任職。

下一篇是某高中田徑社的賽事報導，當中提到的「大山正紀」，似乎是四百公尺障礙的區域大賽季軍。那是八年前的報導，不曉得跟江浪牙科醫院的是不是同一人。

正紀滑動螢幕，又看到了一篇高中足球賽事的報導。

「大山正紀在比賽中使出帽子戲法！」

實際上網搜尋自己的名字，發現有其他同名同姓的人，正紀才算真正了解前輩的心情。

確實是很不可思議的感覺，彷彿在另一個世界看到不一樣的自己。

正紀點擊另一名大山正紀在足球賽中大顯身手的報導。是今年度的大型比賽，那個大山正紀在東京預賽使出帽子戲法，創下單場拿下三分的紀錄。

見證另一個活躍的自己，回頭再看一事無成的自己，正紀是更加自漸形穢了。

明明同名同姓，為什麼我是這副鳥樣？

那個大山正紀才是真貨。

也不知怎麼搞的，正紀心中冒出了這樣的想法。一邊是揚名賽場的大山正紀，另一邊是一事無成的大山正紀。這世界需要的、關愛的，肯定是那個「大山正紀」。

真不該搜尋的。

正紀咬了咬牙，內心很不是滋味。

搜尋同名同姓的人，無異於尋找極其相像的分身，只是一找到就會害死自己。

前輩湊上來看搜尋結果，別無他意地說：

「也有踢足球的正紀呢。」

「是啊。」正紀壓抑著內心激昂的情緒，淡淡地回了一句。

「還有嗎？」

前輩伸出一根手指，滑動手機螢幕。

畫面上還有其他的大山正紀，有一位在從事醫學研究。正紀不懂專業的東西，萬一那個大山正紀未來獲得諾貝爾獎，全世界的「大山正紀」都要吃鱉當配角了。

更下面還有一個搜尋結果——

「小學老師（二十三歲）猥褻女童遭到逮捕。」

正紀的注意力，被那則報導吸引了。

逮捕？

網頁連結下方有標示一小段文章，當中寫到「嫌犯大山正紀」。

「啊、這種的好討厭喔。」

前輩急忙打圓場。

「是啊，跟罪犯同名同姓，怪討厭的……」

正紀嘴上說討厭，心裡卻有一種自己也說不清的優越感，至少他贏這個大山正紀了。

「還是別看了吧。」

正紀關起手機的畫面。

偷窺其他同名同姓的人，帶給正紀一種難以言喻的不安。感覺自己和其他人的界線越來越模糊，靈魂產生了同化，或者解離的現象。

下午，那個中年打工仔現身了。自從上次雙方爭執以來，正紀盡量避免跟對方在同一個時段上班，無奈大部分的班表都有那個人，要完全避開並不容易。

不過，中年打工仔沒主動搭話，也沒跟他們打招呼，就直接走進另一邊的櫃台了。

正紀跟前輩開心閒聊，直到前輩突然提起另一個話題，氣氛才為之丕變。

「正紀，我想請你幫個忙……」

前輩的口吻很輕鬆，像在邀請正紀參加愉快的活動，但眼神非常認真，甚至隱隱透露出一股急切之情。

「什麼事啊？」

「剛才講到姓名的話題，我才想起來。你的名字借我用一下可好？」

借我的名字用？

該不會是要幹壞事吧？不過，前輩又沒有心虛的表情，照理說不是危險的話題。

「麻煩說明一下。」

「之前『愛美小妹妹凶殺案』的犯人，不是被逮捕了嗎？」

十六歲的少年被逮捕後，連續幾天成為電視新聞頭條。正紀也跟其他人一樣，多少看過報導，卻沒有特別關心後續發展。

「是啊，不敢相信犯人才十六歲。」

「對，我無法忍受這一點。」

「哪一點？」

「犯人十六歲。」

「年齡是無可奈何的不——」

「你誤會了，我不能忍受的是一個六歲小女孩慘遭殺害，犯人卻用年齡當保護傘。」

前輩的眼神氣憤不已，講到犯人時也盡是憤怒和不屑的語氣。

「社會大眾也同樣憤憤不平，認為這太不合理了。犯人做出那麼沒人性的事情，少年法竟然還保護犯人……光想到被害者家屬的委屈，我就好難過。」

「確實是一起令人火大的案子。」

「案子還沒有結束，不要講得好像過去了一樣。」

「抱歉，我沒那個意思……」

「現在啊，民間有進行幾項連署活動。一個是被害者家屬發起的死刑連署，另一個是市民團體發起的公布真名連署。」

「連署活動啊？」

「沒空去連署也不要緊，上網下載連署書，簽下名字寄出去就行了。」

這下事情變得有點麻煩了，正紀不想拒絕前輩的要求，但他不太想出借自己的名字。萬一自己同意連署，名字被刊在網路上，到時候連署活動失敗，那個市民團體提出激進的主張該怎麼辦？簽下連署書，旁人會以為正紀也贊同激進的言論，搞不好會影響到將來找工作。

老實說，正紀不想淌這灘渾水。

前輩也看出正紀的猶豫，繼續動之以情。

「那不是什麼可疑的團體，不用想得太複雜。你也無法原諒犯人，覺得很火大對吧？」

「呃、是這樣沒錯啦。」

前幾天，前輩生氣地批評凶手，正紀也裝出義正詞嚴的樣子，批評沒人性的凶案。當初耍帥的行為，現在害得自己進退兩難。

「如果你也無法原諒犯人，那就要拿出態度，不然司法永遠不會改變。無奈我身邊的人都選擇冷眼旁觀，了不起就是口頭支持，但不願意幫忙連署。也有人說連署沒意義，純粹是假道學在做的事。不過，我相信你會同意的，對嗎？」

前輩的言外之意是，贊成連署才是正義的一方，不贊成連署就是狼心狗肺的傢伙。

憑良心講，對於那起事不關己的凶案，正紀沒有太多的感觸，他的同情心和義憤填膺的情緒，跟普通人差不了多少。問題是，被當成冷眼旁觀的人，好感度肯定下滑。

「也是啦，沒有公布犯人的名字，世人很快就淡忘了。血腥凶案的犯人，應該公布真名才對。」

「就是說啊！那種人不可能改過自新，不能讓他到社會上殘害其他人。」前輩的嗓音變得很高亢。

一個溫柔體貼又擅長樂器的女生，講話竟然如此偏激，正紀有點詫異。

不過，一想到這起凶案有多殘酷，憤怒或許也是理所當然的反應。正紀用這樣的方式說服自己，附和前輩的說法。

就在這時，另一邊的櫃台傳來咂嘴的聲音。正紀瞄了櫃台一眼，只見中年打工仔瞪著他們。正紀忍住回嘴的衝動，繼續跟前輩往下聊。

話才一說出口，後方就傳來很做作的嘆息聲，中年打工仔是故意讓他們聽到的。不反應對方就會一直吵下去，很難當耳邊風。

「你是怎樣啊？」正紀厭煩地說。

中年打工仔鼻孔噴氣，一副瞧不起人的態度：

「沒有啦，看你們聊侵犯人權的話題，還聊得那麼開心，我不能視而不見啊。」

這一次換前輩發飆了：

「你很煩耶！我們是在做正確的事情！」

前輩露出呲牙裂嘴的憤怒表情，態度變化之大，連正紀也被嚇到了。

他想起上週末在澀谷車站前，看到一個大吼大叫的少女，應該還是高中生。

「我絕對不原諒犯人！」

「犯人的真名應該公開！」

「判死刑啦！」

「請貢獻你的一分心力，讓我們這些女孩子可以安心生活！」

少女的神情和現在的前輩一樣激動，分發傳單的過程中，還試圖以憤怒感染他人。正紀被那個少女嚇到，刻意避開對方。

由於少女的反應實在太慷慨激昂，正紀原以為對方跟被害者有什麼關係，後來上網看到其他人討論，才知道少女是相關議題的知名異議人士。

中年打工仔搖了搖頭，語帶嘲弄地說：

「你們沒聽過無罪推定原則嗎？在還沒有判刑的階段，就不算有罪。媒體卻誤以為逮到的一定是真凶，社會大眾也不疑有他，跟著誹謗遭到逮捕的嫌犯。到頭來發現警方逮錯人，那可是無法挽回的傷害。就算那個人是無辜的，媒體也只會刊出這麼小的道歉公告。」中年打工仔用食指和拇指，比了一個很小的面積。

「警方又不是動不動就抓錯人。」

「證據不足不起訴的例子也很多啊。」

「那是犯人狡猾，沒有留下證據，不代表犯人無辜啊？」

「看吧，就有妳這種人！」中年打工仔見獵心喜，指著前輩繼續罵道：

「明明是看熱鬧的外行人，還擅自給人定罪。警方提不出嫌犯犯案的證據，那就該視為無辜才對。案子的真相如何只有當事人知道，腦殘的傢伙卻自以為比誰都懂。一開始就心懷偏見，憑著一點鼻屎大的間接證據，還有不客觀的證詞，就把別人當成罪犯攻擊。等到真相水落石出了，那些藏頭縮尾中傷別人的鼠輩，也不會跟無辜的倒楣鬼道歉，只會找下一個倒楣鬼攻擊。妳有看過罵錯人的傢伙出面道歉嗎？頂多就是在被冤枉的人出面反駁時，他們看苗頭不對才乖乖道歉。畢竟攻擊『邪惡』很爽嘛，爽到腦子都糊掉了，還可以催眠自己是個清廉正直的好人。其實你們這種人都沒發現，自己表現出多醜惡的一面。」

你也半斤八兩吧——正紀這句話才剛到喉嚨，又硬生生吞了回去。

半斤八兩。

正紀本想全力聲援前輩，現在卻覺得兩邊都一樣差勁。兩邊講的都不無道理，但為何如此令人火大呢？前輩的反應歇斯底里，中年打工仔則是陰險又嘴賤。

「總之呢，在還沒定罪的階段公布真名是不對的。」

中年打工仔罵完後，前輩也回嘴了：

「要確保公益和真實性，公布真名是必要的。以匿名的方式報導，連案子本身的真實性都無法擔保。」

「妳是在學媒體的說詞吧。每次被害者家屬懇求媒體匿名，媒體還是照樣公布真名，這個藉口他們從以前就用到爛了。」

「我講的不是被害者，而是加害者，是犯人的真名！」

「要確保真實性的話，這兩者哪裡不一樣？」

「完全不一樣！」

「拜託不要歇斯底里好嗎？」

「我哪有歇斯底里！不公布真名，誰知道案子是真的還假的！會影響到報導的可信度，不是嗎？」

「是這樣喔？媒體在報導性侵案的時候，也不會公布加害者和被害者的姓名，頂多就寫五十歲男性教授猥褻女學生。請問，這也是掰出來的故事嗎？」

「這——」

「真的重視人權，就該遵守聯合國大會的人權宣言，在罪證確鑿之前保持客觀態度。那些假的人權分子只會出一張嘴，還沒判刑就先把嫌犯往死裡打。像妳這種人最喜歡的人權先進國家瑞士和瑞典，在判刑以前不會公布嫌犯的真名和相片，這妳不知道吧？」

前輩咬著嘴唇怒視中年打工仔，卻一句話也說不出口。

今天的工作結束後，正紀鬱悶地回家了。

凶案跟他一點關係也沒有，前輩卻拜託他幫忙連署，還當著他的面跟另一名同事爭吵匿名問題。

這一切實在太煩了。

正紀心想，又不是在網上打嘴砲。

很多人上網看到事不關己的鳥事，也會跟著抓狂發飆，順便搬出一堆大道理，攻擊意見相左的鄉民，搞得殺氣騰騰。久而久之，在網上養成的習性影響到現實世界，腐蝕了每個人的修養。

不過，網路仍然是有好處的，至少網路可以封鎖自己討厭的對象，這一點跟現實世界大不相同。封鎖的對象多了，自己的帳號就成為一片淨土，也不會有攻擊別人的白目。

正紀打開推特，想找一些開心的東西來轉換心情。正好看到了趨勢關鍵字——最多人討論的十大單字。

正紀懷疑自己是不是看錯了，他的心臟劇烈鼓動，一時忘了呼吸。

第一名的關鍵字竟是——

「大山正紀」

正紀不敢相信，竟然會看到自己的名字。

7

大山正紀被鬧鐘吵醒，他拿起枕邊的手機，想看一下社群網路上的趨勢關鍵字。

流行的話題很快就退燒了，要多收集新的話題才行。

他正要搜尋趣味推文，剛好瞄到趨勢關鍵字。

趨勢關鍵字的第一名——

「大山正紀」

正紀一時搞不清楚狀況，他又沒在全國大賽上大顯身手，怎麼會登上趨勢關鍵字的第一名呢？

不安的情緒和不祥的預感，慢慢浮上心頭。

到底發生什麼事了？

正紀深呼吸，勸自己冷靜下來。

他只是一介平凡高中生，卻誤以為自己被全日本盯上，瞬時嚇得膽戰心驚，背脊也冷得跟冰塊一樣。

他一度懷疑，自己是不是也被抓出來公審了？

網路上每天充斥大量的告發行為，永遠不乏被撻伐的對象。可能是苦毒員工的企業、伸鹹豬手的攝影師、搞外遇的藝人、刊出歧視性廣告的公司、弄髒廚房的白目打工仔、講錯話的匿名鄉民。

就算當事人沒上網發文，只要個資被其他人公開，就等於被釘上網路十字架，成為公開處刑的對象。幾個月前，岩手縣議員在部落格抱怨醫護人員，文章一出引發軒然大波，被媒體和鄉民強烈抨擊，最後自殺身亡。

正紀深怕自己成為下一個受害者。

他戰戰兢兢按下「大山正紀」一詞，螢幕上出現鄉民拍攝的八卦雜誌報導。

慘忍殺害愛美小妹妹的病態殺人犯

本刊公布十六歲少年的真名

大山正紀

是我殺害愛美小妹妹？

正紀一看到驚悚的標題，感覺平日司空見慣的名字，頓時化為縈繞不去的詛咒，慢慢侵蝕他的身心。明明是自己的名字，看起來卻又好疏離，但那確實是大山正紀沒錯。

正紀強迫自己轉移視線，再次深呼吸。他的心臟就快爆開了，平時只有在賽場上，從我方禁區全力衝到敵方禁區才會這樣。

「年僅十六歲的犯人『大山正紀』，殘酷奪走年幼的性命，少年法卻保護這種罪大惡極的敗類。本刊考量到這是一起重大凶案，決定公布犯人真名。」

正紀想起自己說過的話——只公開被害者的個資，太不公平。

近年來很少有如此凶殘的血案，正紀對同學提起公開真名的必要性，一方面是出於義憤填膺，一方面也是想替自己博個急公好義的美名。

現在八卦雜誌打破少年法的禁忌，公開了少年的真名。本來這是一件大快人心的事，全日本得知犯人的身分，犯人再也不能拿「少年A」一詞當保護傘，肯定會受到社會大眾的制裁。

不過，正紀從沒想過犯人跟自己同名同姓。

他再看一眼手機，上面顯示了每一則提到「大山正紀」的推文。

一小時內有一千兩百五十六則推文，這是很可怕的推文數量。有些文章的轉推數量達到數千、數萬之譜，擴散速度非比尋常。

「殺害愛美小妹妹的人渣，是叫大山正紀齁？」

「大山正紀，快去死一死啦！」

「大山正紀，你的名字我一輩子記下了。」

「叫大山正紀是吧？我記住了，祝你這王八蛋被分屍到死。」

「饒不了大山正紀這王八，你也許還有機會活下來，但愛美小妹妹永遠回不來了！」

「人渣的名字叫大山正紀，各位攻擊別手軟啊！」

「別放過大山正紀，殺爆他全家。」

「大山正紀，你別想回歸社會了！」

「拜託死刑#大山正紀」

「大山正紀，這名字我絕不會忘記。」

「去死一死啦，大山正紀。」

「八卦雜誌幹得好！虧你們敢公布真名！#大山正紀」

「終於知道犯人姓名了，媽的心理變態大山正紀。」

「原來叫大山正紀啊，你完了。」

「未成年犯案，很快就回歸社會了啦！#大山正紀」

「死刑太便宜他了！#大山正紀」

鄉民的滿腔怒火化為明確的災厄逼近，正紀感受到強烈的心悸。他的雙眼發黑，再也看不到手機以外的事物，胃部和血管中的血液也都降到冰點。

我成為全日本痛恨的對象了。

正紀腦袋很清楚那不是他，但情緒還是受到影響。

大山正紀。

同名同姓、分毫不差。自己和犯人的名字放在網路上，沒有任何不一樣。換言之，所有痛罵大山正紀的粗口，不也是在痛罵自己嗎？

那是一種墜入絕望深淵的心情。

正紀閉上眼睛，躲進在賽場上活躍的幻想中。

不過——

在他射門得分的那一刻，全場觀眾賞給他的不是喝采，而是各種難聽的謾罵。觀眾口中不斷噴出他在網路上看到的憤恨之詞。

正紀張開眼睛，渾身冷汗直流，呼吸也難保平順，房間的空氣似乎變稀薄了。

他的夢想是代表日本出賽，讓大山正紀這四個字揚名天下。可如今，大山正紀之名已成為人渣的象徵了。

到時候在賽場上唸到先發選手的名字，大家只會先想到那個變態殺人魔。每個粉絲替自己加油時，也會想起愛美小妹妹慘遭殺害的凶案。

另一個大山正紀，玷汙了他的名字。

凶殘的血案發生，犯人的名字被攤在陽光下，這個汙名永遠無法洗刷了，一切都難以挽回了。

正紀踩著虛浮的步伐下樓，走到用餐的地方，母親正在做早飯。

「早安啊，正紀。」

母親向正紀道早安，態度跟平常沒有不同。正紀的意識被拉回現實，心情也踏實許多，但他又擔心外面的風波早晚會衝擊到家裡。

「早、早安。」

正紀也聽出自己聲音中的惶恐。

「你怎麼了，正紀？」

正紀在心中懇求母親，不要用這個名字叫他。

「你臉色不大好耶？」

正紀是有苦難言，他不敢告訴母親「大山正紀」這名字一輩子毀了。

母親還不知道犯人的名字吧。按照網路上的說法，刊出犯人真名的雜誌今天一發行，立刻就被上傳到網路了，現在已經有數十萬人知曉了吧。

不過仔細想一想，公布真名是八卦雜誌的獨斷專行之舉，電視媒體不會效法的。正紀以前看過一篇網路報導，提到少年法第六十一條禁止媒體公布少年犯的姓名。

電視媒體自律，照理說消息不會傳到人盡皆知。

正紀試圖安慰自己，卻一點屁用也沒有。

「我沒事啦。」

正紀答完話，坐上位子準備吃早飯。母親一臉疑惑，把早餐放到餐桌上。

母親考到營養師的證照，每天準備的飯菜都有運動員所需的營養。母親是真心在幫正紀實現他的職業選手夢。

——除非你看清自己才能有限，否則不該放棄夢想。輕易放棄夢想會遺憾一輩子。你只管追逐自己的夢想，不必擔心金錢或其他問題。

這是正紀中學時，母親對他的鼓勵，正紀一刻也不敢或忘。

可如今……

「大山正紀」再也當不成超級球星了。過去沒有一個知名運動選手，跟變態殺人魔同名同姓。群眾痛罵凶手的時候，也等於玷汙了選手的名字。同理，群眾聲援選手的時候，也等於是在聲援凶手的名字。

正紀想起記憶中窮凶極惡的罪犯，他們全是千夫所指的殺人犯，包括隨機殺人案、毒氣恐攻案、大量毒殺案等等。假如有一個知名人士跟那些罪犯同名同姓，自己會想支持那個人嗎？

正紀想了一下，答案是不會。

沒有人會想支持跟殺人魔同名同姓的人。就算只是在聲援運動選手，群眾心裡也會存有對殺人犯的芥蒂。

父親下樓後，一家三口共享早餐。母親一如往常，轉到晨間新聞頻道。

電視上在播報「愛美小妹妹凶殺案」的新聞。

正紀盯著螢幕，心跳又開始加速。

少年Ａ——

畫面下方的標題和大字報，都只有標示少年Ａ，沒有公布真名。

正紀鬆了一口氣。

電視媒體果然有遵守少年法，只有會上網的人和雜誌讀者，才知道少年Ａ的真名。

新聞還轉述犯人的高中同學提供的證詞。

「那個人在班上很孤僻，都沒朋友。」「他就是一般人說的宅男，很喜歡動漫，只有二次元角色才是他的朋友。」「他很喜歡小女生吧。」

攝影棚內瀰漫著一種「又是動漫邊緣人」的氣息。

「女同學表示，看得出少年不習慣和現實中的女生相處，從來不敢正眼看女生，女生有事找他，他講話永遠支支吾吾。由於少年為人陰沉，班上同學都不願與之來往。據說校內也有其他女學生被攻擊過。」

主持人轉述完以後，中年女性社會學家嚴肅地說道：

「最近的年輕人常有類似的傾向呢。現實中的女性有自主意識和人格，不會按照男人的意思行動。他們不擅長跟真正的女性相處，就轉而依賴虛擬的人物。可是，他們又無法斷絕對女性的依戀，於是就把欲望發洩到小女孩身上。畢竟小女孩比成年女性更容易支配，犯案的少年大概也是同樣的心態。」

「原來如此。」主持人點頭附和。

這時候畫面一轉，底下標題顯示「少年A的父親」這幾個字。攝影機沒有拍出少年A的父親長什麼樣，只拍出臉部以下的部分。

「我不敢相信兒子會幹這種事，他是個溫柔內向的好孩子。我老婆精神也受到很大的打擊，還請各位不要去騷擾她。」

母親傻眼地說：

「瞧他講得一副事不關己的樣子，被害者家屬才是最痛苦的吧。他應該先跟被害者家屬道歉才對，沒錯吧？」

正紀也沒心力答話，默默吃著早餐。他嚼著口中的食物，伸手夾煎蛋捲的時候，畫面上又出現新的大字報，上面貼有幾張平面媒體的圖片。

主播唸起各家報紙的摘要報導：

「再來，比較有爭議性的是這篇報導。今天發行的《真實週刊》雜誌公布了少年A的姓名。」

正紀又是一陣心悸，冰冷的緊張感從胃部擴散開來。

他偷偷觀察父母的表情。

「犯下這種天大的案子，公布也應該啦，對吧？」母親尋求父親的認同。

「也是……」父親吃著早餐，不怎麼感興趣。

「八卦雜誌有公布犯人的名字喔，要去買來看才行，希望沒賣光。」

正紀心中有點火大。

要不是他已經知道犯人的名字，大概也會跟母親一樣感興趣。其實仔細想想，跟凶案無關的死老百姓得知犯人姓名，又有什麼用處？犯人叫張三李四，跟自己的人生有何干係？

「我想……還是別買比較好。」

「你怎麼了，正紀？」

母親疑惑地問道。

正紀說不出口，如果母親買了《真實週刊》得知犯人和兒子同名，她會做何反應呢？她還會如此痛恨「大山正紀」嗎？

不、到時候場面只會變得很尷尬。

正紀放下筷子，起身說道：

「我去上學了。」

「咦？還很早耶。」母親看著時鐘，不解地反問。

「我今天值日生。」

這當然是藉口，正紀只是不想再看到「愛美小妹妹凶殺案」了。

正紀離開用餐的地方，換裝出門，跨上自行車前往學校。

在住宅區騎了十五分鐘，正紀抵達了就讀的學校。已經有零星的學生走進校門，正紀沒看到社團夥伴和同學。他把自行車停好後，進入校舍之中。

入口處和走廊靜悄悄的，一個人影也沒有，全世界彷彿只剩下他一個人。不過，現實世界中確實有犯下血腥凶案的大山正紀，這件事占據了他的心房。

他進到空無一人的三年二班，坐上自己的位子，將書包扔到桌面上。他凝視著深綠色的黑板，嘆了一口氣。

就在他拿出教科書和筆記時，看到了背面的字。

大山正紀——

那是他自己的名字。

正紀差點發出自嘲的冷笑。

物品上標示持有者的姓名到底有多大的意義？校內沒有其他同名同姓的學生，標示姓名才有識別的效果，但從全日本的角度來看，姓名根本代表不了個人。

名字對正紀來說，曾經具有獨一無二的意義，如今這個意義也動搖了。正紀從沒想過名字是如此虛無飄渺的東西。

現在他知道犯人跟自己同名同姓，再也不認為公布姓名等於揭露罪犯了。世上同名同姓的人一大堆，名字無法彰顯個人。除非名字非常特別，全世界再也沒有同樣的名字。

走廊的人潮漸漸變多，大部分學生也來到學校了。有兩個女同學打開門走進教室，她們一看到正紀先發出了驚詫的聲音，之後二人對看一眼，誰也沒先開口。

「早、早安，正——」

其中一個女同學話講到一半，就支支吾吾沒再說下去，逕自走向座位。

女同學本來是想說「早安，正紀同學」吧。不過，這名字跟可怕的殺人犯一模一樣，所以才作罷。或許女同學認為，說出正紀的名字是一件不合宜又失禮的事情。

正紀這次真的自嘲地笑了。

他感覺到背後緊迫盯人的視線，還有她們在後座竊竊私語的聲音。

強烈的被害妄想搞得他心神不寧，他很在意女同學的對話內容，還豎起耳朵偷聽，深怕她們偷偷說自己的壞話。

尷尬的時間持續了幾分鐘，其他同學也陸陸續續進教室了。

「啊。」

自然捲的好友沒料到正紀會先到校，顯得有些意外。

「……唷。」

對方舉起一隻手打招呼，臉上帶有淡淡的苦笑。

正紀想保持平常心跟朋友相處，但對方先失去平常心，他也很難做到這一點。

「唷。」正紀裝出開朗的表情打招呼回禮。自然捲的好友走向座位，最後又折了回來，抓抓腦袋說：

「看你的反應，八卦雜誌的消息你也知道了吧？」

「是啊。你指的是『愛美小妹妹凶殺案』的犯人對吧？網路上鬧得沸沸揚揚。」正紀點頭回應。

「看到犯人的姓名，我嚇了一大跳。」

正紀報以自嘲的苦笑：

「是啊，我也超驚訝的。」

「我一看到你的名字，腦袋都當機了。我還懷疑你怎麼會被當成犯人。」

「最倒楣的是我耶。網路還在吵這話題嗎？」

「從沒掉出趨勢關鍵字前十名。」

「真的假的？」

「犯人的真名在網路上瘋傳，只剩下報紙和電視新聞沒報。大家不能接受，一直鬧個沒完，還說媒體不該包庇犯人，應該盡快公布真名。」

正紀心情很鬱悶，用膝蓋想就知道網路肯定爆炸。鄉民對犯人發洩的怒火，也間接傷害到其他同名同姓的倒楣鬼。

「你沒看網路嗎？」

「看到自己被罵的文章，誰會開心啊？我現在只用手機看郵件。」

「很同情你啊，運氣不好的同名同姓，也太慘了。」

前幾天正紀還過著充實的生活，沒想到自己的夢想竟以這種方式破滅。

棒球社的好友也來了，對方一見到正紀，滿臉尷尬地走過來：

「你也知道了吧？」

棒球社好友問了一個沒頭沒腦的問題。

「我的名字是吧？」

「是啊。我一看到你的名字都嚇傻了。」

「我是最倒楣的當事人嘛。」

「話是這麼說沒錯啦，但我心情挺複雜的。」

「你在複雜幾點的？」

「呃、我也沒別的意思。」

「早知如此，不要公布犯人姓名就好了。」

「這純粹是結果論啦，我認為犯人的名字還是應該公布比較好。」

「倒楣的不是你，你才講得出這種話啦，換作是你咧？」

「你這假設也不客觀吧，那跟我又沒關係。」

「有點同理心好不好。」

「所以你覺得殺人犯應該匿名就對了。」

「好了啦，都別吵了。你也冷靜點。」自然捲的好友趕緊跳出來打圓場，順便拍拍正紀的肩膀。

兩位好友，沒人直呼正紀的名字。

正紀也注意到這一點，之前二人都是用很親密的口吻，直呼他的名字。

在他們心目中，「大山正紀」這名字已經是不能說出口的禁忌了。

正紀凝視著棒球社的好友：

「少年A的問題，跟我的問題是兩回事吧？」

「名人也有同名同姓的，而且同樣表現卓越不是嗎？」

的確，有棒球選手跟足球選手的姓名一模一樣。這種情況下，大家會在當事人的名字前面冠上「足球」和「棒球」，來區分不同的名人。

這還算比較厚道的區分方式。

最可憐的是，兩個同名同姓的人在同一個領域打拚，足球也有這樣的案例。

同名同姓的兩個選手，一個名聲響亮，一個默默無名。

現在回想起來，默默無名的那一個，大家都會在他的名字前面冠上「沒名氣的那個」，來區分兩者的差異。當然，默默無名是不爭的事實，也不能說那是惡意攻擊，但當事人聽了又做何感想呢？

那個選手也常用自嘲的方式，說自己是默默無名的那一個，內心想必很不愉快吧。對方比自己有名是千真萬確的事，除了自嘲也沒其他辦法了。

球迷也常拿同名同姓的人來比較，搞不好還把沒名氣的那個視為冒牌貨。

正紀終於想通了一個道理。

名字這玩意，是先搶先贏的爭奪戰。

不管是壞名聲或好名聲，先成為名人的一方就能占有那個名字。

假如有個女孩子跟偶像同名同姓，大家一聽到那女孩的姓名，就會對她的長相抱有期待感，甚至用比較苛刻的標準來評斷。落差越大，失望就越大。而當事人會被斷定為同名同姓的冒牌貨。

明明根本沒有冒牌貨這回事。

人名，就是這麼搖擺又恐怖的東西。

這時上課鈴響起，班導走進教室。兩位好友鬆了一口氣，總算有藉口回座位了。

正紀也同樣鬆了一口氣。

開完班會後，第一堂課馬上就開始了。第一堂是正紀討厭的數學課，黑板上的公式跟外星文沒兩樣。

數學老師看了時鐘一眼。

「現在分針走到五分，這題由五號回答，大山。」

數學老師一叫正紀的姓氏，教室頓時充斥緊張的氣息——不曉得是不是正紀想太多。

正紀頗為尷尬：

「呃呃……不好意思，我不會。」正紀站起身，眼睛盯著黑板上的數學題，腦袋卻轉不過來。

數學老師無奈地嘆了一口氣：

「唉、那就六號回答。」

正紀坐回位子，祈禱趕快放學。

起初正紀很絕望，畢竟自己的名字被當成變態殺人犯的象徵。然而，他漸漸對這種不公平的狀況感到火大。

為什麼我非得受這種罪啊？

幹！

我的名字，竟然被變態殺人犯搶走了。

大山正紀之名，不再屬於自己了。

一個禮拜之後，足球社教練找正紀談話。

「教練你找我？」

教練抓抓後腦勺，一副難以啟齒的表情：

「不是什麼好事啦，也不知道該怎麼告訴你。」

正紀心中泛起不祥的預感，好想逃離現場。不曉得有什麼鳥事在等待自己，胃部也有刺痛的感覺。

「其實呢，你的大學體保泡湯了。」教練的口吻很沉重。

正紀以為自己聽錯了，彷彿前行的道路突然崩塌，就此摔入絕望的深淵。

「這、這是為什麼？」

「人家說要給你體保資格，那只是非正式的邀請，並不是真正的約定。總之，其他選手獲得了體保資格。」

教練語帶同情地解釋，大學的足球社教練，選了另一間學校的王牌選手。

「那個人憑什麼！我的實力比較強，表現也更好啊！為什麼會突然變卦？」正紀無法接受事實，他把人生都押在足球上了，不可能乖乖吞下去。

當他懷疑對方行賄的時候，腦海中想起了另一個原因，如受雷擊。

「因為我叫大山正紀，對嗎？」

教練聽不懂正紀在胡說八道什麼。

「我的名字有汙點了嘛。」

「你在說那起殺人案嗎？」

「不然還有其他理由？隊上不能有一個名聲臭的傢伙嘛。」

「沒這回事，那不過就是一個名字。我跟你說，是那個教練沒眼光——」

其他人也許覺得名字沒啥大不了，但事實真是如此嗎？

「如果兩個選手實力相當，教練你也會選名字乾淨的那一個吧？」

「別亂說話。」

「反正心裡話不說出來，也沒人知道嘛。你們想避開我的名字，給我安插一個實力不夠的罪名就好，反正理由要多少有多少。」

「這——」

「我直接聯絡那個教練，他食言了。」

正紀已下決定，他不顧教練的攔阻，直接離開職員辦公室。

不過他心裡很清楚，抗議也改變不了結果。

自己的人生被一個名字束縛，甚至打亂了原本的規畫。如果另一個大山正紀沒殺人，他就能在足球場上活躍，在職業足壇的世界發光發熱。說不定其他人還會用他的名字來替自己的小孩命名。大山正紀這四個字，也曾有受人愛戴的機會。

可惜，這一切都不會實現了。

8

正紀覺得可怕的命運找上了自己。在人生的舞台上他一向是路人甲，如今卻被拖到斷頭台上等死。這種恐懼感令他惶惶不可終日。

怎麼會搞成這樣？

沒有排班的那兩天，大山正紀一步也沒離開家。少年A姓名曝光的衝擊，仍然在他心中揮之不去。

連續幾天，鄉民都在痛罵大山正紀。《真實週刊》曝光犯人姓名一事，被談話性節目報導出來，各地的週刊都賣光了。

從犯人姓名曝光的那一刻起，少年A這個單純的符號，變成了有血有肉的人名。大山正紀之名深深烙印在人們心底，猶如用鮮血畫下的符咒。

殘殺幼童的大山正紀，被大眾當成了唯一的「大山正紀」。大家以為犯罪者的姓名，指的一定是那個犯罪者。殊不知世上有很多同名同姓的人，大山正紀便是如此。

例如牙醫大山正紀、高中足球王牌大山正紀、研究員大山正紀，還有在超商打工的小人物大山正紀。

正紀上網搜尋「大山正紀」四個字，那些在特定領域小有名氣的大山正紀，名聲全被殺人魔大山正紀蓋過了。

幾十頁的搜尋結果全都是殺人魔大山正紀，包括各大匿名論壇的「愛美小妹妹凶殺案」討論串、懶人包網站、名人推特、個人部落格等等。

強烈的不安壓得正紀喘不過氣，感覺像在偷窺自己被公審一樣。他打開的所有討論串都在攻擊「大山正紀」，尤其沒顯示帳號和代稱的匿名看板，內容更加殘酷偏激。

「大山正紀的家人和親戚也該判死！」

「肉搜他們全家人的個資啦！」

「養出人渣的父母不用負責喔。」

「有沒有大山正紀的照片啊？」

「廢物記者是不會繼續追殺喔！」

「殺害小女生的王八蛋沒人權啦！」

「媒體不幹，我們自己來逼死大山正紀吧！」

「幫愛美小妹妹報仇，替天行道。」

「反正也不會判死，很快就放出來了，一定要讓大山正紀無法在社會上生存。」

「大山正紀去死去死去死去死去死。」

討論串看多了，總覺得自己變成了千夫所指的殺人犯。可是，現在大山正紀之名受到群眾攻擊，他又不能裝沒看到。

隔天，「大山正紀」同樣在趨勢關鍵字上。

網路上也有了新的發展。

「殺害愛美小妹妹的變態蘿莉控，大山正紀的住址被肉搜出來了！家住青海綠築的二〇六號房，門牌也確實是『大山』。證據在此！#歡迎轉發　#拜託死刑」

發出這則推文的是一個叫「由實」的女性帳號。推文被轉推八千次以上，文中還夾帶了四張照片。

第一張照片是另一個推特帳號「馬克思」的截圖。鄉民馬克思說，附近的公寓前面停了好幾輛警車，鄰居們議論紛紛，不曉得出了什麼大事？馬克思的推文也附了截圖，大概是從五樓還六樓公寓拍的。照片拍出了陽台欄杆還有漂亮的公寓前面停了幾輛警車，以及好幾名制服警察。

第二張同樣是馬克思的推文截圖。內容是鄉民馬克思的追加說明，原來昨天警方帶人到附近公寓，是調查「愛美小妹妹凶殺案」。一想到犯人住在自家附近，鄉民馬克思說他差點沒嚇死。

第三張截圖是警方進入的公寓，還附了地圖APP的公寓圖片做對比。照片下方有註記詳細地址。

第四張截圖是地圖APP的公寓正面照，從庭園的樹木間隙，看得到二〇六號房的門牌。門牌的照片經過放大，上面清楚印著「大山」二字。

之前有媒體報導，犯案的少年和父母一起住在公寓。誰也沒料到犯人的住址，會這樣被鄉民肉搜出來。

住在附近的鄉民馬克思拍到了警方到場的畫面，而且直接貼出來沒打馬賽克。過了幾天以後，馬克思才說這件事和「愛美小妹妹凶殺案」有關。馬克思的帳號追蹤者才一百二十多人，推文又過了好幾天才更新，起初也沒獲得太多關注。直到鄉民由實做了事件懶人包轉發，才在網上延燒。由實的帳號追蹤者多達一萬四千五百人。

如果凶手的父母還住在那裡，肯定要吃不少苦頭。

正紀有點同情那對父母。

事實上，鄉民得知消息後群情沸騰，滿腔怒火立刻有了宣洩的目標。

「我偷偷跟蹤了大山正紀的父親，他爸在『高井電器』上班。他媽都沒出門，很可能是家庭主婦！」

跑到當地的鄉民發出推文後，推特上開始肉搜犯人的父親。

「我在『高井電器』的官網上找到高階主管的名冊。犯人的父親叫大山晴正，年齡四十八歲。原來殺人魔的老爸是人生勝利組，年收應該破千萬，媽的不可原諒。」

這則推文有附上官網的截圖，上面有中年男子的頭像，頭像下方還有人名、職稱、年齡等資訊。

肉搜出凶手父親的資訊，鄉民無不見獵心喜。畢竟這是一個存在於社會上的獵物，而不是被拘留中的少年。

「在電視上把責任推得一乾二淨的傢伙，就是他啊！」

「一看就是會養出變態的嘴臉，不講倫理道德、做人又白目的垃圾父母。」

「養出殺人犯的父母，別想過安穩日子了！永遠活在恐懼中吧！」

「逼死那個垃圾小孩和他的父母，『高井電器』的住址和電話在這裡。」

攻擊凶手父親的數千則推文中，有人煽動鄉民打去高井電器客訴。

「大山正紀的父親還對新進職員精神喊話呢，養出殺人犯還好意思教別人喔！」

截圖內容是高井電器官網三年前的訊息。通篇都在說明自我要求的重要性，結語則是希望新進人員秉持忠誠心，培育出一流的商業精神。這種冠冕堂皇的詞藻，又引燃了鄉民的怒火。

「對新進員工講得頭頭是道，結果自己兒子教不好！」

「這種老爹都是把養兒育女的工作丟給老婆處理。平常對家庭不屑一顧，對年輕人說教的本領倒是一流。」

「釘死他爸！」

「媽的又是有錢的豬玀犯案！」

「拿錢打發小孩的父母，下場就是這樣啦！」

「還商業精神咧，操。」

一有新的肉搜資訊曝光，鄉民的怒火就燒得更旺。

凶手的父親以前接受媒體採訪，也有講到自己的兒子。

「我用自己名字裡的正字，來替兒子命名，期許他成為跟我一樣的好人。我希望他人如其名，行事端正信守綱紀，有一顆體貼別人的善心，過著幸福美好的人生。」

最倒楣的是，這篇報導被刊在數位媒體上，傳播的速度異常迅速。網路鄉民心中燒出了替天行道的欲望。

「這下確定他們是一家人了，他說兒子的名字也有正字嘛。」

「講話好聽又不跳針，但都做不到。」
「這麼會講大道理，怎麼不快點上吊謝罪，不要只會打嘴砲啊（笑）。」
「養出蘿莉控殺害小學女生，就是他口中說的行事端正喔。」
兇手的父親還拍過一張呼籲員工捐血的海報，標題是「用你的熱血扶傷濟危」，結果那張善意的海報也被拿出來鞭。
「夭壽喔！要害其他人感染殺人犯的基因喔，我寧可去死一死！」
「要求血庫廢棄大山的血液！」
「不要讓他們一家人的血液和基因留下來！」
「大家都不要捐血！聽殺人犯的家人說話，跟殺人犯一樣有罪！這是智力測驗啊！」
正紀見識到了網路的殘酷——或者應該說，他見識到了匿名的鄉民有多殘酷。
當初大山正紀還沒犯案，其父站出來呼籲大家慷慨獻血也不行嗎？失控的情緒甚至否定了人道的善行，這完全是因人廢言。
當然，網路上不是沒有反對的聲浪。有人說血液難以保存，所以捐血至關重要，煽動他人不要捐血，無異於殺人惡行。血液的數量不夠，只會多添枉死的冤魂。但激動的鄉民看不見倒楣的犧牲者，也不覺得自己的發言是在間接殺人。他們只覺得反對的聲音，是在阻礙自己替天行道，因此充耳不聞、直接封鎖。
總之那位父親的一言一行，都被網路鄉民撻伐。
隔天中午，正紀鬱悶地前往打工，陰暗的天空布滿厚重的雲層，寒風吹過大街，捲起了行道樹枯萎的茶色葉片。

走近超商，正紀不自覺地嘆了一口氣。

他一進到店裡，熟悉的兩名同事一起看著他。

前輩稍有一點反應，但馬上轉移視線。

「啊……」

「前輩午安。」

正紀跟她打了聲招呼。

換來的卻是尷尬的沉默。

「嗯……」

前輩沒有回禮，純粹是沒法忽視才不得已應了一聲。再遲鈍的人也看得出氣氛不對，到底怎麼了？

正紀換好制服回到店內，試著跟前輩攀談：

「今天天氣不好呢。」

他挑了稀鬆平常的話題，想看看前輩的反應，這次前輩連回應都沒有。

「那個人又說了什麼嗎？」

正紀瞄了中年打工仔一眼，搞不好他不在的時候，中年打工仔又找前輩的麻煩。

不料，中年打工仔代替前輩答話：

「別怪到我頭上，我沒跟她講話。」

那她為何不開心啊？

正紀很想用強硬的語氣逼問對方，但也不想一上班就吵架，最後還是忍了下來。

他再次跟前輩攀談，前輩咬著下嘴唇，皺起眉頭不講話。過了一會才發出嘆息，轉過頭來說道：

「拜託長眼一點好嗎？我現在不想跟你講話。」

我現在不想跟你講話——

那個溫柔的大姊姊，總是用柔和的語氣直呼正紀的名字，正紀對她很有好感。可如今，她身上完全沒有溫柔的氣息。那冷漠的態度，簡直把正紀當成性騷擾的加害者。

正紀愣住了，他不懂自己做錯什麼。

不對……其實他是有頭緒的。

「關於連署的事情——」

前輩挑起眉毛說道：

「犯人的名字被八卦雜誌踢爆了，你還不懂我想說什麼嗎？」

正紀終於想通了。

前輩知道凶手的名字叫大山正紀。

同名同姓。

「欸、不是這樣搞的吧！我又不是犯人。」

「我知道啊。你這不是廢話嗎，犯人都被警察抓了。」

「對吼……」

「不是那個問題，這是感覺上的問題。」

「妳這樣講我也沒辦法啊。我一出生就是這個名字，也不是我自己選的。」

正紀差點罵對方，妳也太不講理了。

可是，冷靜下來想一想，自己的名字的確跟殺人犯一模一樣，而前輩剛好又對殺人犯深惡痛絕，因此對這名字一定會感到不自在。正紀可以理解前輩的心情，只是他自己吞不下這口氣。

突然間，背後傳來誇張的笑聲。

正紀轉過身來，對哈哈大笑的中年打工仔怒目相向，那白目的笑法令他非常火大。

「你是怎樣啦？」

他的聲音透出難以壓抑的怒火。

「哎呀、之前不是很贊成公布真名？現在遭報應啦，也太諷刺了，是吧。」

正紀有一股想痛毆對方的衝動，拳頭也越握越緊。

他自問，我到底做了什麼？

什麼也沒做，他只是每天拚死賺取微薄的工資，辛勞度日而已。

打從出娘胎，正紀就沒有談過一次戀愛。好不容易在職場認識有好感的對象，也不敢奢求太多，只希望跟對方當個朋友，但大山正紀的惡名連這一絲可能性都給毀了。

正紀孤伶伶地上完班，除了跟客人對話以外，再也沒有開口的機會。

離開超商，他有一種衝出牢籠的感覺。

一想到自己的名字，正紀就會產生錯覺，好像所有路人都在責備他。大家都看過八卦雜誌的報導了，也知道少年犯叫大山正紀。他們肯定痛恨大山正紀，巴不得殺了那個混帳。

正紀很清楚群眾恨的是凶手大山正紀，但情感上無法接受。

回到家以後，正紀打開手機確認狀況，他不得不確認。

本來與他無關的凶案，就因為跟犯人同名同姓，而產生了緊密的連結，害他也被拖進苦海的漩渦當中。

網友肉搜出來的父親，又受到了更強烈的攻擊。有網紅跑去凶手父母居住的青海綠築公寓，還把照片分享在網路上。

二〇六號房的門口，被貼滿大量的紙張，跟討債公司用的手法如出一轍。

「殺人犯！」

「罪孽深重的一家人滾出去！」

「快點死一死！」

「是不會上吊謝罪喔！」

「殺害愛美小妹妹的犯人住在這裡。」

紙張上的雜亂字跡，全用紅色麥克筆寫成，驚恐的程度不下血書。紙張幾乎貼滿大門，看不到底下的茶色門板。

少數網友譴責這樣做太過火，卻敵不過群眾的憤怒與憎恨。那些看似理性的網友，也在他們自己的帳號上批判犯人一家，傳播著同樣的憤恨之情。某人權派的知名律師組成十五人的辯護團隊，這起新聞一播出來形同火上澆油。據說，該名律師認為犯人才十六歲，結果被公布真名，受到過度的中傷和社會制裁，因此打算用這一點央求減刑。

正紀看得好心痛，直接關掉手機電源，隔天也翹班沒去工作。

他喜歡的那位前輩，現在肯定很討厭他。討厭的理由跟他本人一點關係也沒有，偏偏他又無能為力。

只要他還叫大山正紀，就註定被前輩討厭。

店長打電話來罵人了，怒吼聲摧殘著正紀的耳膜，批評他毫無責任感。從店長的角度來看也確實如此，正紀什麼理由都說不出口。

「不好意思，我要辭職。」

「啥？你在說什麼？」

「個人因素。」

「你的個人因素關我屁事啊，明天好好來上班，想辭職等我找到代替的人力！」

「辦不到，我一個打工仔沒這種義務。」

「你給我差不多一點！」

「那就這樣了。」

「大山正紀真的有夠糟……」電話掛斷的那一刻，正紀聽到店長不屑的罵人聲。

那句話始終在他耳邊縈繞。

正紀在思考，店長刻意說出全名的用意。

答案很明顯了。店長的意思大概是，叫大山正紀的都不是好東西，不是隨便辭掉工作，再不然就是心理變態亂殺人。

世上充斥著各種偏見。對外國人的偏見，對男人的偏見，對女人的偏見，對身障者的偏見，對失業人士的偏見，對街友的偏見，對宅男的偏見，對體弱多病的偏見——不是只有與生俱來的特質會遭人厭惡，連特定的職業和興趣，也會被世人揶揄嘲弄，乃至迫害。

不過，正紀萬萬沒想到，名字也會成為被迫害的理由。大山正紀這個名字，就是他未來要背負的罪孽，這全都是殺人犯「大山正紀」害的。

一事無成的自己，竟是以這樣的方式長存人心。

轉念及此，正紀有了一個領悟。

這世上肯定有好幾人，不對、肯定有好幾十人、好幾百人的名字，跟性侵犯或殺人犯同名同姓。

我絕對不是特例。

跟罪犯同名同姓簡直倒楣透頂，但這在現實中司空見慣，很多人都有同樣的經歷。

兩天後，攻擊凶手父親的風向變了，高井電器正式發表聲明。

「關於津田愛美小妹妹慘遭殺害一事，本司亦深感沉痛，也希望家屬節哀順變。又，本司職員大山晴正，與被逮捕的少年並無血緣關係，網路上的說法純屬空穴來風，還望謠言止於智者，勿再以訛傳訛。」

鄉民的謾罵瞬間熄火，有的鄉民拉不下臉認錯，反指責高井電器說謊，不肯相信那篇聲明。但大部分鄉民嗅到不妙的氣息，馬上見風轉舵。

把高井電器職員錯當凶手父親的鄉民，不但散播錯誤訊息，還煽動其他鄉民群起圍攻，結果現在自己成了人人喊打的過街老鼠。至於那些「無辜被騙」的鄉民，也厚顏無恥地批判那些誤導的鄉民。

所謂的網路鄉民，就是這麼不負責任的存在。

說穿了，在網路上發文痛罵「壞人」，跟在對方的生活圈散布批判性的文宣差不多。差別只在於攻擊地點是網路還是現實世界罷了。

正紀心想，萬一他遇上同樣的遭遇——

他似乎聽到自己的人生，緩緩走向破滅的腳步聲。

9

在一塊沒有草皮的球場上，足球社成員追著球到處亂跑，完全沒有章法可言。

「這邊！」

大山正紀在前線招起一隻手，要求隊友傳球。我方後衛一記長傳，劃出特大拋物線的球逐漸逼近正紀。

敵方還沒有人盯上他，他希望球趕快到自己腳下。

正紀預測球落下的位置，死命往那個方向跑。球在遙遠的前方落地，彈到敵方守門員的手中。

徒勞無功的疲憊感，讓正紀嘆了一口氣。剛才在後方長傳的隊友，舉起一隻手向正紀點頭致歉，正紀也點頭回禮，要對方不必在意。

敵方守門員大腳一起，球飛到場中央。好幾名選手一擁而上，沒有人搶到球，球先在場上彈了一下。其中一人用頭槌，把球頂回敵方陣營，另一名選手又是一記頭槌。這場慌亂的爭奪戰，最後是我方勝出。隊友用滾地傳球的方式，確實地將球送出去。

正紀回到場中央，要求隊友傳球。他一拿到球，立刻轉身獨自發動快攻。他先用腳底巧妙控球，瓦解敵方後衛的重心，接著用換腳盤球的技術繞過對方。第二個上前遞補的，同樣用花式技巧繞過。

「超強的！」

後方傳來興奮的呼喊聲。

正紀往左側跑去，準備對敵方後衛出招。這次他施展連續剪刀腳盤球，動作猶如華麗的森巴舞步。對方無法輕易欺近，正紀得以等待隊友上前。

「喔喔！」後方又聽到讚嘆的聲音。

待我方前鋒衝進罰球區，正紀也準備一決勝負。

他先用腳掌外側輕彈足球，爭取一個空間，接著以慣用的右腳做出傳球的動作。敵方後衛打算用左腳阻擋，他馬上施展克魯伊夫轉身，繞過敵方後衛，直闖罰球區。另一名敵方後衛又上前阻截。

正紀再施展剪刀腳盤球，搭配換腳盤球騙過對方，直接傳給無人防守的我方前鋒。

好機會！

這麼近的距離，守門員絕對來不及反應，再來只要射門就行了。

不料，我方前鋒控球失誤，失去了射門機會，球直接滾到敵方守門員的手中。

「好險！」

敵方後衛鬆了一口氣。

都已經完美做球了，還會失誤？

反正都已經闖進罰球區，早知道就自幹到底了。先做傳球的假動作，即可輕鬆繞過敵方後衛，因為傳球一旦成功，我方就會獲得一分，對方後衛肯定死守——正紀要騙對方絕非難事。可是，隊伍中一人獨強的狀況下，太愛自己來只會招來反感。除了展現個人的實力以外，偶爾給隊友表現機會也很重要。

畢竟，這只是玩票性質的社團活動。

「沒關係，別在意。」正紀強忍不滿，拍拍手要隊友別在意。

傍晚社團活動結束，正紀在社團活動室洗好澡，換上一身乾淨的衣服。

三五好友一起聊天打屁，順便去速食店吃點東西，聊著海外的足球話題。其中一人談起找工作不順，話題也就自然帶到那個方向了。大學三年級的秋天，再不情願也得考慮自己的將來。

「正紀，你工作找得怎樣？」

「……還沒找。」

「現在還沒找，不太妙吧？」

「老實說，我真的沒啥感覺，也不曉得自己該做什麼。你咧，都在幹麼？」

「就先填就業申請書，比較各大企業之類的。差不多也就這樣。」

一個學弟吃著薯條問道：

「大山前輩的實力，去踢職業的也沒問題吧？為什麼要讀我們學校啊，我們學校足球社很弱耶。」

「喂！」旁邊的同學用手肘頂了學弟一下，學弟愣愣說道：

「咦？我講了什麼不該講的嗎？」

正紀的胸口隱隱作痛。

職業足壇已經跟他無緣了。

為了實現職業足球夢，他本想進入足球強校就讀，跟隨尊敬的教練練球。那位教練對他讚譽有加，也答應要延攬他。

不過——

教練最後挑的，卻是另一間學校的王牌。

明明自己比較強，為何教練選的是其他人呢？

正紀覺得這實在太不公平了，他痛恨這個世界，也詛咒那個教練。

他想過沒獲選的理由，也想過教練臨時變卦的理由。

儘管只是沒有根據的猜想。

不過——

殺人犯「大山正紀」被逮捕也差不多三年了。正紀捫心自問，到底這可恨的名字要糾纏他到什麼時候？

這三年來發生了不少大新聞，例如索契冬季奧運、隨機殺人案、消費稅增加、廣島豪雨成災、御嶽山火山噴發、新幹線火災事件、職棒選手簽賭案、SMAP解散、藝人性侵、南美第一次舉辦奧運、川普當選美國總統等等。如今，也沒人提起「大山正紀」的話題了。可是，一度遭受詛咒的名字，在正紀心中已不再潔淨無瑕。

另一名好友突然想到：

「對了，今天是天皇盃對吧？」

「對、沒錯。」其他社團成員紛紛附和。

「這可是關係到能否擠進前八強的一戰。」

「那隊是我們業餘隊的希望啊。」

平常大家都聊海外足球的話題，對國內足壇不太感興趣，也沒人注意冠軍賽的賽事。但這次大賽不太一樣，天皇盃有職業隊伍和業餘隊伍參加，業餘隊伍打敗職業隊伍是天皇盃的一大看點。今年東京的大學校隊接連擊敗職業強豪，第二戰以三比二擊敗日職乙級聯賽的隊伍，第三戰以一比〇擊敗甲級聯賽的下駟隊伍。第四戰的對手是去年甲級聯賽冠軍。只要在這場最重要的比賽，再次上演業餘隊伍大敗職業隊伍的戲碼，這將是職業聯賽發祥以來，第一次有大學隊伍打進前八強。

其他人聊得很開心，正紀心中卻漸漸失去溫度。

那個連破職業隊伍的大學校隊，就是正紀本來要念的學校。那個取代正紀拿到體保資格的王牌，在賽場上十分活躍，媒體也爭相報導。他看到新聞以後，始終心亂如麻。

正紀想起了早已忘懷的眷戀，不、他只是假裝忘懷罷了。面對不公不義的現實，一把怒火又燒了起來。

正紀壓抑波動的情緒，隨口附和眾人的話題。解散以後，他獨自回到家中。租來的套房離大學兩個車站的距離，租金和生活費都是父母給的。

正紀躺到床上，拿起漫畫殺時間。他想用漫畫麻痺自己，眼睛卻忍不住偷瞄時鐘。天皇盃開賽只剩下八分鐘、七分鐘、六分鐘、五分鐘——

他沒打算看球，但心情就是靜不下來。癱在床上的身子，感覺像飄在空中一樣。

那傢伙今天也是先發吧？

「幹！」

正紀丟下漫畫，用力抓抓腦袋，視線不斷在電視上徘徊。

誰要看啊！

離開套房，正紀前往只有四分鐘路程的便利商店。他隨意瀏覽架上的漫畫週刊，將其中一本放進購物籃中。之後在店內看其他商品，又拿了起司口味的洋芋片和香草冰淇淋。

高中時代他都吃母親煮的飯菜。母親有營養師的資格，準備的飯菜都顧及營養均衡，他也很努力維持運動員的體態，但現在已經沒那個必要了。

正紀還拿了豬排飯和明太子飯糰，回頭又多拿一包洋芋片。

失去了打入職業球壇的機會，正紀剛上大學的那段時間，還是不太敢吃垃圾食物。日子一天天過去，他也慢慢放棄了夢想，這才願意拿起垃圾食物享用。

不對。

他不是放棄夢想才吃垃圾食物，而是想用不健康的飲食生活，來逼自己放棄。

慢條斯理地挑完東西、結完帳，正紀回到自己的套房。他看了時鐘一眼，開球時間已過三十五分鐘。

正紀吁了一口氣，強迫自己不要盯著電視畫面。他打開一包洋芋片，邊吃邊看漫畫。精神難以集中，根本記不住故事情節。

最後他不耐咂嘴，反手打開電視。轉了幾個頻道，螢幕上出現比賽的畫面，他最先看到的是左上角的比數。

二比一。

甲級聯賽的冠軍隊伍領先。

正紀鬆了一口氣，總算甘願關掉電視，他並不想看到那個搶走他體保資格的人。

拜託，比賽就這樣結束吧——

接下來，他一直看漫畫打發時間，直到比賽結束才看推特。趨勢關鍵字上有挑戰職業隊伍的校隊名稱，他的心中也冒出不祥的預感。

正紀本想無視比賽，但他終究辦不到。點了該校隊的關鍵字，螢幕上列出相關推文。

「奇蹟同分！」

「進入延長賽。」

「二比二！」

正紀看了幾則推文，就知道發生什麼事了，比賽還沒有結束。

大學校隊把甲級聯賽的冠軍隊逼入絕境？

正紀心跳加速，不自覺握緊拳頭。

再看其他幾則推文，網友們都有提到那個搶走他體保資格的人。大家都在討論那個人踢進兩分，有望一人獨得三分。

在天皇盃對上甲級聯賽的冠軍隊，竟然一人獨得兩分。

深埋在墓地的夢想又被挖出來了。

那些喝采與榮耀本來應該屬於我的——後悔與不甘的念頭，緊緊掐住了正紀的心。

到底人生哪裡出錯了？

一個同名同姓的神經病犯下殺人案，人生就全毀了。正紀完全沒想過，自己的人生會變成這樣子。

他放下手機，持續祈禱那個搶走他體保資格的人輸球。

冠軍隊，你們振作一點好不好？

正紀也知道自己的心態很不健康。過去高中時代，勢均力敵的對手是他鞭策自己進步的原動力，他也一向秉持運動家精神，和對方切磋砥礪。

只不過——

這一切都變了。一個無辜的人失去了夢想和前程，心態是能多健康？

「幹。」

正紀罵了髒話發洩心中不滿，倒頭躺在床上。他瞪著天花板，幻想那個曾經屬於他的未來。

漸漸地，正紀的眼皮越來越重，一不小心就睡著了。睡醒後他揉揉眼睛，試著用疲憊困頓的腦袋回想自己做了什麼夢。

結果，他什麼也想不起來。

正紀很久沒做夢了，睡著時腦海中總是一片虛無的黑暗。即使有夢，也不會殘存在記憶之中。

以前他睡覺都會做好夢的。

時間是半夜兩點三十分。

不曉得天皇盃結果如何？他拿起手機搜尋關鍵字。

一看到「飲恨」這個新聞標題，正紀又出現了心悸的症狀。

他怯生生點開新聞，輸球的是大學校隊。延長賽結束後兩隊依舊同分，最後ＰＫ決勝。冠軍隊終於展現王者的風範，成功擊敗大學校隊。

慶幸別人失敗的同時，他也厭惡如此狹量的自己。

三天後，他看到一篇報導，再也維持不了平靜的心情。那個搶走他體保資格、在大賽中讓冠軍隊吃足苦頭的人，被好幾個職業隊伍挖角。

「確定打入職業足壇?!」

看到報導的最後一段文字，正紀的心臟開始劇烈狂跳。

那本該是他的前程，而且是他夢寐以求的前程——結果被別人奪走了。

正紀又一次詛咒自己的名字。

10

擔任文書人員的大山正紀，工作到深夜才下班回家。他提著超商買來的半價便當，打開公寓的大門，走進沒有人歡迎他回家的套房。

房內放了一張床和小書桌，牆邊再放一個衣櫃，就占去大部分的空間了。

房子是二十年的老公寓，權狀是三點九坪，實際坪數卻只有三坪不到。正紀省電費沒開冷氣，房間悶熱異常，只穿一件汗衫都會流汗。

——你工作幾年了啊！

——沒路用！

上司的叫罵聲不絕於耳。他努力工作想討好上司，但越努力就越容易犯錯，每次犯錯都被責罵，始終擺脫不了這個惡性循環。

為什麼自己會如此無能呢？

難堪的情緒總是令他抬不起頭。

正紀把口罩丟進垃圾桶，洗完手回到房內，點開匿名使用的網路帳號。他在網路上抱怨職場的事情，但原委沒有寫得太詳細，以免自己的身分曝光。怨言吸引了鄉民的注意，轉發的數量急速增加，留言也有十條以上。有人同情他、安慰他，對他的說法感同身受，甚至比他更加憤慨。

平凡又孤獨的正紀，只要上網宣洩憤怒與痛苦，就能暫時獲得其他人的關注，這算是他唯一的慰藉了。過去他總是謹守分界，只會發一些祥和的推文，現在不一樣了。

為什麼人生會變成這副鳥樣？

大山正紀之名受盡千夫所指的往事，他記憶猶新。

六年半前，正紀白天在超商打工，晚上就讀高中夜校。當時，他得知有個同名同姓的殺人犯被逮捕的消息。暗戀的對象遷怒他的名字，他請求對方理性相待，卻一點用也沒有。對方說那是感覺的問題，生理上的厭惡感無法靠理性顛覆。

好死不死，那個同名同姓的殺人犯，竟是在公廁刺殺六歲女童的心理變態，而且還有性侵的嫌疑。

那是群眾最無法接受的凶殘犯罪。如果——如果是男人之間口角造成的傷害案，名字被刊出來也不會有人記得。

如今，大山正紀之名是罪惡的象徵，不下於其他震撼全日本的凶惡罪犯。

半工半讀對身心都是極大的負擔，正紀就讀夜校時經常翹課，但他辭去超商的工作後，還是有念完夜校，尋找像樣的工作。

不過——

正紀並非好高騖遠，無奈沒有一家公司願意用他。丟了十幾家公司的履歷，只有一家通過書面審核，拿到面試的機會。

當然，正紀也知道自己沒啥了不起的學經歷，履歷被刷下來也是無可奈何的事。可是，萬一公司看的不是學經歷呢？

萬一公司看的是名字，大山正紀。

據說，最近企業會上網搜尋求職者的姓名。現在大多數人都會在網路上發表言論，稍微看一下網路上的留言，就能看出一個人的本性，畢竟面試時大家都只會講好聽話。網路可以幫助企業了解一個人的本性。

大山正紀這幾個字，放到網路上搜尋只會出現凶案的新聞。

犯人都已經被逮捕了，別人也知道他不是殺人犯，但印象不會好到哪裡去，需要亮相的工作也不會交給他。

「你沒殺過小女生吧？」

好不容易拿到一次面試的機會，中年面試官莫名其妙問了這麼一個爛問題。

旁邊的女性面試官聽了有些不高興，但往好的方面想，說不定對方只是想用黑色幽默，來化解新鮮人緊張的心情。可是，這件事對正紀來說太沉重了，他沒法當成玩笑話。

一來凶案本身太過殘忍，二來他被自己的名字折騰了好多年。

當面試官提到凶案的話題時，正紀總覺得自己變成殺人凶手，彷彿辛苦隱瞞的罪孽也被對方揭穿了。

想要回歸社會的更生人，大概就是抱著這種心情參加面試的吧。

正紀臉頰抽搐，一句話也答不上來。

面試結果當然好不到哪去，他倉皇失措的反應，在別人眼中就像真正的殺人犯。

之後，每次投履歷被刷下來，他就懷疑是不是自己的名字害的。

好不容易得到面試的機會，他也擔心「大山正紀的舊帳」會被翻出來，講話變得吞吞吐吐。

不錄用、不錄用、不錄用、不錄用、不錄用、不錄用——

每次被企業刷下來，他就有強烈的自卑感，好像連人格都被否定一樣。

諷刺的是，多虧這鳥名字的關係，正紀才沒有真的崩潰。反正怪罪這該死的名字，就不用正視自己能力不夠的事實了。

從某個角度來看，這個藉口確實很好用。他可以安慰自己，要不是被姓名拖累，應該有好幾家公司搶著用他。

至於實情如何呢？名字真是他被刷下來的理由嗎？

如果不是——

正紀露出了自嘲的笑容。

現實一再告訴他，他只是一個不被任何人需要的廢物。

最後，只有一家二十五人的小公司肯給正紀一份工作。這份機會無疑是佛陀垂落地獄的蜘蛛絲，他說什麼也得把握住。原來佛教故事中的罪人犍陀多，就是抱著這樣的心情攀住蜘蛛絲。不對、他只是一個默默無名的小人物，頂多算是其他爬上蜘蛛絲的亡魂。

肯給他工作機會的公司，簡直跟佛陀沒兩樣。正紀心中滿是感激，就連上司的辱罵，他也當成對新人的栽培，努力忍下來了。

現在，平穩的人生是他少數的奢望。他寧可當一個小角色，也不想再被名字連累了。

正紀吃完便當，洗了個澡，上網打發時間，直到深夜才入睡。

他的人生，一向與孤獨為伍。

父親在他念小學的時候外遇，拋家棄子沒再回來過。母親則是愛玩小鋼珠的賭徒，幾乎所有生活費都拿去玩小鋼珠，錢花光了就拿兒子出氣。母親連小學的營養午餐費都付不出來，更不可能幫他出高中學費。

——想讀高中自己出錢。

正紀百般猶豫，最後選擇去念夜校。只有中學畢業的學歷，未來大概也沒什麼前途，這點無庸置疑。所以，他只好靠自己賺取學費。離開了母親獨自生活，他有一種奪回人生自主權的感覺。不過，自由和孤獨相去不遠。

正紀缺乏親情，跟旁人也沒有連結。

自從被暗戀對象討厭以後，正紀就懶得交朋友了，連自我介紹都會怕。

好在，同名同姓的殺人魔被判有罪，也已經過了好一段時間，如今大山正紀之名不再像以前那樣受盡千夫所指。若是窮凶極惡的通緝犯，名字會一直出現在各大媒體上，絕不可能被人們淡忘。

正紀側躺在床上蜷起身子。他閉起眼睛，盡量不去思考任何事情。不刻意冷卻思緒，他會浪費一整晚的時間，煩惱人生的意義。

漸漸地，意識終於沉入睡意中。

早上鬧鈴響起，正紀整理好服裝儀容離開家。盛夏的太陽火辣辣的，曬得他頭昏腦脹。

一戴上預防新冠肺炎的口罩，頭昏腦脹的狀況又更嚴重了。

正紀在電車裡顛簸了半小時以上。

走到公司附近，頭痛的症狀更加強烈了。事先服用的止痛藥一點屁用也沒有，甚至還產生反胃的感覺。

到良心企業上班的話，會是不一樣的人生嗎？

正紀一到公司就忙著處理文書工作，成堆的工作拚命加班也做不完，他得趁上司罵人之前趕快處理好才行。

其他戴著口罩的同事，也逐一來到公司了。他們看到正紀也沒打招呼，應該說這間公司的員工，並沒有聊天和打招呼的習慣。

正紀工作處理到一半，頭部突然受到強烈衝擊，大腦也被震得暈了。

他摸著疼痛的頭部往上看，上司就站在他面前，手裡握著捲成筒狀的雜誌。

「呃……」

上司不耐地說道：

「我說過，資料要趕在我上班前完成。你到底是多無能啊！」

「抱歉。」

正紀低頭道歉，後腦杓又被雜誌打了一下，頭都發麻了。

「你要說，非常對不起才對吧？」

「非常對不起。」

「昨天幾天回去的？」

「十一點半。」

「還不夠拚嘛，廢物要多花點時間啊。不拚一點，怎麼獨當一面啊？」

正紀不斷低頭道歉。

上司罵爽了才終於離開。

正紀按住腹部，胃腸劇烈翻攪，反胃的感覺有增無減，口中都是胃酸的苦味。

一想到未來幾十年都要待在這家公司，正紀差點沒有暈死過去。在人生的關鍵時刻做錯選擇，或者沒有找到其他抉擇，就再也沒有挽回餘地了，想重來也來不及了。年輕時找工作都那麼辛苦了，現在去其他公司面試也不會被錄用。

正紀好羨慕那些功成名就的人，尤其是那些有特殊技能、社交能力優異，名字潔白無瑕的人。

名字啊——

如今「大山正紀」被世人淡忘，去找工作會有不一樣的結果吧。倘若過去找工作不順真的是名字害的，現在或許可以找到好一點的工作。

正紀認真思考換工作的可能性。

11

開了暖氣的房間裡，擺滿一大堆從網路上買來的零嘴。在房內走動一定會踩到零嘴的包裝袋。

窗簾一整天都沒有打開，室內光源只有天花板的冰冷燈光。房間的主人一個月也不見得會出門曬幾次太陽。

這種家裡蹲的生活已經持續好幾年了。

大山正紀仰躺在床上，茫然看著手機裡播放的動漫。

溫柔的世界只存在於動漫中，現實世界殘酷不仁，一點魅力也沒有。

看完動漫，正紀打開推特。他追蹤的都是自己喜歡的繪師，一打開就看到各種漂亮的插畫，這算是他少數的心靈慰藉了。

不過，今天有不一樣的東西吸引了他的注意力。

是推特的趨勢關鍵字。他的名字大山正紀，又占據趨勢關鍵字第一名。

正紀產生一種錯覺，好像自己被時空漩渦帶回過去，或者應該說，那是一種被過去的亡靈找上的恐懼。他的心跳加速，胃部也開始抽痛。

為什麼大山正紀又成為話題了？又有其他大山正紀犯案嗎？

反正不可能是好事，雖然沒有依據，但正紀相信自己的推測錯不了。

他惶恐地點開趨勢關鍵字，螢幕上顯示相關推文。

「那個大山正紀要被放出來了。」

「殘殺小學女生的敗類，才關七年就出獄了！#大山正紀」

「垃圾法官不會判他死刑喔！」

「犯案時還未成年就輕判，也太不合理了吧？現在他已經成年了，應該重判啊！」

「媽的咧，恐龍法官又放縱神經病作亂！#大山正紀」

「勿忘津田愛美小妹妹的凶案！殺死變態殺人魔大山正紀！」

正紀如墜冰窖，握住手機的雙手也加重力道。

那傢伙要放出來了。

根據報導，少年感化院是幫助少年更生和回歸社會的設施。而關押「大山正紀」的少年監獄，專門關押十六歲以上至二十六歲以下的重罪青少年。

優秀的人權派律師組成辯護團隊，替「大山正紀」爭取減刑。理由是未成年人的本名被媒體公布，已然受到過重的社會制裁，再加上本人出庭時已有悔意，在少年監獄服刑期間也表現良好，因此只關了六年半就釋放了。正確來說，從逮捕到判有罪的這段羈押期間，總共一百五十天也算入刑期當中，實質上等於關了七年。報導引述法官的解釋，少年犯案多半判處不定期刑，也就是不決定明確的刑期，只設一個刑期的上限和下限。話雖如此，只關七年就被放出來，跟近年其他大案相比也算輕了。

正紀不敢相信自己看到的一切，大山正紀之名又要被放大檢視，受盡千夫所指了。

他握緊拳頭，指甲幾乎要戳破掌心。

同時，他也在心裡祈禱，祈禱「大山正紀」和世人不要再破壞他的人生了……

正紀持續搜尋「大山正紀」的相關話題，瀏覽大量的推文。過了差不多三個小時，他看到了一則快訊。

「津田啟一郎攻擊少年犯，遭到警方逮捕。」

正紀懷疑自己是不是看錯了。

少年犯——

媒體在這個節骨眼上，竟然用這樣隱晦的措辭。而且被逮捕的人姓津田，也帶給他很不好的預感。

正紀用發抖的手指點開報導。

「離開少年監獄的少年犯（二十三歲）被利刃刺傷，行凶的津田啟一郎（四十五歲）遭到警方逮捕。七年前，津田先生的女兒愛美小妹妹（當年六歲），在公共廁所慘遭殺害。被利刃刺傷腹部的少年犯，性命沒有大礙。」

果然，情況和正紀猜測的一樣。

是被害者家屬對犯人報仇。

這次傷害案的被害者，是七年前的加害者，被逮捕的加害者則是七年前的被害者家屬。報導的寫法未免太複雜難懂，但記者似乎決定把雙方的關係完整報導出來。社會大眾都知道被害者家屬的身分，所以報導中還加上「先生」的敬稱。

這則新聞發布後，網路鄉民的怒火一發不可收拾。

正紀關掉剛發布的快訊，搜尋這則新聞有沒有在網路上造成話題。

「衝擊影像！被害者家屬復仇未果。操你媽咧！不要妨礙人家報仇啊！那些壓制津田先生的王八蛋，也跟大山正紀一樣垃圾！做事前不會用大腦喔！」

這篇措辭偏激的憤怒推文，夾帶了一段兩分多鐘的影片，已被轉發一萬兩千次。

正紀點開影片，一顆心也七上八下。

影像是用手機拍攝的，聽得到四周吵雜的人聲，畫面也劇烈搖晃。

一名中年男子被壓制在馬路上，活像昆蟲標本一樣，周圍有三名青年按住他的四肢。中年男子抬起唯一能活動的腦袋，憤恨叫罵。

「放手！別攔我！為什麼要攔我！錯的是那王八蛋！不要救他啊！」

那是中年男子撕心裂肺的吶喊。

隔天，正紀打開電視，觀看談話性節目。

節目詳細回顧七年前的「愛美小妹妹凶殺案」，連小妹妹被亂刀砍死的案情都說了。過去八卦雜誌有爆出小妹妹幾乎身首異處的慘狀，好在節目沒有提到這件事。

考量到這起凶案的血腥程度，正紀可以理解世人的憤怒，但他的內心深處，並不認同他們的行為是正義。

「被害者家屬會自己討公道，這代表司法輕判少年有問題嘛。」

擔任主持人的中年男子，一臉厭惡地發表評論，身為社會學家的中年女子也附和道：

「您說得太對了。要治癒被害者家屬的悲傷和痛苦，七年的時間實在太短。凶殘的人魔少年竟然在社會上昂首闊步，我們的社會太扭曲、太可怕了。」

「凶殘的人魔少年，這形容方式是不是不太妥當……」年輕的男主播趕緊緩頰。

「是人魔沒錯啊！一個六歲少女無辜受害，用人魔來形容還太便宜凶手。如果你們節目怕被投訴，又不敢說出事實，那恕我先行離席！」

中年女子氣得咬牙切齒，整段話說得義正詞嚴，真把自己當成了聖女貞德。

「十六歲的人渣，也該當成大人重判！」

「請冷靜一點。」旁邊一位體型肥碩的男律師打岔了。

「這次的凶案採用逆送處置，犯案少年已經被當作成年人，也接受刑事判決了，而判決的結果就是關這麼久。」

「你們嘴上說跟大人判得一樣，但根本就不一樣啊。司法機構在判決的時候，心態上用的還是少年法嘛！」

「心態上用少年法？」

「沒錯，假使這次犯案的是四十歲中年男子，有可能只關七年就放出來嗎？不可能對吧。最少也是判無期徒刑。法官沒判無期徒刑，就證明在心態上還是用少年法的角度在判。刑事法庭在判案時，也沒有真的秉公處理嘛。」

「同樣的犯罪不可能下達同樣的判決。犯人的犯罪動機、反省程度、可教化餘地都要考量，判決也就各不相同。當然，被告的年齡也是考量要件之一，這是理所當然的。」

「怎麼能縱容如此凶殘的殺人犯！」

「您的心情我感同身受，但少年法的目的，是讓少年犯重新做人、回歸社會。」

「你要替加害者講話就對了啦！」

「請不要離題，我個人也對這起凶案感到氣憤。可是，律師個人的私情不能改變法律的適用範圍。讓私情影響法律的人，沒資格當律師。」

社會學家橫眉怒目，以洩憤的口吻大罵律師：

「你知道自己講的這些話，對被害者家屬有多大的傷害嗎？你一點同理心也沒有嗎？被殺害的是六歲的小女生！你叫大家包容罪犯，根本是言語暴力，也是在歧視女性！」

「妳這結論哪來的？我沒這樣講啊。」

「就是有你這種人在媒體上亂講話，這個社會才毫無正義可言，受苦的永遠是被害者。你要是體諒被害者和她的家屬，就講不出那種畜生不如的話了！」

中年女子罵罵咧咧，直到主播出面緩頰才停下來。正紀觀察推特上的反應，鄉民一致痛罵那名替加害者講話的律師，把他當成歧視婦女的人渣攻擊。平日關心社會議題的知名人士，也煽動群眾投訴該節目。煽動的言論燒出一片燎原烈火，許多鄉民要求電視台換掉那名律師。

中年女子竄改和曲解律師的發言，帶出歧視婦女的律師包庇變態殺人犯的風向，鄉民的怒火飆至最高點，活像在開批鬥大會。

「這傢伙的臉超欠打的啦，我跟我老公都說，好想往他臉上灌一拳。」

「法匠都只會保護加害者人權啦！」

「他女兒也被殺一下好不好！怎麼死的不是他家女兒啊。」

「拜託誰來殺一下他女兒謝謝。」

鄉民早已失去冷靜，律師成了第二號祭品。

下禮拜節目開播，律師沒有出場了。失去「天敵」的社會學家，完全把節目當成自己表演的舞台。

「判決結果等於是在告訴社會大眾，就算你殘殺六歲小女生，只要還未成年，進去蹲個七年就沒事了。我們不該讓人民接收到這種錯誤訊息。這次是被害者家屬忍不住自己替女兒討公道，被刺的大山正紀不是被害者，而是可惡的加害者！」

攝影棚的氣氛瞬間降至冰點，緊接著現場一片譁然。女主播趕緊跳出來打圓場。

「剛才節目中有不適當的發言，真的非常抱歉。」

「什麼叫不適當的發言？傷害案發生的時候，你們媒體不是都會公布被害者姓名？」

中年女子火大反嗆女主播。

「呃、這次的狀況比較特殊……」

「我只是說出被害者姓名啊。」

身為社會學家的中年女子，前一秒才說大山正紀是加害者，現在改口未免轉得太硬。相信她自己也很清楚，但她過於情緒化，甚至覺得自己有理有據。

攝影棚一片尷尬，網路上卻是讚聲連連。

大山正紀。

少年犯的名字，終於在電視上曝光了。

網路鄉民紛紛叫好，有人說中年女名嘴是少見的媒體良心，還稱讚她敢在電視上揭穿少年犯的姓名。少年犯姓名被揭穿的橋段，也被剪輯下來上傳到網路上，已經有一萬五千人次轉推了。

這是利用直播發動私刑，電視的傳播力道非網路可以比擬，如今「大山正紀」之名被全國觀眾知道了，正紀根本無法想像，自己會受到何種不公平、不理性的對待。

那個社會學家也有推特帳號，她也轉推那則剪輯影片。有人站在人權的觀點批判她公布姓名的作為，結果被她打成擁護殺人犯的幫凶。

最後，製作單位也沒請她上節目了，畢竟打破行規鬧出來的問題太大了。沒人敢找那種情緒一來就失控的瘋子上節目。

沒想到，她在推特上反咬製作單位一口。說自己只是說出被害者的心聲，結果就被退通告了，媒體高層的壓力令她不敢恭維。推文發出後，獲得了無數鄉民的支持和鼓勵。

「大山正紀」。

正紀無語問蒼天，那傢伙還要毀掉他的人生幾次才甘心？「大山正紀」害他輟學，無法回歸社會，連夢想都放棄了。

正紀緊咬自己的嘴唇，咬到嘴唇都流血了。

他饒不了「大山正紀」。

隱忍了七年以上的殺意，在那一刻全爆發出來了。

12

——錄用。

正紀花了半年的時間，不斷參加面試找新工作。第二十五家公司終於願意用他了。

他握拳叫好，新東家的規模比現在的黑心公司大多了，薪水也很不錯。

隔天，他到公司準備遞辭呈。善後工作處理到一半，上司跟平常一樣對他破口大罵：

「你資料又沒交！你是豬是不是！」

以往自尊受到踐踏，正紀只覺得非常難堪，但今天不一樣。

他露出了冷笑。

「你笑屁啊。」

上司氣到表情扭曲，如果憤怒能夠量化，上司的憤怒值應該已經破表了。

正紀猛然起身，椅子差點被他撞倒，上司也嚇了一跳。

「你、你怎樣啦？」

正紀瞪了上司一眼，從包包裡拿出一封信，用力甩到辦公桌上。

上司低頭俯視桌面。

正紀手一挪開，上司才看到「辭呈」兩個字。

「這什麼啊？」

「我不幹了。」

「啥？你到底在發什麼瘋啦？」

「我受不了你了，不幹了。從明天開始我要放有薪假，不會來公司了。」

正紀想起以前就讀夜校時，超商的工作也是說辭就辭。

「你這種廢物要辭職？除了我們公司以外，你以為其他地方會用你喔？講這些五四三之前先給我好好做啦！」

正紀差點噴笑：

「我找好工作了，薪水比這家公司好多了。」

上司惱羞成怒，口中又噴出一堆垃圾話，各種難聽的話都說出來了。

正紀也不再忍讓，他從口袋拿出錄音筆說道：

「你敢攔我，我就告發你職權騷擾。反正上網宣傳一下，這家爛公司保證會被鄉民燒到倒閉。」

上司整張臉都綠了。

正紀終於體會到揚眉吐氣的快感。

他做完最基本的交接工作，就離開公司了。上司從頭到尾怒目相向，他也不以為意。

現在想想，之前根本沒必要那麼悲觀。反正只要說一句我不幹了，職場的上司也不過就是毫無瓜葛的陌生人。那些難聽的責罵，再也傷不了正紀的心。

如今擺脫了黑心公司，就等新東家通知上班日了。

不料——

三個禮拜後，正紀收到新東家的人資主管寄來的信。點開一看，第一句話就是「非常抱歉」這幾個字。

正紀心中有種不好的預感。

他深呼吸一口氣，繼續看下去。

信上說公司財務狀況受到疫情衝擊，沒辦法雇用新的人力了。

正紀愣住了，整個世界彷彿天崩地裂。心臟絞痛難耐，呼吸也亂成一團。

疫情？疫情又怎樣了？

正紀也顧不了這麼多，直接打電話質問人資主管。不過，對方只顧著道歉，整件事毫無轉圜的餘地。

「我已經辭掉原本的工作了耶！」

正紀動之以情，對方的答覆也沒有改變。

事關生計問題，說什麼也不能放棄。出爾反爾的是那家公司，正紀據理力爭。一句疫情衝擊就想打發一切？哪有這麼便宜。

可是，談了半小時依然扭轉不了頹勢。正紀死纏爛打到最後，還是放棄了。他簡直快暈倒了，滿腔的怒火幾乎快要爆炸，他打算跟平常一樣發文抱怨，一定要告發那家沒良心的公司，讓世人來評評理。

正紀打開推特，映入眼簾的文字卻嚇得他目瞪口呆。

那個「大山正紀」竟然回歸社會了。那個變態殺人魔玷汙大山正紀之名，害其他大山正紀永遠翻不了身，現在竟然放出來了。

「大山正紀」被判有罪以後，正紀下意識認定整件事告一段落了。時光慢慢流逝，群眾逐漸淡忘大山正紀的惡名，他以為自己終於有機會重建名聲，但事實不然。

殺人魔沒被判死，早晚有一天會放出來，現在就是那個混帳重獲自由的時候。

正紀瀏覽網路上的懶人包，得知了更詳細的現狀。殘殺六歲小女生的大山正紀，一離開監獄就遭受被害者家屬攻擊，立刻送往醫院救治。有人發起連署活動，祈求司法網開一面，釋放那名替女兒討公道的父親。還有中年女名嘴在直播中公布「大山正紀」的姓名，騷動更加沒有平息的可能性。收視率破十的談話性節目，對全國觀眾揭露了少年犯的真名。

談好的工作突然變卦，大概就是這件事害的吧。

正紀憤憤不平，他的人生又要被「大山正紀」踐踏了，到底還要被糟蹋多久才行？

鄉民一致痛罵「大山正紀」，大家很同情那個被逮捕的父親，甚至認同父親為愛女報仇的做法。

「失去女兒的父親，反而被警方逮捕，媽的偉哉日本鬼島！這世界瘋了！」

「那父親當然有復仇的權力，女兒的命只換來七年刑期，哪一個父母受得了啊。」

「還不是垃圾法官不肯判死害的，明明是司法有問題，結果處罰被害者家屬。」

「一起連署，要求釋放那個父親吧！真正該受罰的是大山正紀，自己的正義自己救！」

對世人來說，加害者被判刑償罪還是遠遠不夠，感情和輿論超越了法律。

過去的正紀會站在世人那一邊，義憤填膺表達自己的憤怒。畢竟這樣做可以博得美名，塑造良好的形象，他也樂於在人前裝好人。

可是，現在他非常害怕群情失控。當然，他也不打算講一些空泛的屁話，替罪犯爭取同情或人權，他壓根就沒有這種想法。

他只是非常害怕那一股席捲社會的狂怒和恨意。負面的情緒跟怨念一樣，深植每個人的心中，支配大眾的心。

憤怒吧！

厭惡吧！

憎恨吧！

批判吧！

好像不乖乖照做的人，就是替加害者說話的人渣，未來註定成為罪犯——每個人都必須砲口一致，這就是網路社會的現實。

除非還有其他大案發生，否則「大山正紀」就是一個活祭品，給那些「理性又有良知的好人」公然洩憤的活祭品。這跟學校或職場上的霸凌不同，罵得再難聽都不會有人說話，罵人的還會被當成正義的一方，獲得眾人的認同和讚賞。

發生了這件事，正紀對世界的看法也變了。

他痛恨「大山正紀」的犯罪行為，但他碰巧也叫大山正紀，所以能感同身受。有錯的是殺人犯「大山正紀」，這一點再清楚不過。可是攻擊罪犯的群眾，對自身的加害行為毫無自覺，這才是正紀害怕的地方。

網路上也有少數冷靜的聲音，有人說法治國家本不該放縱尋仇。承認私刑正義，國家就再也沒有秩序可言，這是野蠻國家的行徑。鄉民幾乎不認同那些聲音，按讚的數量也只一位數或二位數。

當輿論形成一股堅不可摧的洪流，蓋過了冷靜的反對聲浪，敢跳出來大聲疾呼的人，會被當成妨礙正義的敵人。大道理不見得會被認同，怒火和恨意凌駕於法律之上，這難道不是一種自私傲慢？

正紀把手機扔到床上。

上網說出自己因為姓名受到的委屈，大概也沒幾個人會同情他吧。全日本有多少人跟窮凶極惡的罪犯同名同姓？差不多就跟大湖中的一滴墨汁一樣吧。

人們對不了解或不感興趣的東西，不會產生同理心。

「大山正紀」已經償罪了，也該到此為止了吧？你們心情上無法饒恕對方，就非得圍剿一個更生人嗎？

對，大山正紀七年前犯下凶殘的殺人案，也被逮捕了，受到群眾誹謗中傷理所當然。

但現在不一樣了，犯人受到法律制裁，也在少年監獄服完刑才出來。剩下的就是被害者家屬的民事賠償問題了，應該是這樣沒錯吧？在網上散播負面情緒的看戲鄉民，跟這件事到底有何狗屁關係？

拜託你們饒了「大山正紀」吧。

我也是「大山正紀」啊。

身分曝光的罪犯特別容易引爆群眾的怒火，這跟匿名罪犯不一樣，是形象鮮明的個體，用來洩憤再適合不過。正紀自己也是如此，他痛恨惡質的罪犯，也想置之死地而後快。但有沒有人想過，也有無辜的人深受其害？

反正在大家心裡，那只是微不足道的小事。

有位朋友明白他的煩惱，卻屢屢說出沒良心的話來。

「那些罪犯的父母，還有被害者的家屬比較可憐吧？你只是跟罪犯同名同姓，人生怎麼可能受到影響啊？」

沒有人真的理解正紀。

這該算誰的錯？

正紀可以從對方的言行、態度、表情，看出對方忌諱他的姓名。

到頭來他養成了一個習慣，只要對話產生尷尬的氣息，他就會趕緊陪笑結束話題。

那些覺得正紀小題大作的人，正紀曾經問過他們，有沒有被同名同姓的人連累的經驗？大家的答案都是沒有。正紀又問他們，有沒有查過其他同名同姓的人？答案同樣是沒有。正紀叫他們當場查看看，每個人查到的都是普通人。

同名同姓的普通人。

好比普通上班族、家教老師、工廠廠長、律師、美術家、技工、老師、遊戲公司職員、副教授，或是體育和棋藝不錯的學生，每個獨一無二的個體，對其他人來說就只是路人甲。

既沒有能見度高的知名藝人，也沒有世界級的運動選手，更不可能有變態殺人犯。

沒有人跟他一樣，被惡名昭彰的名字害過，所以也沒人了解他的痛苦。他徹底體認到，人類的想像力非常有限，沒有站在同樣的立場，不可能真正了解當事人的痛苦。

起初，只要有人對「大山正紀」的名字感興趣，正紀就會拚命向對方訴苦，希望有人了解他的委屈和煩惱。他的口才並不好，但還是努力說明原委。可惜得到的永遠是千篇一律的回答。

——這樣喔，你確實滿倒楣的呢。

沒有人把他的問題當一回事，他不能接受自己的煩惱被三言兩語打發。

大家都裝出一副理解的態度，但沒人真正放在心上，只想趕快結束這麻煩的話題，說出口的安慰之詞也空泛又沒誠意。

為什麼只有我要受這種罪？

憤憤不平的負面情緒，幾乎要占據正紀的心。就在這時候，他想起以前在超商打工，「愛美小妹妹凶殺案」的犯人還沒曝光時，自己也上網搜尋過其他的大山正紀。世上還有其他大山正紀，那些人的名字在網路上已經找不到了吧。

「大山正紀」害的肯定不只他一個，所有的大山正紀都被害到了。

所有的大山正紀——沒錯，受苦受難的是每一個大山正紀，其他大山正紀一定也吃過同樣的苦頭。

正紀靈機一動，在論壇上問了一個問題：

「各位，你們有遇過同名同姓的困擾嗎？有經驗的麻煩分享一下。」

過了兩天，論壇上出現各式各樣的答覆。

「我跟某個漂亮的偶像同名同姓，到新環境自我介紹根本是地獄。大家都會仔細端詳我的長相，露出苦笑的表情，真的很難受。」

「我跟知名藝人同名同姓，去醫院看病的時候，每次護士叫到我的名字，就會引起一陣騷動。」

「以前有個男生跟我告白，說他有意娶我，希望我跟他交往。可是，我一想到自己冠上他的夫姓後，會跟某個知名的醜女藝人同名，我就不想跟他結婚了（笑）。現在我結婚的對象，是一個姓氏很普通的人。」

「我是靠寫小說維生的。有一個網紅跟我筆下的壞蛋同名同姓，結果那個網紅在網路上詆毀我，說我故意汙衊他的名聲。那傢伙也太自戀了，他以為自己很有名喔。」

「我跟動漫角色同名同姓，每次自我介紹都被笑，還有人故意調侃我，要我說出動漫角色的知名台詞。」

「我認識一個學弟，他老爸是棒球迷，姓氏又剛好跟某個知名選手一樣，於是就用那個知名選手的名字替我學弟命名。學弟加入棒球社努力練球，想當孝子，結果他球技爛得要死。實力跟名字落差超大，只有慘而已。」

「我替女兒取了一個可愛的名字，沒想到竟然跟AV女優同名同姓。早知道取名字之前應該先上網搜尋一下的。」

「我要講的是我朋友啦，她跟某個歌手同名同姓，長得又很漂亮，所以她也常拿自己的名字開玩笑，喜歡她的人也不少。不過，後來那個歌手吸毒被捕，她只好拚命隱姓埋名，有夠可憐的（笑）。」

留言區有許多同名同姓的煩惱，但幾乎都不是多嚴重的問題，很難引起正紀的共鳴。就以那個跟吸毒歌手同名的女性為例，吸毒案沒有直接的被害者，拿來當自嘲的笑料，多少還能博得一絲同情。

不過，六歲女孩慘遭殺害的凶案，沒辦法這樣操作。

得不到滿意的答覆，正紀又追加了一段文章。

「我有一個難解的煩惱，我的名字跟惡名昭彰的罪犯一樣，有同樣經歷的人嗎？」

正紀每隔幾十分鐘，就上網確認新的答覆，半天內多了好幾則推文。

「我就是你講的那樣啊。我對一個剛認識的妹子自我介紹，然後她就封鎖我了，大概是上網搜尋我的名字，發現我的名字跟罪犯一樣吧。」

「有一次我出於好奇，上網搜尋自己的名字，結果查到同名同姓的罪犯被逮捕的新聞。老實講，感覺只有差而已。那也不是多有名的大案，不查根本不會知道。我很後悔自己幹麼手賤。」

「我有用本名開一個社群帳號，有一天收到很多中傷和謾罵的訊息。一開始我還搞不清楚是怎麼回事，後來才知道，當天新聞播報了同名的罪犯被逮捕，那些鄉民誤以為我就是那個罪犯。」

「我的未婚夫跟罪犯同名同姓，我滿焦慮的。之前上網搜尋他的名字，查到一個同名同姓的性侵犯，兩個人的年齡也一樣。我是願意相信他啦，但難免會不安嘛……這種事又不好跟本人確認，有沒有其他調查的方法啊？」

「我上網搜尋高中時代心儀的對象，結果查到一個犯詐欺罪被逮捕的，也不曉得是不是同一個人。」

「我跟惡名昭彰的殺人犯同名同姓，所以十九歲就趕快結婚，改用另一半的姓氏。只要我不說出自己的舊姓，就不會被歧視了。」

果然自己並不孤單，一想到世上還有其他人同病相憐，正紀有一點欣慰。

同病相憐的夥伴。

留言的人應該都不是「大山正紀」，既然要找人訴苦，何不找同樣被「大山正紀」糟蹋的人呢？

正紀打開筆記型電腦，設立了一個網站。網站非常陽春，最下面刊有郵件信箱，花不了多少時間就完成了。

網站的名稱就叫——

「大山正紀同名同姓被害者互助會」。

13

大山正紀縮著身子走進一年三班的教室，大多數同學都在聊天說笑，其中一個小團體的幾名男女瞄了他一眼，低下頭竊竊私語，發出嘲弄他的笑聲。

正紀坐上自己的位子，並沒有理會他們。他把書包裡的教科書放到抽屜，再拿出筆記本打開新的一頁。上面畫了一個漫畫風的少女，正笑盈盈地凝視著他。

正紀用鉛筆描繪身體的線條，他認真描繪曲線，畫出胸部到腰身一帶的草圖。

他將來的夢想是當一名動漫繪師。小學時他看過一些引人入勝的作品，也想做出那種魅力滿點的動漫，溫柔撫慰那些痛苦的心靈。

不料，筆記本突然從他眼前消失了。

「咦？」正紀抬頭一看，兩男三女跟平常一樣來到他座位前。筆記本在帶頭的那位女同學手上，茶色的捲髮蓋住臉頰，底下隱約露出校規禁止配戴的耳環。女同學看他的表情，跟在看害蟲一樣。

「欸、這什麼鬼啦？好噁心的畫喔！」

其他四人也湊上來看插畫。

「靠杯，還全裸。」

「是怎樣？他在畫裸女喔？」

「超變態的！」

五個人異口同聲嘲笑正紀。

「不、不是的，我、這只是草稿，在畫衣服之前要先畫好人體線條。」正紀支支吾吾，怯生生地替自己辯解。

「啥？講那麼小聲要死喔，聽不到啦。」帶頭的女同學一隻手放在耳朵上，滿臉嫌棄。

身材高大的男同學不爽罵道：

「對我們有意見是吧？」

「這根本變態嘛，在教室畫裸女，性騷擾啦。救命喔，有人性騷擾喔！」另一名女同學也跟著起鬨。

「你們阿宅都說這叫萌喔？噁心死了，拜託快點消失好嗎？」

正紀低頭看著書桌。被一群人輪番攻擊，他只能扼殺自己的心靈，忍到一切結束。

「噁心死了。」帶頭的女同學翻著他的筆記，不斷嫌棄。

費心描繪的插畫被嫌到一文不值，他覺得自己比一條沒人要的粗衣爛布還要慘。滿腔的鬱悶無處發洩，一顆心像被揪住一樣。

「喂，不理人喔？」

其中一名男同學笑著拍打書桌，巨大的聲響引來其他同學側目，但他們繼續聊天，眼不見為淨。

正紀看了那名男同學一眼。

單方面跑來找碴就算了，為什麼還要強迫別人有反應？承受無理取鬧的誹謗中傷，除了痛苦和想死以外，還能有什麼反應？

帶頭的女同學不屑地罵道：

「看了就想吐。唉唷，超噁心的！」

她上個月寫了一篇作文，還獲得師長的好評，拿下最佳作文獎。題目是「在網路上傷害別人的鄉民」，大意是說很多網路鄉民傷害他人，完全不當一回事。誹謗中傷是在扼殺當事人的心靈，應該受到批判云云。

「妳這也叫霸凌吧？」

正紀偷偷嘀咕了一句，他只是說出感想，並不是在質問對方。

「啥？你講什麼？」帶頭的女同學一臉不爽。

「妳也在霸凌啊……」

女同學被氣到，鼻孔用力噴氣：

「你說我在霸凌你？自以為被害者喔？我只是老實說出對圖畫的感想，你懂不懂言論自由啊？」

「妳根本——」

女同學又翻了一頁，上面畫了一個制服少女，做出啦啦隊的跳躍動作，裙襬翩然飛舞。

「天啊、你們看看！大腿都露出來了！」

「幾乎都看得到內褲了。」

「胸部超大！這是性暗示吧。」

「現實生活中沒女人理你，就畫這種東西喔？」
「差勁！不要用有色的眼光看女生好嗎？」
正紀支支吾吾反駁：
「裙子飛舞……那是表現角色動態的技巧，非常普通啊……」
「還找藉口咧，噁心！你就是想畫大腿嘛，看就知道了。」
「嘿啊，不然怎麼會畫這種動作。」
連繪畫呈現手法都有意見，欲加之罪何患無辭？正紀感覺自己受到了言語上的侵害。
「畫自己喜歡的東西也不行嗎？」
正紀自言自語，抬頭看那幾名同學，馬上又把頭低下來。
「你害我看到不想看的噁爛圖畫，我才是被害者耶？」
「是妳自己愛看的。」
「你在公開場合作畫，誰看不到啊？不會自己待在房裡畫喔。」
「畫個圖就被罵噁心，妳這就叫霸凌啊……」
「說你噁心只是個人感想啦，沒有虛心接受的雅量喔？」另一名女同學也起鬨。
「這種宅圖PO到社群網路上，你只會看到更多批評的感想啦。我們比網路鄉民溫柔很多了好嗎？」
正紀的雙拳在大腿上緊握，他知道網路上有很多人討厭動漫圖畫。
去年，有位女性繪師畫了輕小說的插畫，好死不死被ＳＪＷ＊盯上，說她在物化女性。那個繪師在網路上遭受砲轟，最後精神不堪負荷，只好砍掉帳號。這件事帶給正紀很大的衝擊，他總覺得自己也被罵到了，心情十分難過。

另一名男同學笑道：

「你畫的東西就是這麼噁爛，說你噁爛有什麼好奇怪的？」

那些傷人的話語，正紀聽了心如刀割。

他的心跳加速，胃部像被千刀萬剮一樣疼痛，額頭也滲出冷汗。

正紀咬著下嘴唇，瞪視那幾名同學。

「你那什麼表情啊？」帶頭的女同學高舉筆記本，給其他同學看裡面的圖畫。

「各位，你們也認為這種圖畫很噁心對吧？」

好幾個同學面面相覷。

「很噁心對吧？」

女同學又問了一次，有幾個人乖乖當了應聲蟲。那些看戲的同學也開始譴責正紀，可能是害怕受到牽連，或是想攻擊別人來彰顯自己是個好人吧。

「嗯，確實很噁心。」

「這種圖畫，我也不太喜歡呢。」

「好噁喔，嘔嘔。」

牆倒眾人推，中傷的話語一句接著一句，深深傷害了正紀的心靈。

＊ＳＪＷ指社會正義戰士Social justice warrior，也有稱正義魔人。

「看吧，大家都說你噁心，這下懂了吧。」女同學還不忘狠狠嘲笑一番。

那些都是正紀傾注心力，認真畫出來的深情畫作。

嫌棄那些繪畫噁心，就等於是在嫌棄他的人格。同學們的唇槍舌劍，把正紀的心靈捅得千瘡百孔、鮮血直流。

為什麼他們可以說出如此殘酷的話還不以為意？喜歡可愛女生登場的故事，想要沉浸在溫和的世界裡，有這麼罪該萬死嗎？為什麼要侵門踏戶，踐踏別人的尊嚴？

正紀無法理解，也不願理解。

他的夢想是成為動漫繪師。畫個圖打發時間，為何要遭受誹謗中傷？

對他來說——不，對每一個創作者來說，自己辛苦孕育出來的作品，象徵著自己的靈魂和熱忱。作品被否定，形同自己的一切被否定，這就好比精心打扮的外貌和服飾被人嘲笑是一樣的道理。

那位女同學的母親是家長會成員，反對學校圖書室擺放「低俗」「不健康」的輕小說。她的主張是，優良讀物不會用那種噁心的動漫插圖當封面。

女同學耳濡目染下，會討厭動漫圖畫也是理所當然的事。搞不好她的母親就是這樣教育她的，她完全複製了母親那一套價值觀。

因此，正紀只是畫幾張可愛的女生插圖，就被她霸凌了。

「大山正紀」犯案，也是這群人盯上正紀的原因。

喜歡動漫的阿宅，都是犯罪潛力股。

正紀和犯人完全不一樣，就只因為同名同姓，同學一致認定他未來也會成為變態。理由是他喜歡賣萌的動漫作品。

「看到就反胃，怎麼不快點消失啊？」

「哎呀，好噁心喔！拜託快一點消失好嗎？啊，我是在說你的畫，這是我對繪畫的個人感想喔。」女同學嫌棄到一半，才趕快改口假裝中立。

正紀不解，他只是畫自己喜歡的東西而已，這是很罪大惡極的事情嗎？

「阿宅又搞事了喔？」

突然，有人跑過來打岔。

轉過頭一看，是隔壁一年四班的男同學跑來了。男同學皮膚曬得黝黑，還有一頭清爽的短髮，他經常跑來找朋友聊天。

其中一名女同學指著筆記本說道：

「阿宅在畫噁心的東西啦。」

「是喔？靠……」隔壁班的男同學好奇湊上來，發出了傻眼的聲音。

「這叫什麼？萌圖是嗎？我真的受不了這種東西，生理上完全無法接受。這世上不是有很多健全的作品嗎？為什麼不看那種啊？」

另一名女同學贊聲附和，想要討好對方：

「真不愧是大山同學，跟這個大山完全不一樣呢。」

沒錯，隔壁班的男同學也叫大山正紀，長得不是特別帥，但體格高大又能言善道，跟女同學關係也不錯，學業成績也很優異——最重要的是，這個大山正紀不是死宅。是高檔版本的大山正紀。

同一個學年有兩名大山正紀。

同名同姓的人犯下惡行，但這個道貌岸然的大山正紀，不會被當成犯罪潛力股。

同名同姓的人，為何有如此大的差異？

「不要在二次元得不到滿足，就跑去當性侵犯啊。要是還有其他大山正紀犯法，會玷汙我的名字。」

「就是說啊。」兩名女同學又當了一次應聲蟲。

「真是飛來橫禍啊。」

「對了，大山同學，聽說你去當義工喔？」帶頭的女同學換了一個話題。

「也沒什麼啦，就主動當環境美化委員而已，把學校整理得漂亮一點，大家也開心嘛。」

現場的女同學投以尊敬的目光。

「好有心喔！」

「跟只會畫噁爛圖的死宅大山完全不一樣呢。」

帶頭的女同學不屑地瞪了正紀一眼：

「你也學著點，對學校和社會做出一點貢獻行不行？」

正紀望向另一名大山正紀。

「我、我——」

「我說你啊，好歹加減運動一下。你就是沒鍛鍊，才會看起來弱不禁風啦。」另一名大山正紀說道。

其他女同學也開口了：

「大山同學很擅長運動呢，上次學校辦籃球比賽，你表現得好帥喔。」

「哪像另一個，只會畫噁爛圖。」

每次被優秀的大山正紀看不起，其他同學就會比較他們的差異，而正紀永遠是顧人怨的大山正紀。

大山正紀拿起女同學手中的筆記本，隨手翻了幾頁，看完還發出冷笑聲，直接把筆記本甩在書桌上。

「女生討厭的嗜好，勸你還是放棄比較好。錯的人是你，好好反省改進啊。你畫的東西傷害到她們了，她們有批判你的權利。」

「就是說啊！」其他女同學紛紛表示贊同。

「大山同學說得太有道理了。」

「你最懂女孩子的心了！」

「沒錯，我們受傷了，好可憐喔。」

「哪像另一個大山，連自己做錯事都不知道。」

一邊是正義的大山正紀，另一邊是犯錯的大山正紀。

情勢再明顯不過了，兩個大山正紀各自有了角色定位，根本無法扭轉過來。

「我有一個念小學的妹妹，我超擔心她的！她長得非常可愛，還當過雜誌的讀者模特兒，萬一被變態盯上怎麼辦？」帶頭的女同學裝出一副很害怕的口吻。

「是喔？妳妹這麼可愛？」大山正紀對這話題很感興趣。

「要看嗎？」

女同學也沒等大山正紀回話，就拿出手機調閱照片了。

「你看。」

女同學秀出自己的手機畫面。

「啊啊，長這麼可愛的小女生，確實不能讓她接近怪人啊。像這個大山正紀，就很有可能犯下同樣的案子。」大山正紀又一次批評正紀。

「沒錯，這一個的確有可能犯案。」

沒做壞事卻被當成犯罪潛力股，正紀只覺得自己太可悲了。

「我才不會犯罪，這是你們的偏見。」

帶頭的女同學冷笑道：

「你要怎麼證明自己一定不會犯罪？」

「這種事哪來的證明，不會就是不會啊。」

「不希望自己的妹妹遇到危險，是我的錯囉？還是怎樣？叫你離我妹妹遠一點，有什麼問題嗎？」

「我不是這個意思。」

「那就沒問題了嘛。」

正紀是在抗議自己被當成戀童癖，女同學卻偷換概念。

群體的壓力當前，正紀除了低頭也別無他法，反駁只會招來更多的謾罵。

正紀不斷忍受這種窩囊的感覺。

14

大山正紀偶然看到那個網站，完全搞不懂是怎麼一回事。

「大山正紀同名同姓被害者互助會」。

這到底是怎樣？只有一名被害者的凶案，竟然會有「被害者互助會」？而且同名同姓又是什麼意思？

正紀點進網站一看，終於了解這個網站成立的用意。簡單說，就是一群同樣叫大山正紀的人，分享自己被這個名字連累的經驗。

更扯的是，這禮拜六他們打算在東京召開聚會。所有叫「大山正紀」的人共聚一堂，互相傾訴煩惱。

這些人也叫大山正紀。

正紀回憶起過去的心魔。那個作奸犯科的大山正紀，害他經歷了許多不為人知的煩惱。為了證明自己跟那個大山正紀不一樣，他從沒展現過真正的自我。旁人羨慕他得天獨厚，殊不知他徹底扼殺了自己的心靈。

他所有的心力，都用來證明自己跟那個「大山正紀」不一樣。

我跟那傢伙完全不一樣。

絕對不要拿我跟他比。

沒錯，正紀不希望大家看到他的名字，就把他跟作奸犯科的人聯想在一起，他的人生也漸漸扭曲了。

而今，有好幾名大山正紀跟他有一樣的煩惱。

他對那些同名同姓的人頗有興趣。

說不定自己有機會認識知音。

正紀留言表明參加意願，到了禮拜六動身前往指定的集會地點。場所離澀谷車站大約十分鐘腳程，主辦者租了一個小型活動會場，差不多能容納二十人。

正紀進入會場，看到了一塊告示板。

「異業交流會」。

根據網站上的說法，由於大山正紀這個名字見不得光，所以只好用「異業交流會」的名義租借會場。租來的是最裡邊的一間會議室。

正紀打開會議室大門，裡面擺了幾張圓桌和椅子。窗外照進來的陽光，將整面白色磁磚牆照得發亮。

有好幾名男子站在室內。

「大家好。」正紀進入會議室內，走近那群人，主動打了招呼。

「你好……」

現場的氣氛相當凝重，每個人都顯得很緊張。這也難怪，畢竟他們的關係也沒有好到可以談天說笑。

正紀觀察與會的成員，除了他以外還有八個人。其中五人看上去跟他年紀相近，分別是小眼睛的青年、獅頭鼻的青年、中等身材的青年、高䠷苗條的青年、染髮的青年。年紀明顯有差的，則是看似中學生的矮小少年，以及戴著眼鏡的中年男子，還有頭戴棒球帽的中年男子。

尷尬的沉默持續了好一會，五分鐘後，另一名很像運動健將的青年到場，會場總共擠了十個人。

高眺苗條的青年看了看手錶，對眾人說道：

「呃呃、時間也差不多了，那我們開始吧。總之先自我介紹，啊、大家都叫大山正紀是吧？」高眺苗條的青年講到一半，自己先笑場。

開這個玩笑的用意，應該是要緩和現場的氣氛，但在場的每個人只露出苦笑。

高眺苗條的大山正紀乾笑兩聲，尷尬地收起臉上的笑容。

「大家都叫大山正紀，感覺好奇妙喔，好像碰到自己的分身一樣。要不這樣吧，介紹一些名字以外的個人情報，好比職業、興趣之類的。不然，彼此素不相識，實在滿難做出區別的。」

幾個人默默點了點頭。

「照理說，名字是界定身分的重要元素，但同名同姓的人聚在一起，姓名根本一點用處也沒有，完全派不上用場。我也是碰到這種經歷，才發現姓名是非常含糊的東西。」

正紀想了一下，提出了一個建議：

「不如從你開始，大家順時鐘依序自我介紹吧。」

「也好。」高眺苗條的大山正紀思考了一會，答應了這個建議。這一名大山正紀穿著紅褐色的毛衣和深藍色的牛仔褲，腳上還套了一雙運動鞋，是所有人中扮相最休閒的。

「那好，就先從我開始吧，我是『大山正紀被害者互助會』的創辦人。說來慚愧，現在我沒有工作。本來在黑心企業上班，真的被糟蹋到快受不了了，想要換一份工作，結果新東家用疫情衝擊為由，就取消我的工作了。我猜應該是名字害的，所以才設立網站，希望跟大家共享經歷。」

高䠷苗條的青年、主辦者大山正紀自我介紹完後，染髮的大山正紀拍了拍手，現場只有他一個人拍手，空洞的掌聲在寂靜中迴盪。

「不好意思……」染髮的青年環顧眾人，最後低頭道歉。

「再來換我。」

獅頭鼻的大山正紀準備自我介紹。他臉上有不少雀斑，身上穿著紅黑相間的格紋襯衫，外面還套一件黑色羽絨外套，看上去土土的，很不起眼。

「我在一家小公司擔任業務。業務嘛，經常要跟不認識的人交換名片，每次人家拿到我的名片，都會露出難以置信的表情，那種感覺很討厭。」

「啊啊、我懂那種討厭的感覺。」

主辦者大山正紀展現了充分的同理心。

「都怪那個『大山正紀』搞事，我們的名字成了社會上的焦點，大家也懷疑我是不是那個變態殺人犯。可是，這種問題又不方便開口問，我很清楚他們在想『愛美小妹妹凶殺案』，偏偏他們又不肯明講，還裝做一副若無其事的樣子打招呼，看到就火大。」

「這話怎麼說呢？」

「我寧可他們表現出來，不必顧忌那麼多。不然直接問個明白也好啊，這樣我就可以理直氣壯地否認，自己不是那個變態殺人犯。」

「猜忌的目光是無情的嘛，我們對那種目光很敏感的。」

會場瀰漫著陰鬱的氣息。

接下來輪到染髮的大山正紀，他穿著黑色大衣，配上一件緊身牛仔褲，體格看上去也挺苗條。

「我的身分是學生。老實說這名字拿出來見人，真的是很尷尬。每次自我介紹，就會把氣氛弄得很僵。後來我乾脆開自己玩笑，直接表明我沒有殺害小女生，請他們不用擔心。結果有一次，有個剛認識的女生，聽到我的玩笑話就發飆了。」

「發飆？」

主辦者大山正紀好奇反問。

「她說我這樣太白目，拿被殺害的小女生開玩笑，一點都不好笑。她還問我，為何不明白這句話對被害者家屬的傷害有多大，最後還罵我是毫無自覺的加害者。」

「其實你才是受傷最深的那一個啊。」

「對啊。」染髮的大山正紀，用手指擺弄自己的捲髮說道：

「我雖然外表有點輕浮啦，但個性算滿認真的……我只是受不了這個名字害我被當成殺人犯，所以才主動開玩笑化解尷尬。我表面上笑嘻嘻的，內心卻受了很多傷，真的非常痛苦啊。講真的，有誰沒事會開這種自嘲的玩笑啊？我用自嘲的方式保護自己，還被罵得狗血淋頭，好像我比殺人凶手還可惡，連人格都被否定了。後來我就變成人見人厭的鬼見愁啦，朋友也都離我而去了。」

他在說這段話時，表情十分糾結。

小眼睛的大山正紀啐了一聲，接著說道：

「抱怨也沒屁用，我沒啥好講的。」

這一個大山正紀梳著油頭，身上穿著呢絨外套和大衣，褲子和皮鞋都是黑色的。穿搭的顏色單一，給人一種難以親近的感覺。

其他成員不解地看著那位大山正紀，或許大家以為，這傢伙一開始就是來亂的吧。

「不過，有些話還是不吐不快啊，所以各位才會來參加聚會不是嗎？」身材中等的大山正紀也開口了。

「那不然換你講啊？」

「嗯嗯，我這就講給大家聽。」

這個人勻稱的體格有點像橄欖球選手，他穿著緊身的西服外套，大概是想讓自己看起來瘦一點吧。但外套的尺寸不太合，上臂的部分特別緊繃。

「我來自埼玉縣，在地方上的中小企業工作，年多了。之前公司舉辦尾牙，同事拿我的名字來開玩笑，後來，大家動不動就拿凶案的事情開我玩笑。每次跟客戶碰面，主管在介紹我的時候，會說我跟某個知名人士同名同姓，請客戶猜一猜我的名字。客戶知道我叫大山正紀以後，反應多半是被嚇到，不然就是深感同情，也有人很感興趣。總之都是一些討厭的回憶。」

下一個自我介紹的，是戴眼鏡的大山正紀，滿頭灰髮梳成油頭，蒼白的臉色看起來有點神經質。

「我是個研究人員，主要從事醫學相關的研究。好在我年紀也五十八歲了，跟殺人犯大山正紀沒什麼相似的部分，所以也沒有各位那種不愉快的經驗。只是，跟殺人犯同名同姓還是滿不好受的。今天來參加聚會，主要是對其他同名朋友的經歷感興趣，如有得罪的地方還請多多包涵。」

「請別介意，只要是叫大山正紀的都有資格參加這場聚會。看到其他同名同姓的人過得幸福安穩，對我們來說也是一種救贖。」主辦者大山正紀給予善意的回應。

「下一個，換我了。」

運動健將的大山正紀舉手發言了，他的五官像雕像一樣深邃英俊，笑起來慈眉善目，給人安心的感覺。

「我是做家教老師的，外表看上去比年紀小，其實我三十五歲了。因為有點年紀，其他人也不會懷疑我是那個殺人犯，這點我倒是不擔心。但家長對我還是有戒心，他們看到我履歷上的名字，態度多少有些嫌棄。」

至於少年大山正紀，則在其他成員的鼓勵下開口。這一位大山正紀生得一張娃娃臉，有點像小學生。

「呃……我現在中學一年級，班上同學都欺負我，把我當成罪犯。網路是我唯一的避風港，我經常玩線上遊戲。我偶然在網路上發現這個互助會，剛好又不是很遠，搭電車一站就到了，所以才來參加的。」

中學生的大山正紀，他是「大山正紀同名同姓被害者互助會」當中最年少的。

「我是從事音樂相關工作的。」

再來換頭戴棒球帽的大山正紀打招呼，這個人的年紀大約四十歲，臉上留著鬍碴。厚實的下巴配上一張極不相襯的薄唇，一開口就看得到老菸槍的滿口黃牙。

主辦者大山正紀說道：

「今天的線下聚會，就是這位先生提議的。他說在網路上看不到彼此，不如實際約出來碰個面，大家比較敢說出自己的心聲，對彼此的際遇也更能感同身受。」

「線下聚會能辦成真是太好了，我跟各位也有一樣的遭遇。當然，大家一看到我就知道我跟那殺人犯年紀差很遠，也不會懷疑我作奸犯科。但在看不到本人的情況下，我就碰過不少麻煩。因此，我來參加聚會，是想聽聽其他『夥伴』的說法，請多多指教。」

「請多多指教。」幾名成員也禮貌性回應。

「最後呢——」

主辦者大山正紀望向正紀。

「輪到我了是吧。我呢，高中時代加入足球社團，表現得也很不錯，打入職業足壇曾是我的夢想。都怪那個『大山正紀』犯案，同學對我投以異樣的眼光，隊友也排擠我……平常在賽場上沒人盯我，他們也不肯傳球給我，真的受不了啊。」

「那些人真過分呢。」

「我一再重申自己不是那個『大山正紀』，結果也沒用。我對這社會非常失望，才會走到今天這一步。」

要是「大山正紀」沒有犯案的話——

高中時代正紀確實是這麼想的，沒想到自己的人生，竟然會被這點小事毀掉。

獅頭鼻的大山正紀，一臉苦楚地說道：

「我們只是剛好同名同姓，又不是同一個人……這麼理所當然的事情，大家卻無法用理性的方式看待，永遠都是情緒凌駕在理性上，一竿子打翻一船人。為什麼我們非得受這種罪啊？這到底是誰的錯？我們該責怪誰才好？」

所有人都低下頭來，緊咬著嘴唇不說話。每個人的心中，都想起了自己被群眾傷害的經歷。

今天聽到其他大山正紀的體驗，正紀明白了一件事。

同名同姓的人犯下的罪過，會由其他同名同姓的人來擔。

「那好，自我介紹也結束了。再來呢，就是彼此閒聊的時間了，飲料請各位自由取用。」主辦者大山正紀看著其他成員，歡迎他們喝茶聊天。

桌子上有幾瓶兩公升裝的飲料，還有十幾個紙杯。

正紀倒了一杯飲料潤喉，跟其他大山正紀對話。

「真的有夠衰小的。」染髮的大山正紀嘆了一口氣，接著說道：

「我就是受不了偏見和懷疑的目光，才會開自己玩笑，來保持精神上的安定。有些人看穿我內心的想法，非但沒有責備我，還對我表示同情。所以我才能用這種方式，笑看自己的不幸。」

獅頭鼻的大山正紀也點頭附和：

「我懂你的心情。」

「沒想到，我用同樣的方式自嘲，竟然被一個素昧平生的女性痛罵白目，轉眼就被當成壞人了。過去會同情我自嘲的好友，也都翻臉不認人，跟著那個女的批判我。感覺替我說話的人，也會被當成毫無道德觀念的敗類。」

「最近確實有不少『道德上的壓力』呢。人家搬出道德的壓力砸死你，你也只能乖乖吞下去，忍受眾人群起圍攻了……」

「我是正好相反，我很討厭別人拿我來開玩笑。」中等身材的大山正紀也發表意見。染髮的大山正紀回答：

「我是主動開自己玩笑，今天我站在你的立場，一定也很不好受吧。」

研究員大山正紀，以沉靜的口吻說道：

「心靈受到的創傷，其他人是看不到的嘛。不是只有惡意會傷人，善意和溫柔也有傷害人心的力量。大家從沒有想過，正義也會在無形中傷害到別人。」

他講的話挺有哲理，其他幾名大山正紀也深感認同。

主辦者大山正紀拋了一個話題給正紀。

「我以前有看過你的報導喔。」

「咦？」

正紀對突如其來的話題感到困惑。

「你在高中足球大賽上使出帽子戲法，還有接受採訪不是嗎？」

「啊、啊啊……我記得……自己以前還發下豪語，說要打進全國大賽咧。」正紀回憶過去的往事。

「不過，那些正面的報導全被『大山正紀』蓋過了。現在上網搜尋，應該也找不到那篇報導了吧？我們所有人的人生，都被那個『大山正紀』毀了。」

所有人都是犧牲者。

沒錯，一切的起因都是那個「大山正紀」。其他同名同姓的大山正紀，等於全被同一條鎖鏈串在一起。即使彼此毫無瓜葛，也無法置身事外。

之後，每個人互吐苦水、互相安慰，這次聚會也沒有特別的目的，只是有同樣煩惱的人聚在一起聽對方抱怨。

頭戴棒球帽的大山正紀，改變了整場聚會的對話方向。

「各位今後有何打算啊？」

所有人都是一副意外的表情。

「不是嘛，大家這樣互相安慰，也改變不了什麼啊。今天難得大家共聚一堂，應該討論一下未來或是商量對策之類的。」

小眼睛的大山正紀嗤之以鼻：

「還對策咧，我們又沒做錯什麼，是要想什麼鬼對策？世人就不爽『大山正紀』啊。」

「不過，思考還是有意義的。」

「沒用啦，我們註定顧人怨。除非改名，不然這形象跟定我們一輩子了。」

主辦者大山正紀雙手環胸，沉吟道：

「改名，是嗎？」

染髮的大山正紀搖搖頭說：

「不可能的，我也認真思考過改名，沒那麼容易。改名要向家事法院提出申請，沒有

『正當理由』不會受理。」＊

根據他的說法，申請改名的文件上有註明限定幾項理由。例如，名字過於奇特，唸法過於困難。或是有其他同名同姓的人，造成生活上的不便。也有那種名字常被誤會為外國人，或是搞錯性別的。當上神官、僧侶，還有還俗的人也都可以改名。長年使用的通稱，要當作名字也未嘗不可。另外，其他狀況也可酌情更改。

「有其他同名同姓的人，造成生活上的不便，這個理由我們適用吧，我們都已經蒙受損害了耶。」

「跟犯罪者同名，也是合理的理由啦。不過，沒有對日常生活造成重大影響，家事法院也不會同意改名。跟罪犯同名而遭受歧視，他們不覺得這是多大的事……」

「照這樣講——」獅頭鼻的大山正紀舉手發言：

「我申請改名應該會過。我的鄰居誤以為我是那個『大山正紀』，最近我的郵箱被塞了一堆傳單，上面還用紅筆寫『犯罪者滾出社區！』等字樣。」

「是喔，那你去申請改名應該會過。」

「看來我該認真思考改名了……」

「也對，改名就解脫了嘛。」

「嗯嗯……」

「看你似乎不是很想改名呢。」

「發生這些事以前，我還滿喜歡這個名字的……」獅頭鼻的大山正紀落寞地低下頭來，緩緩道出心聲：

「一想到自己真的要改名，總覺得我就不再是我了，好像自己要消失了一樣……也不知道該怎麼形容，就很不安吧……」

「我懂。」染髮的大山正紀也跟著附和：

「全天下有這麼多同名同姓的人，光用名字來界定身分很不精確，也不代表個人。不過，大山正紀確實是我啊。」

「沒錯。」

「改了名字，我就不是我了……」

沉默的氣氛籠罩會場。

打破沉默的同樣是頭戴棒球帽的大山正紀：

「我想請教各位，你們對那個『大山正紀』有何看法？聽說他一離開少年監獄，就遭到被害者家屬襲擊了。」

主辦者大山正紀整張臉都垮下來了。

「老實說，我對被害者家屬有點火大。沒發生那起尋仇事件的話，世人也不會再提起『大山正紀』了。」

「這——」

---

*台灣的改名規定較日本寬鬆，無需經過法院裁定。

「我懂，道理我都懂！錯的是那個『大山正紀』，這我知道。不過，這不是理智可以化解的心結，我就是有這樣的情緒啊！『大山正紀』已經償罪了，不是嗎？」

在內心翻騰已久的積鬱之情，全都爆發出來了。

頭戴棒球帽的大山正紀，隔了一拍後問道：

「『大山正紀』真的償罪了嗎？才關七年就放出來了。」

「不管『大山正紀』有沒有悔過，都跟我們的人生沒關係啊。」

「不好意思，是我講了不該講的話。」

「不會，我才應該道歉，是我太情緒化了。」主辦者大山正紀迴避了眾人的目光。

這次線下聚會，各種錯綜複雜的感情糾結在一起，互相碰撞對立。

15

大山正紀隔著牢籠，瞪視那個身穿藍色制服的傢伙，雙方的敵意在視線中交錯。

「操你媽的殺人凶手！你這種殘殺小女生的敗類，應該被判死刑才對！」對方以唾棄的口吻痛罵正紀。

正紀冷冷地笑了。

「幹你笑屁啊！」

對方罵得口沫橫飛。

正紀並不想告訴對方，這一切到底哪裡好笑。

跟這比起來——

「勸你搞清楚狀況，得罪我你一定會後悔。」

他才是真正掌握生殺大權的那一方。

「隨便你怎麼講，等我出去以後，你猜我第一件事要做什麼？」

「講來聽啊。」

「找你報仇。」

「你再囂張一點嘛，有種試看看啊。到時候你就會哭著道歉了啦。」

「怕死就先殺了我啊，不然我永遠不會放過你。」

對方當場發飆，起腳用力踹向牢籠，發狠展現他的威嚇力。碰、碰、碰、碰，一連踹了好幾腳。

「幹麼這麼激動啊。」

正紀捲起上衣，看了自己的腹部，上面有好幾處瘀傷。

「你又要揍我嗎？」

「你這種人渣就是欠揍！」

「你以為使用暴力，就可以讓人改過向善喔？」

「幹你閉嘴！畜生只能從痛苦中學教訓啦！」

「自以為在替被害者家屬討公道喔？你哪來的權利啊，搞清楚自己的立場好嗎？」

對方氣得咬牙切齒，正紀卻一點也不害怕，沒辦法動手的人有啥好怕。

反正，都是空氣罷了。

正紀想起自己以前念高中時，同學把他當成空氣的往事。他在教室就跟鬼魂沒兩樣，大家看得到他，卻當他不存在。那些人也沒惡意，更沒有動手欺負他。他的教科書和運動服都好好的，沒被破壞也沒被藏起來，也沒人在背地裡說他壞話。

他就只是空氣。

沒有人願意看正紀一眼，連被厭惡和敵視的價值也沒有。

假設正紀被車撞死或病死，班導大概只會當成例行事務報告一下，同學們也不會有太大的反應。等報告完以後，一切又回歸日常。他知道自己就只有這點分量。

他跟班上那些耀眼的同學不一樣，他完全沒有特長。

既不擅長運動，成績也在平均以下。臉長得不好看，身高也不高，溝通能力更是差勁，毫無未來展望可言。可以想見，這樣的人生走到盡頭，將是一無所有。

因此，正紀做了一個決定。

想起這件事，他緊咬自己的嘴唇。

耳邊傳來對方搖晃牢籠的聲音，他抬頭一看，對方抓住鐵欄杆，神情充滿敵意。

「我絕對要你付出代價……」

正紀差點沒笑死。

這傢伙搞錯憎恨的對象了。

「哪裡好笑？」

對方又火大了。

正紀這一次真的笑出來了。

「愛美小妹妹凶殺案」不是我幹的，你要我付什麼代價？不過，這是他絕口不提的「真相」。

16

「大山正紀同名同姓被害者互助會」第一次舉辦聚會，最後只討論出一個結論，就是看看有沒有什麼方法，可以減少「愛美小妹妹凶殺案」的網路新聞和相關網站。討論完以後大家就解散了。

大山正紀離開會場，抬頭仰望厚重陰暗的雲層，發出了冷笑。

今天參加聚會的其他大山正紀，只會抱怨自己被殺人犯的臭名聲連累，表情跟今天的天氣一樣陰沉。

你們都被這名字害到，在社會上受盡委屈是吧？

其他成員都相信來參加聚會的全是同病相憐的好夥伴，這種一廂情願實在好笑。

從結果來看，我很慶幸自己叫大山正紀。

沒錯，他很慶幸自己不叫山田或鈴木，而叫大山正紀。

他沒有對其他大山正紀坦白，其實他內心很慶幸那個「大山正紀」犯下「愛美小妹妹凶殺案」。

他在會場裡也說過自己倒楣的遭遇，那並不是謊言。不過，莫須有的罵名好好利用，也是有利可圖的。

大山正紀走過馬路，朝車站前進。

他是混進「大山正紀同名同姓被害者互助會」的背叛者，不良的居心絕不能被其他成員看穿。

他們休想消除大山正紀的惡名。

多謝你啊，殺人犯「大山正紀」。我會好好利用你犯下的「愛美小妹妹凶殺案」，重新找回自己的人生。

17

「大山正紀」作奸犯科，但另一個同名同姓的大山正紀，沒有被當成犯罪潛力股。

大山正紀死盯著書桌。

他最大的不幸，就是同一個學年中有兩個大山正紀。

班導走進教室召開班會。點完名以後，班導提起下禮拜美化環境的話題。

「校方希望學生製作海報，做好以後拿去影印，張貼在校園裡面，讓更多學生明白美化環境的重要。然後啊，我們班要負責製作海報。」

班上同學一副興趣缺缺的模樣，班導指名美術社的同學作畫。

「幫忙畫一張漂亮的海報吧？」

「我比賽用的作品都還沒畫好，不行啦。」美術社的男同學嘟嘴抱怨。

「不能想個辦法嗎？」

「唉唷、繳交作品的期限真的快到了。」

「是喔，這下頭疼了。」

班導皺起眉頭，環顧教室內的其他同學，最後目光停留在正紀身上。

「對了，大山你很擅長畫畫對吧？」

「咦？」

正紀沒料到老師會叫他的名字。

「看你下課時間常在畫畫，應該滿擅長的吧？我覺得你很適合畫海報，有興趣嗎？」

「我、我——」

正紀低下頭，一時無語。

他一方面感到困惑，一方面又很高興老師看中自己，這算是他生平第一次獲得認可。

「老、老師不嫌棄的話——」

「我反對！」正紀剛要答應，右邊就有女同學表示反對。

正紀望向抗議的女同學，那個總是帶頭欺負他的女同學，一臉厭惡地舉手發言。

「為什麼啊？」班導不解地反問。

「我不希望宅圖汙染校園風氣，我堅決反對那種海報在校內張貼！」

對方當著全班同學的面批評正紀，讓他覺得自尊心受到踐踏，一顆心也千瘡百孔，活像一張白紙塗滿了紅色的顏料。被言語傷害的心靈，一輩子也好不了。

正紀知道抗議也沒用，對方只要像上次一樣睜眼說瞎話，說她是在批評繪畫，不是在批評人品就沒事了。

傷人的一方總是毫無自覺。每次霸凌問題浮上檯面，這個話題也經常引起議論，正紀自己就有切身的體悟。

「別這麼說嘛，那種畫現在很流行啊。」班導苦笑緩頰。

「看了就不愉快啊，老師你明知道大家會不開心，還要一意孤行嗎？」

「沒這麼嚴重吧，也有人喜歡那種繪畫啊，別太計較啦。」

「那我要跟母親好好商量，對校方提出正式抗議喔，這樣好嗎？」

女同學的母親是家長會成員，班導也不敢得罪。

正紀強忍屈辱，開口說道：

「海報的事我想還是算了，不然會被批評。」

「喔、這、這樣啊……」班導也同意了。正紀自己知難而退，班導的表情顯然也鬆了一口氣。

「那海報一事，我們改天再討論吧。」

正紀很感嘆，自己的深情創作好不容易受到認可，可惜只是曇花一現。

班導一離開教室，女同學又帶了四個跟班來找碴。

「你剛那樣講是什麼意思？」

在五個人的視線壓力下，正紀變得畏畏縮縮。

「我有講什麼嗎？」

「你說，你畫的海報會被批評，這是在怪我們囉？」

「我——」

正紀欲言又止，不敢回嘴。他沉默地低下頭，腦袋上傳來另一個人說話的聲音。

「怎樣怎樣？阿宅又搞事了？」

正紀抬起頭一看，一年四班的大山正紀過來了。

另一個大山正紀俯視正紀的書桌：

「今天沒畫噁爛圖囉？」

傷人的話語直搗心窩，正紀不願正視對方。

「沒畫噁爛圖，代表你承認自己有錯嘛，終於知道自己哪裡做錯了吼。」

我有錯？

畫可愛的女孩子有這麼罪該萬死？畫可愛的女孩子就活該被罵？

正紀不認為自己有錯，他沒在教室作畫，只是不想再被女同學否定人格罷了，被否定人格太痛苦了。

為什麼這群人相信自己是正義的一方？

「真不愧是大山同學。」周圍的同學都在稱讚另一個大山正紀。

「我跟這傢伙不同嘛。」

另一個大山正紀一直在強調雙方的差距，旁人總是拿他們兩個來分高低。

要是沒有其他大山正紀就好了。

這是正紀最深切的期望。

18

第一次線下聚會結束的一個禮拜後，召開了第二次聚會。主辦者大山正紀租了上次的聚會場地，並在網站上發出公告。聚會當天，第一次參加的成員也都到場了。

「之後大家有什麼成果嗎？」

正紀詢問其他同名同姓的夥伴。

其他人都是一臉鬱悶，明明窗外陽光明媚，室內卻充斥著陰沉的寂靜氣息。

「網路上的誹謗中傷太可怕了。」獅頭鼻的大山正紀先開口了。

「一大堆可怕的謾罵，都說大山正紀很噁心，最好快去死一死之類的。我知道鄉民在罵殺人犯『大山正紀』，但總覺得自己也被罵到了……」

「我懂，我都懂。」正紀連聲稱是。

「實不相瞞，我以前讀中學和高中的時候，被班上的女同學欺負過……她們動不動就罵我噁心，還說我的長相和氛圍，會引起她們生理上的反感。害我現在對自己的外表滿自卑的，每次在網路上看到有人痛罵『大山正紀』，我就會想起以前的痛苦回憶……因為，我以前就被那樣罵過。」

正紀似乎能看到他心中的傷口在淌血，撇過頭不忍直視。

「不管對方是不是罪犯，我認為還是不要說人家壞話比較好。」中等身材的大山正紀也發表意見了，他是來自埼玉的中小企業新鮮人。

「之前啊，我打算在網路上批評某些惹事生非的傢伙。後來我注意到，某個追蹤我的好友跟我耍罵的對象同姓，這讓我很猶豫。因為他們兩個同姓，我怕那位好友不愉快，以為我在批評他。」

他也明白眾人不會了解自己的苦惱。就算說出自己受到傷害的事實，鄉民也只會說是你自己對號入座。那些自詡人權先鋒的正義之士，也對他們的加害者身分毫無自覺。

「我、我倒覺得被害者家屬……」染髮的大山正紀，怯生生地開口了。

不過，難以啟齒的部分他沒有說出來。

「被害者家屬整天在鬧，很煩是吧？」小眼睛的大山正紀替他把話說完。

「呃、這——」

染髮的大山正紀眼神很心虛。

「你就別裝了，我們都被『大山正紀』的臭名詛咒了。大家都是吃了苦頭才會來參加聚會的吧？會覺得被害者家屬搞事很正常啊。」

一個半月前，被害者父親攻擊「大山正紀」，卻沒有被檢方起訴，一方面是輿論的壓力太大，一方面是「大山正紀」沒有受到重大傷害的關係。根據八卦雜誌報導，「大山正紀」只受到輕傷，休息十多天就痊癒了。

被害者父親被釋放以後，持續召開記者會哭訴。每召開一次記者會，「大山正紀」之名就會登上趨勢排行榜，引爆廣大鄉民的怒火。

世人絕不會遺忘「大山正紀」。

「我懂你的心情……但怨恨被害者家屬，這未免——」研究員大山正紀忍不住打岔。他應該是想說，怨恨被害者家屬太不厚道。可能是考量到措辭太強硬，最後還是沒有說出口。

「場面話就甭提了。你當然沒差，年紀都這麼大了，又不會被當成那個殺人犯。旁觀者在那邊講風涼話，聽了只會火大而已。」小眼睛的大山正紀也回嘴了。

「我沒那個意思。」

「都怪被害者家屬舊事重提，社會大眾才不肯放過我們。」

「可是，錯的是犯下殺人罪的『大山正紀』，被害者家屬也是犧牲者啊。」

「那個『大山正紀』也服刑償罪了啊，被害者家屬跑去動私刑，這算是加害者了。在你的印象中，我們國家有哪個被害者家屬跑去找犯人報仇的嗎？」

「沒有……」

「大家奉公守法，都忍住了嘛，誰能同情那種失控的家屬啊？」

「不過，你這說法也太……」

「就跟你說不要講場面話了，這是我們自己人在聊。真的遇到被害者家屬，我也不會講這麼白目的話啦。大家找機會聚在一起，不就是要聊一些不能公開談的話題？」

研究員大山正紀辭窮了。

「好了好了……大家都是被害者，就別爭了吧。」正紀跳出來打圓場。

身為聚會的主辦者，正紀得緩和現場的氣氛才行。小眼睛的大山正紀很少提起私事，但他想必也受了不少委屈。

頭戴棒球帽的大山正紀，摸著下巴的鬍碴說道：

「多談一點比較有建設性的話題吧？比方說，『大山正紀』這個名字在網路上受到汙染，到底該如何解決之類的。」

現在用搜尋引擎搜索大山正紀，就會出現成千上萬件「愛美小妹妹凶殺案」的報導，還有殺人犯「大山正紀」的消息。

「這種事情有什麼辦法可想？」小眼睛的大山正紀只撂下一句沒什麼建設性的發言。中等身材的大山正紀回答：

「要求搜尋引擎公司刪除報導如何？據說當事人有『被遺忘的權利』。」

「確實有呢。『被遺忘的權利』又稱為忘卻權、消去權、刪除權，可以刪除當事人在網路上的犯罪經歷、個人資料、誹謗中傷等等。」染髮的大山正紀也點頭附和。

「你很清楚呢。之前談到改名你也滿熟的，該不會做了不少功課吧？」正紀反問染髮的大山正紀。

「我好歹是念法律的。」

幾名成員紛紛表示讚賞。

看似運動健將的家教大山正紀皺起眉頭沉吟了，清爽的容貌夾雜了苦惱的神色。

「我想這有困難吧。我有教學生社會科的相關知識，好比網路的使用方法和危險性之類的，對這類問題也算小有研究。你們講到『被遺忘的權利』，這項權利和『知的權利』還有『言論自由』是互相牴觸的。」

頭戴棒球帽的大山正紀點點頭說：

受法律管束。」
「尤其『言論自由』是憲法賦予國民的權利。有了這項權利，媒體才能報導真名，不

「這樣啊，太遺憾了。」

「另外，法律雖然沒有明文規定，但人民也有『知的權利』，也就是自由收集資訊，不受他人影響的權利。」

以一個音樂界的相關人士來說，他也太精通法律了。這位大山正紀也小有年紀，同樣不會被當成殺人犯，或許他亟欲改變現狀，也做了不少功課吧。

「可是！『言論自由』和『知的權利』也不是毫無限度的吧？過去為了保護個人隱私，也有刪除的先例啊。」染髮的大山正紀激動反駁。

「的確，你講的是某位男子猥褻未成年人遭到逮捕的例子對吧？」頭戴棒球帽的大山正紀答覆了對方的問題。

「沒錯沒錯，那個人拜託搜尋引擎公司刪除自己的報導，地方法院也下達了刪除的命令，理由是報導妨礙了更生的權利。大家也希望罪犯服刑償罪以後，能以普通人的身分回歸社會。妨礙有前科的人更生，也違反了社會利益。」

家教大山正紀遺憾地搖搖頭說：

「要刪除前科相關的報導並不容易，畢竟這跟誹謗中傷不一樣，是在報導事實。『遺忘的權利』也要看案子本身過了多少年。輕罪的話兩、三年後可以要求刪除，重罪的話短短數年是不可能的。尤其這次是血腥的凶案。」

染髮的大山正紀心有不甘，卻也沒再吭聲了。

「要是刪除報導能輕易通過，我們也不用吃這麼多苦頭了。」家教老師大山正紀接著說下去：

「網路上的報導數量太龐大了，根本沒完沒了。況且，這次的案子，被害者家屬的怒火不可能平息，再加上有復仇未遂的騷動，輿論也不會允許報導被刪除。『愛美小妹妹凶殺案』目前還沒有塵埃落定。」

「容我打個岔……」過去踢足球的大山正紀，想起了一個癥結：

「我突然想到一件事。本來『大山正紀』的名字是不能公開的對吧？只是現在已經被全天下人知道了，我們才忘了這件事。」

聽他這麼一說，大家才想起來確實有這回事。根據少年法第六十一條規定，未滿二十歲的罪犯不得公布真名。不料，義憤填膺的八卦雜誌搶先爆料，凶手的名字才公諸於世，各種情資也在網路上瘋狂流傳。

「而且，還有失控的社會學家在電視節目上公開真名，『大山正紀』的名字才變成公開的情資。這已經違反很多規定了吧？現狀是有問題的不是嗎？凶手犯案時才十六歲，姓名就在網路上四處流傳，法院應該會下達刪除命令吧？」

參加過足球社的大山正紀，滔滔不絕講了一大段。

「這主意不錯！有機會就應該試一試，也是為我們自己好嘛！」獅頭鼻的大山正紀探出身子，顯得很感興趣。

「是說，我們也不是當事人，同樣叫大山正紀，但又不是殺人犯『大山正紀』。其他同名同姓的人要求刪除報導，法院會同意嗎？」正紀說出心中的疑問。

所有人都沉默了。
「就死馬當活馬醫嘛！」染髮的大山正紀扯開嗓子喊道：
「我們不是本人沒錯，但被犯人的臭名聲害到是不爭的事實啊。有記載『大山正紀』這個名字的報導和網站，不趕快刪除，讓我們很困擾啊。」
頭戴棒球帽的大山正紀也說話了：
「這種申請可能沒有前例可循，但最壞也就這樣了，試一試總沒有壞處，還是其他人有更好的辦法？」
現場沒有人答話。
聚會美其名叫「大山正紀同名同姓被害者互助會」，但本身沒有明確目的，大家只是想要有同病相憐的對象罷了。
說穿了，他們也只能互吐苦水、互相取暖。
「之前我碰到一件很倒楣的事。」中等身材的大山正紀提起自己的遭遇：
「我跟公司前輩一起去拜訪新客戶，前輩跟平常一樣，拿我的名字來開玩笑。他說我跟那個惡名昭彰的大山正紀同名同姓。」
「結果呢？」正紀追問後續。
「對方的女職員說，她是不可能跟我交朋友了。」
「也太絕了……」
「因為這樣就被別人拒於千里之外。」中等身材的大山正紀語氣十分懊惱。
「我到底該恨誰才好？那個開我玩笑的前輩？拒絕我的女職員？還是那個殺人的『大

山正紀』？難不成我該恨自己叫大山正紀嗎？」

在場沒有人能回答這個問題。

每一個大山正紀，想必都曾捫心自問。

這一切究竟是誰的錯？

自己的人生是哪裡弄錯了？

「偏見本身就是不理性的。我們的年齡跟那個大山正紀相近，又沒有其他手段證明自己不是那個殺人犯。」踢足球的大山正紀也是滿臉鬱悶。

「大山正紀」犯案時年僅十六歲，媒體有報導年齡，但沒有公布出生年月日。犯案當時有沒有過完生日，也會影響到年齡的計算方式。有過完生日，那今年就是二十三歲；沒過完生日，今年就是二十二歲。

「總之，就是惡性循環啊。每次別人問我名字，我都不敢直接說出口。這一猶豫，人家就覺得很可疑……」踢足球的大山正紀繼續把話講完。

「我懂。我們被這名字害慘了，真的煩得要死，光是自報姓名就會緊張。可是，有些人完全無法體諒我們，一看我們猶豫，就認定我們很可疑。」正紀也同意對方的說法。

「我真的吃了很多苦頭，都是八卦雜誌和那個社會學家害的！」

「這對你的足球發展也有影響吧？」

踢足球的大山正紀咬著嘴唇，眉頭深鎖，用表情代替回答。

「看來是不用多問了。大家都是人生受到影響才會來參加聚會的嘛。」正紀苦笑以對。

過去他在足壇上活躍的報導，現在上網也查不到了吧。

「我很討厭上學。」中學生大山正紀落寞低頭，活像一隻渾身是傷的小狗。

「大家都在背後說我壞話，他們說我跟罪犯同名同姓，一定也會幹下喪盡天良的事情。昨天也是，我在上學的路上看小學生嬉鬧，一到學校人家就說我死盯著小學生看……」

「這也太過分了。」其他成員也安慰他。

「我跟朋友聊一下動漫的話題，就有人罵我變態蘿莉控。那個社會學家在電視上講的話很有影響力，大家都說專家講的一定沒錯。他們動不動就罵我噁心，我真的不懂，為何他們可以輕易說出傷人的話來。」

「真希望那些名人謹慎使用他們的影響力。」獅頭鼻的大山正紀表情也十分難過。

「整天只會說別人的創作有不良影響，那他們的發言間接引起霸凌事件，怎麼就不敢對自己說的話負責呢。」

正紀語帶同情地說：

「這個年紀的小孩子，根本無法想像自己的發言會給對方造成多大的傷害。」

「大人也一樣啦。」獅頭鼻大山正紀不屑地罵道：

「你上網看就知道了，一堆鄉民克制不了自己的情緒，隨隨便便就罵別人噁心、垃圾，叫別人趕快去死一死……而且他們以為自己是正義的一方，太荒謬了。」

他的外觀特徵害他以前被霸凌過，所以能體會中學生大山正紀的痛苦。

「那些傢伙小時候欺負別人，長大也絲毫沒有長進啦。」

中學生大山正紀緊咬下唇，當他抬起頭時，眼中搖曳著憎恨的怒火。
「我想殺了那些人。」
「喂喂，你也太激動了吧。」小眼睛的大山正紀有意見了。
「我真的很難受啊。」
「拜託你別鬧了，連續兩個『大山正紀』殺人，我們也會遭受無妄之災啊。」
「對不起……」中學生大山正紀盯著地板，小聲道歉。
他嘴上道歉，但全身散發出劍拔弩張的危險氣息。跟大學生或社會人士相比，中學生和高中生比較沒有避風港，一旦淪為讓人發洩的「祭品」，日子就會過得很悲慘。不曉得大山正紀這個名字，害他受到什麼樣的霸凌？
該抱怨的都抱怨完了，大夥分成幾個小圈圈，拿著飲料各聊各的。
「最近我有在看搞笑表演。網路上的誹謗和醜陋人性看多了，感覺靈魂也汙穢了，想要看點歡樂的東西療癒一下。」獅頭鼻大山正紀說出自己最近的興趣。
「我正好相反。」中等身材的大山正紀表示自己的看法：
「職場上的同事動不動就拿我的名字開玩笑，害我氣得要死，所以我不太喜歡那種搞笑的東西。有些搞笑表演不是都會取笑別人嗎？好比嘲笑別人的外貌之類的。」
「沒有啦，也不是所有搞笑表演都那樣，我也不喜歡那種傷人的笑料。」
「說到電視，之前女子排球的賽事重播，我看了超興奮的。日本隊打到後來逆轉擊敗義大利呢。」染髮的大山正紀也插上一腳。

陰暗的話題實在令人受不了，因此他刻意聊了無關緊要的話題。

正紀也想起重播的內容。

「那場比賽確實很精采呢，我有看最後的比賽精華。」

「義大利選手 Spike 的動作超帥的，而且隊上美女又多，明明是日本隊的敵人，我卻被她們迷得神魂顛倒。」

染髮的大山正紀還害臊地笑了。

正紀也被逗笑了：

「原來你也會講這種玩笑話。」

幾個人開心聊著女子排球，踢足球的大山正紀也過來湊熱鬧：

「各位在聊什麼啊？」

染髮的大山正紀回過頭來，急忙說出一個正經的答案：

「我們在說義大利隊的 Spike 超帥的……」

或許在運動健將面前，他不希望被當成一個只重女色不重球技的膚淺之徒吧。

「啊啊、義大利女子排球隊的 Spike 讓他們連下了好幾城呢。」

參加過足球社的大山正紀，也對這話題很感興趣。

「沒錯沒錯，我本來以為日本隊已經沒希望了，好在選手替換的戰術奏效，才成功扭轉劣勢。」

女子排球的話題持續了一段時間，大家都很體貼，刻意避開足球的話題。

就在這時候——

「操你媽，給我進去！」

現場響起了開門聲，門外傳來罵人的聲音。

正紀嚇了一跳，回頭看門口，想弄清楚到底出了什麼事。小眼睛的大山正紀一把揪住頭戴棒球帽的大山正紀，把他往房內拖。

頭戴棒球帽的大山正紀，踩著踉蹌的步伐，被拖到房間的中央。

與會成員都注視著他們二人。

「怎、怎麼了啊……？」

正紀困惑地詢問小眼睛的大山正紀。

小眼睛的大山正紀一臉不爽，火大啐了一聲，怒視頭戴棒球帽的大山正紀：

「還問我怎麼了？這傢伙舉動有夠可疑的。」小眼睛的大山正紀，伸出食指指著被他拖到房內的大山正紀。

「舉動可疑？」

「對啊，我本來想上廁所，聽到廁所裡有人在說悄悄話，聽起來就很可疑。這種事一聽就知道了對吧？所以我就偷偷觀察，結果看到這傢伙拿著手機在講電話。」

頭戴棒球帽的大山正紀，咬著嘴唇沒有講話。

「我豎起耳朵仔細聽，你們猜他講了什麼？」

大夥面面相覷。

「他說，不用擔心，我順利混進來了。」

正紀轉頭望向頭戴棒球帽的大山正紀，只見他尷尬地抓抓自己的眉心。

「這傢伙講完電話準備離開廁所，我擋著不讓他離開，他一副作賊心虛的樣子，表情顯得很慌張，眼神也亂飄。我問他剛才的電話是怎樣，他先是愣了一會，還騙我說是家人打給他的。一看就知道在說謊，我就直接把他拖過來了。」

——不用擔心，我順利混進來了。

這句話只代表一個事實。

「你不是大山正紀。」正紀說出了這個真相。

其他大山正紀錯愕地看著可疑分子，他也沒反駁什麼。

染髮的大山正紀，以惶恐的語氣逼問他：

「你、你到底是誰啦！」

「講話啊！你是不是大山正紀？只有大山正紀才有資格參加互助會！」獅頭鼻的大山正紀也用強硬的語氣問話。

「快點從實招來！」其他幾個人也上前逼問。

頭戴棒球帽的男子被逼急了，他暗自叫苦，隨後嘆了一口氣。

大家也不再說話，默默盯著他。

「……對不起，我確實欺騙大家了，我不叫大山正紀。」男子也放棄辯解，乖乖低下頭道歉。

眾人已經猜出他不是大山正紀，但這話從本人口中說出來，還是很具衝擊性。大家都以為與會成員是大山正紀，殊不知竟然有人說謊。

「那你究竟是誰？」

正紀要問出一個答案。

他想知道，這個人究竟是來搗亂取樂的鄉民，還是——

男子深呼吸後，平靜地說道：

「我是一名自由記者。」

19

記者——

聽到出乎意料的答案，大山正紀一顆心也慌了。身為互助會的主辦者，他很後悔沒有好好確認大家的身分。

其他大山正紀也是困惑不解的表情。

現在回想起來，這個頭戴棒球帽的男子，他的言行比較像是一位旁觀者，而不是同病相憐的好夥伴。起初大家以為那是因為他年齡比較大，沒有被當成殺人犯「大山正紀」的關係，但事實並不是這麼一回事。

——各位今後有何打算啊？

——我想請教各位，你們對那個「大山正紀」有何看法？

他一直都在打探其他大山正紀對這一切有何感想，目的是要取得新聞題材。他提議舉辦線下聚會，讓每個成員出來碰面，大概也是想寫出比較真實的報導吧。

正紀吞了一口口水，強壓緊張的情緒，對記者怒目相向：

「你偷偷混進來採訪，就是要寫出譁眾取寵的報導對吧！」

「不是不是！你們誤會了，我不是抱著這種心態來採訪的。」記者伸出雙手，做出安撫眾人情緒的動作。

踢足球的大山正紀說道：

「不叫大山正紀的人，請不要來給我們添亂！」

「我參加互助會，聽聞各位的痛苦經歷，多少也是感同身受的。我保證一定會顧慮到各位的感受。」

「我們受到罵名牽連，不得不低調過活，躲避世人的目光。你是不是記者我不管，但你休想公開我們的隱私。我們已經不想受到關注了！請你不要寫出我們的報導！」

聽得出這是一段真切而哀痛的訴求。

「要不是你的身分穿幫，你打算瞞著我們，擅自寫出一篇報導對吧？」

「呃、這——」

「我們無法忍受那種譁眾取寵，完全無視當事人心情的報導。」

「沒錯！不要因為你們低級的好奇心，就把別人的隱私報導出來！」小眼睛的大山正紀也跟著幫腔。

「世人的偏見對我們造成極大的困擾，請不要再害我們了！」

記者承受眾人的敵意，環顧了在場所有的大山正紀。

「請給我解釋的機會。」

「解釋你媽咧！叫你不准寫聽不懂喔。」小眼睛的大山正紀直接開罵。

好幾個大山正紀也跟著點頭。

「先等一下，聽他說一下也無妨啊。」染髮的大山正紀，語氣相對來說比較冷靜。

「聽他鬼扯幹麼？」

「不聽他解釋，我們完全不知道他的動機啊。你們應該也很在意他是否有敵意吧？還是要直接放他離開，讓他胡亂寫報導害人？」

小眼睛的大山正紀一時語塞，啐了一口後罵道：

「隨便啦。」

染髮的大山正紀對記者說：

「你為什麼要潛入我們的互助會？」

「感謝各位給我一個說明的機會。我看到你們的網站以後，開始關心同名同姓造成的問題。」記者脫下棒球帽，開始娓娓道來。

「你關心同名同姓的問題？」

「是的，從來沒有人認真思考過，那些跟重刑犯同名同姓的人，承受了多大的痛苦。就算當事人現身說法，也不會有人當一回事。然而，被害者和被害者家屬的心情，大家都能感同身受，最近連加害者的家屬，都有人關心他們的痛苦。各種報導、雜誌專欄也有談到。那麼同名同姓的人呢？這些人的問題也很迫切，可惜沒有人重視。」

男子的口吻實在太誠懇，大家差點相信他的說詞。

「其實我也有過同樣的遭遇，我也被同名同姓的人害過。」記者說出自己的經歷。

「咦？」

「那是我剛入這一行的事，當時日本發生重大案件，我跟犯人同名同姓。」

記者自報姓名：

「我的名字跟犯人的名字讀音相同，只是字不一樣，光聽分不出差異。不是有個知名足球選手的姓名，跟轟動一時的『三浦和義事件』的嫌犯姓名讀音相同嗎？我的例子也差不多是那樣。我到現在還記得很清楚，當時很難用自己的名字寫一篇報導。」

正紀偷看其他夥伴的表情，每個人的神情都很複雜。

「隱瞞真實身分混入互助會是我不對，真的非常抱歉。我怕承認記者身分，你們就不敢說出真心話了……請容我再次鄭重道歉。」記者先低下頭表示歉意，之後抬起頭來，毅然決然地告訴大家，他真的很看重同名同姓的問題。

不是每個人都同意他的說法，這番話也許沒有幫他取得信任，但至少取得了大家的諒解。

記者摸著下巴的鬍碴，環視其他大山正紀：

「世人往往沒注意到跟罪犯同名同姓的人，吃了什麼樣的苦頭。尤其現在是網路社會，我認為這個問題值得世人深思。」

好幾個大山正紀也同意這句話。

「有人跟犯人同姓，就被當成犯人的親戚，連個資都被公布到網路上。無知的鄉民信了錯誤的資訊，跑去誹謗當事人。這樣的事件層出不窮，已然是社會問題了。」

對於類似的案子，眾人記憶猶新。

某位無辜的男子，跟引發重大交通事故的加害者同姓，兩人在同一家公司上班，結果男子被鄉民當成加害者的兒子，承受了無辜的罵名。

另一起造成重大傷亡的逼車事故，嫌犯的姓氏剛好跟某家企業的名稱相同，那家企業的業務，也剛好跟嫌犯的工作內容相近。於是有鄉民散布假消息，說那家企業的老闆是嫌犯的父親，老闆的住址和電話也被公布出來，每天接到百餘通騷擾電話。

「愛美小妹妹凶殺案」發生的時候，也有姓「大山」的男子被當成犯人的父親，遭受嚴重的攻擊和誹謗，直到公司出面否認才平息風波。

「現代人需要資訊素養，所有使用社群網路服務的人，都應該正視這個問題。」

「我有同感，群眾很容易被假訊息操弄。」正紀也表示贊同。

「那些獵巫的鄉民，當他們發現自己搞錯以後，只有少數人懂得反省認錯。可是，日後發生同樣的事情，他們還是會犯下同樣的錯誤。這是關係到『資訊素養』的問題，同名同姓所導致的誤會和傷害，我認為應該讓世人深入了解才對。」

染髮的大山正紀以一種終於盼到救星的口吻說道：

「這麼說來，你寫報導是要拯救我們沒錯吧？我可以相信你嗎？」

「我的報導有沒有改變社會的力量，這我也不敢肯定。但我確實想拋磚引玉，我覺得應該這樣做。」

他的眼神散發出堅定的意志，語氣也鏗鏘有力。

大夥都不願意成為世人的焦點，但仔細想想，在場所有人都叫大山正紀，寫成報導也不用擔心個人身分曝光。跟其他問題比較起來，至少這一點是有差異的。

換句話說，這是一個改變輿論風向的機會，也許應該賭一把。

「那好，我有個提議想跟各位商量，這是大幅改變輿論的一步棋。」記者的表情突然變得很嚴肅，講話的音調也壓低了。

「大幅改變輿論？」

「是的，我要找出那個殘殺幼女的『大山正紀』，把他的照片公諸於世。」

「啥？」其他大山正紀都傻眼了。

「麻煩你別開玩笑了。」正紀的信心動搖了。

「公布犯人的照片——這有什麼意義可言啊？到時候大山正紀的風波只會越演越烈，害我們日子更難過而已。」

「的確，很有可能會引起軒然大波，網路上會充斥更多『大山正紀』的資訊，但你們的人生或許會有轉機。」

「你的說法令人難以信服……」

記者先看了研究員大山正紀，再望向家教大山正紀、中學生大山正紀。

「你們沒被當成犯人的原因是什麼？」

「我們跟犯人的年紀不一樣。」

「正是如此，其他大山正紀之所以會被世人懷疑，就是因為世人不曉得殺人犯『大山正紀』的長相。」

長相——

「犯下重罪的犯人所在多有，媒體會持續報導他們的名字，人們光聽到犯人的姓氏，就會聯想到惡名昭彰的罪犯。可是，被判死刑的犯人深陷囹圄，其他同名同姓的人也不會被當成罪犯。萬一犯人不幸被放出來了，只要社會大眾知道犯人的長相，其他同名同姓的人也能證明自己的清白。相對地，『愛美小妹妹凶殺案』的犯人，犯案時才十六歲，照片沒有被公布出來。」

「為什麼八卦雜誌沒公布出來？公布真名已經是極限了嗎？」正紀反問記者。

「大概是很難弄到照片吧，那個『大山正紀』應該也很少拍照。有照片的話就會直接刊載出來，了不起在眼睛上打個馬賽克，跟其他案例的做法一樣。沒有公布照片，從結果來看反而害到各位了。」

「就是說啊，資訊只公布一半，既然都公布真名了，幹麼不刊出照片啊。」

最近立法單位也重新檢討少年法，根據新聞報導，新的修正案已經在著手進行，未來十八、九歲的少年遭到起訴後，媒體得以公布其真名和照片。

「所以，靠我們自己把殺人犯『大山正紀』拖到大庭廣眾下吧。讓所有人知道，那傢伙才是犯人，我們是無辜的。提供世人一個正確的處罰標的，不要傷及無辜。」

這是受到惡名牽連的人發自內心的吶喊。

起初大家覺得記者的提案太過荒謬，但聽完他的說法，好像有一套道理。

把殺人犯「大山正紀」拖到大庭廣眾下。

「請問一下，把一個已經服刑償罪的人揪出來，會不會搞到我們自己一身腥啊……」

獅頭鼻大山正紀有疑問了。

「這就要看我們的手段了。」中等身材的大山正紀提出了一個辦法：

「揪出殺人犯『大山正紀』，不代表我們自己要露臉啊。現在不是很流行為善不欲人知的『正義之士』嗎？我們就偽裝成義憤填膺的正義之士，因為不能容忍大山正紀只關七年就重獲自由，所以要對他施加社會性的制裁。用這樣的手法來辦，就不用怕受到牽連了。」

「啊、原來如此……」

「不行。我認為應該讓世人知道這個互助會，再來公布犯人的長相比較妥當。」記者豎起食指，回絕了上述的方法。

「為什麼要這樣做？這只會招來反感吧？」正紀大呼不解。

「要改變社會風氣，有時需要用上雷霆手段。請各位試著想像一下，一群人在網路新聞或八卦雜誌中，說出自己被惡名牽連的痛苦，這樣的做法真能打動人心嗎？也只有品嘗過同樣痛苦的人會展現同理心，大多數人根本不當一回事。」

「這、也是啦……」

「點出社會議題的新聞多達幾十萬篇，請問各位記得多少？」

社會上充斥各式各樣的議題，包括教育、醫療、少子化、高齡化、歧視、政治——網路上有一大堆相關的報導，對社會議題不感興趣的人，也有機會看到那些報導。不過，真要回想內容，大多數人怕是一篇報導都想不起來。

「講句現實一點的，單純寫出一篇報導，也只會吸引本來就對這個議題有興趣的人。當然啦，寫出煽動仇恨的報導，找幾個網紅幫忙宣傳一下，是有機會在社群網路上引起話題，但過沒幾天就退燒了。沒有人會認真思考這個問題。」

記者的表情也流露些許無奈，他沉默了一會，重新提振心神說道：

「不過！有一個向社會大眾疾呼的辦法，一來可以引人注目，二來也能逼那些政治家有所作為。」

「什麼方法？」

「用激進的主張和行動，呼籲社會大眾正視問題，而且要激進到激起輿論對立的程度。好比做出一個公布性侵犯住址的ＡＰＰ，做這種事會被人權鬥士批判，但也會有人贊成。縱使日後不得不道歉刪除ＡＰＰ，行動本身也有極大的意義。社會上的性侵犯數量一旦透明化，人們就會更有危機意識，進而思考其他的解決之道。我要用的，就是這樣的手段。」

「用爭議性炒作話題就對了？」

「簡單說是這樣沒錯，故意引發爭議，激起社會輿論。這也是很多人常用的手法，各位應該也有印象吧？」

確實——

就正紀的記憶所及，每當有人用道德上站不住腳的方法，或是用不公道的主張來呼籲大眾正視問題，就會引發強烈的爭議。話題性會吸引各大新聞媒體報導，藝人和政治家也不會默不作聲，有時候還會引起國會的重視。

「我指的就是這麼一回事。」記者以果斷的語氣接著說下去：

「公布殺人犯『大山正紀』的長相，這個互助會將受到群眾的批判，但世人也會明白，有一群人被逼到不得不這樣做的地步。沒錯，你們在世人眼中會成為真正的『被害者』。你們要說自己這麼做是情非得已，不然沒人關心你們的痛苦。只要社會大眾表示同情，那就成功了。激發大眾的同情心，就不會有人計較手段。」

中等身材的大山正紀說道：

「兩害相權取其輕就對了。萬一批判的人比較多那怎麼辦？」

「到時候你們就說，被害者努力替自己討公道，結果還受到打壓，未免有失公允。讓批判的人愧疚，讓他們看起來像壞人，就算大功告成了。反正苗頭不對，批判聲自然會減弱，人們都想站在道德的制高點上。」

記者望向中學生大山正紀：

「替他做個專訪更有效果吧？」

「咦？我、我嗎？」中學生大山正紀一副惴惴不安的樣子。

「找小孩子表達主張也是常用的手法，比找大人更能博得同情，又可以封殺反對意見。反對者會看起來像在欺負小孩子一樣。」

匿名的大人在網路上發言，鄉民也懶得理會或轉發。不過，同樣的意見藉由外國人或小孩子的嘴巴說出來，人們就會認為那是真知灼見，並且大量轉發。這麼做好處固然明確，但一個中學生願意站到風口浪尖上嗎？

正紀說出了自己的憂慮。

「請不用擔心，我不是要拍訪談節目，而是寫成文字報導。內容要怎麼修都無所謂，我會寫出其他人無法攻擊的文章。」記者掛了保證。

中等身材的大山正紀亢奮地說道：

「真不愧是記者！似乎有勝算了呢！」

「而且勝算還挺高的，以後就把揪出『大山正紀』當成互助會的目標吧，我們一起找出那個殺人犯！」

「贊成！」好幾個大山正紀也表示認同，他們的語氣充滿決心，絕對要找回屬於自己的人生。

「請等一下！各位先冷靜一點，被一時的怒火沖昏頭，肯定會鑄下大錯啊。」研究員大山正紀表示反對。

「你屁話也太多，旁觀者就不要指指點點了好嗎？」小眼睛的大山正紀不屑地反駁。

「我也是當事人。」

「這是正義的怒火好嗎！各位也是這樣想的吧？」小眼睛的大山正紀尋求其他贊同者的認同。

好幾個人直接點頭，沒有一絲猶豫。

研究員大山正紀一臉疑惑：

「你說這是正義的怒火，請問正義是誰決定的？我們就是被世人的正義苦苦相逼，才會走到這一步不是嗎？」

「這兩者不一樣吧。」

「每個人都認為自己有資格生氣，而且有正當的理由，這種想法非常危險。」

「這是我們的錯囉？」獅頭鼻的大山正紀學起記者的話術，來了一段現學現賣：

「對不合理的事情感到憤怒，難道是可恥又愚蠢的行為嗎？拜託請不要唱這種高調來打壓我們。」

「你這是在曲解我的話，我沒有打壓各位。」

「明明就有。」

「你會惡意曲解我的話，就代表你被負面情緒沖昏頭，早已失去理性了。」

「什麼叫負面情緒？他說的沒錯，這是正義的怒火。」

「本來憤怒和憎恨會伴隨罪惡感，所以人們都需要正當的理由，來發洩這種負面的情緒。拿理論和道德背書，替憤怒和憎恨找到合理的藉口，就再也看不清事物的本質。」

「我們只是想改變現狀！」

眼看雙方一觸即發，小眼睛的大山正紀乾脆叫正紀表態。

「你怎麼說？」

「你問我？」

「你是互助會的主辦者，你來下結論吧。」

「你這樣講我也——」

正紀舉棋不定，他環顧眾人，大夥也都看著他，盼望他做出裁決。

他身上背負著主辦者的責任。

「呃呃……不然投票表決？」正紀抓抓臉頰。

提出這種兩面討好的方法，他也知道自己可能會受到攻擊，不料好幾個大山正紀都同意投票。

「那，有誰反對公開殺人犯『大山正紀』的長相？」

正紀要反對者舉手。

研究員大山正紀率先舉手反對，踢足球的大山正紀和家教大山正紀，幾經猶豫後也舉手反對了。

「公布犯人長相太過火了。」踢足球的大山正紀說出自己反對的理由：

「歸根究柢，要不是媒體動私刑公布犯人姓名，我們也不會被害這麼慘，何必跟媒體一起墮落呢？」

「我有同感。身為一個老師，我也不贊成動私刑。」家教大山正紀也是同樣的立場。

「三個人反對是嗎？」正紀確認反對人數。

其他大山正紀毫無反應，除了踢足球的大山正紀以外，剩下的反對派都是年紀比較大，不會被當成殺人犯的大山正紀。

「那麼，有誰贊成？」

剩下的六個人都舉手了，主辦者不用選邊站，多數派已經定下了互助會的目標。

小眼睛的大山正紀看著反對派的三人：

「結果出來了，你們打算怎麼樣？」

研究員大山正紀搖搖頭，也不願再堅持什麼了。

「恕我不再奉陪了，這是我最後一次參加互助會。正義感一旦失控，肯定會犯下無可挽回的過錯。」

「是喔。」

小眼睛的大山正紀也懶得理會，逕自詢問其他二人：

「你們也要退出嗎？」

踢足球的大山正紀想了一會，說出自己的決定：

「我尊重多數派的意見。」

「我，我來當大家『理性的聲音』吧。」家教大山正紀勉強給了一個正面的回答。

小眼睛的大山正紀瞪著他，提出了警告：

「你可別妨礙我們。」

家教大山正紀倒也不置可否。

「對了，要不要確認大家的身分啊？」中等身材的大山正紀提出建議。

「咦？還要確認？」正紀反問。

「是啊，像這次就有記者混入我們之中，只是就結果來看，他沒有惡意罷了。我們都說自己是大山正紀，各位也不疑有他。不過，若有人謊報身分……」

「不會吧。」

大夥面面相覷，瞇起眼睛打量彼此，似乎在想像有人謊報身分的可能性。

「啊、不好意思，我不是在懷疑自己人。純粹是剛好想到，希望防患未然。」中等身材的大山正紀趕緊打圓場。

「我贊成。是說，各位應該也不想被打探太多隱私，我們證明自己的姓名就好，你看怎麼樣？」家教大山正紀提出折衷的辦法。

「也對，證明自己叫大山正紀就沒問題了，各位不反對吧？」踢足球的大山正紀也同意這麼做。

其他幾個人勉強同意，唯一沒有答話的只有小眼睛的大山正紀。他在眾人的環伺下，心不甘情不願地拿出自己的駕照：

「拿去看啊，這點個資也沒啥好藏的。」

駕照上有他的照片、姓名、出生年月日。住址的部分被他用大拇指按住。他的確是大山正紀，年齡二十六歲。

「其他人也快點證明啊。」

研究員大山正紀嘆了一口氣：

「這是我最後一次參加，但我也不想留下嫌疑，請看吧。」

研究員大山正紀拿出駕照，中等身材的大山正紀也照做，他們都是大山正紀無誤。

「呃呃……我今天沒帶駕照耶，下次帶來給各位檢查可以嗎？」獅頭鼻的大山正紀顯得有些為難。

「沒關係，就下次吧。」正紀通融了。

「等一下。要證明就趁今天，現在立刻回去拿。」小眼睛的大山正紀一副相當不耐煩的語氣。

正紀覺得這太過火，也表示了意見：

「沒必要這麼急吧，他下次帶來檢查就好了啊。」

「要是有外人在場，誰敢說出真心話啊？一定要驗明正身才行，有意見的話就離開互助會。」

這話一說出口，其他人也沒法反駁了。

最後，當天驗明正身的事就這麼說定了。沒有駕照的幾名成員，都回去拿了身分證明文件。

兩小時後，所有人都證明自己是大山正紀。

20

血色的夕陽染紅了街道。

第二次「大山正紀同名同姓被害者互助會」結束後，大山正紀離開了會場，開始跟蹤前方的大山正紀。

澀谷的街道人潮擁擠、摩肩擦踵，混在一大群年輕人裡跟蹤對方，也不用擔心對方回頭會看到自己。

跟蹤目標正前往熙來攘往的澀谷車站。

正紀握緊拳頭持續跟蹤，目標穿越人群走進車站月台。

是打算直接回家嗎？

正紀拉開一段距離，躲在陰暗的牆邊假裝玩手機，同時窺探對方的動靜。另一個大山正紀排隊等車，在前方數來第三個位置。

隨後廣播響起，電車也到站了。噴氣聲響起後，電車門也打開了，跟蹤目標走進了第五節車廂。

正紀快步離開牆邊，走進第六節車廂裡。現在這個時間算不上尖峰時段，車廂內不到十分擁擠的地步。他前往車廂內部，從連結部位的窗戶偷窺第五節車廂。

跟蹤目標站在車門附近，看著自己的手機。不曉得是在用網路社群，還是在閱覽電子書，總之對周遭毫無警覺心。

電車行經各站，對方也沒有下車的動靜，看來是從很遠的地方前來參加聚會。

過了二十分鐘以後，那位大山正紀終於有了動靜。只見對方把手機收進背包裡，走出電車。

正紀從窗戶確認月台的狀況，以免一下車就被逮個正著。空蕩蕩的月台沒幾個旅客，對方漸漸遠離第六節車廂。

人越少跟蹤難度就越高。

不過——

正紀下車來到月台，盯著走上階梯的背影。他一直等到對方離開視線範圍才行動，這樣對方突然回頭，跟蹤行動也不會穿幫。

正紀爬上階梯，看到對方走出南邊的驗票口，他等了幾秒才再度跟上。

一離開車站，外頭寒風呼嘯。

正紀左顧右盼，在昏暗的天色中發現目標。對方走在步道上，四周只有幾個人影。對方走到斑馬線前方，伸手按壓號誌燈上的按鈕，那應該是手動式的紅綠燈。

正紀躲在車站出入口的轉角，等待行動時機。號誌變成綠燈後，目標走過斑馬線，前方是夜幕低垂的住宅區。

正紀確認左右沒有來車，飛快跑過車道，走斑馬線穿幫的風險太大。

他壓低鞋子踩在柏油路上的聲音，持續跟蹤對方，順便尋找稱手的武器。途中，他在住宅的腹地裡發現一塊石頭。

正紀拿起石頭掂量，有一定的重量，而且硬度也夠。

——夠用了。

正紀緊盯著十幾公尺外的背影，加快腳步縮短距離。不料，遠方有其他人影，正紀火大啐了一聲，不得已放慢腳步。

他持續跟蹤，深信自己一定能等到機會。

果不其然，目標走進杳無人煙的住宅區當中，四周黑壓壓一片，沒有路燈的光源。

正紀吞了一口口水，加快前進的腳步，右手緊抓著沉甸甸的石頭。

另一個大山正紀沒有發現自己被跟蹤，毫無防備。正紀祈禱對方不要回頭，一舉接近背後，對方已經在伸手可及的距離內了。

正紀先觀察周遭一眼，接著高舉手中的石頭。

都是你害的——

正紀朝對方後腦勺用力砸下，手掌感受到石塊敲進頭蓋骨的觸感。

另一個大山正紀痛苦呻吟，直接倒在柏油路上，連回頭的餘力也沒有，手臂不住痙攣。

正紀劇烈喘息，俯視著躺在陰影中的大山正紀。

這下子，總算報仇了。

21

大山正紀把手伸進學生褲的口袋，裡面藏著美工刀。

我受不了了。

每天來學校都被那群王八蛋糟蹋，憑什麼自己要忍受這種汙辱？

到了放學掃除時間，帶頭欺負人的女同學和一群跟班談天。班導叫她記得倒垃圾，她心不甘情不願地答應了。

她拿起垃圾桶說：

「沒辦法，我去去就回。」

女同學抱著垃圾桶，離開一年三班的教室。

正紀確認口袋裡的美工刀，從座位上站了起來。

我不想再受到傷害了。

正紀離開教室，越過幾個在走廊打掃的同學，直追那個女惡霸。

滿腔恨火在胸中燃燒。

女惡霸離開走廊後，前往校舍的出入口。她脫下室內鞋，換上從鞋櫃拿出的皮鞋。

正紀躲在鞋櫃後方偷偷觀察。

「唉、麻煩死了。」

女惡霸自言自語，離開了入口。

垃圾場在校舍後方。

正紀穿著室內鞋跟蹤對方，每踩一步都有聲響，但對方沒有察覺到腳步聲。

女惡霸沿著校舍行走，走到一半突然停下來面對右方。另一個大山正紀，拄著掃把站在那裡。

二人開始交談。

正紀躲在校舍轉角處，背部緊貼著牆壁。

半路殺出了程咬金。

握著美工刀的手掌在口袋裡冒汗，正紀伸出手，把汗水抹在褲管上。他喘著大氣，再一次偷看那兩個人。

不曉得他們在聊什麼？動不動就出口傷人的傢伙，說不定在聊別人的壞話吧。

該聊的都聊完了，女惡霸繼續往校舍後方前進。另一個大山正紀，則往有樹蔭的西邊走去。

正紀壓低腳步聲跟上，以免被對方發現。他繞過校舍轉角，看到女惡霸背對自己，站在大型垃圾箱前面。

正紀緩緩吐出一口氣，向前踏出了一步。他把手伸出口袋，看著掌中的美工刀，大拇指推出刀片。

喀搭喀搭。

發出黯淡光芒的刀刃越伸越長。

正紀又踏了一步、兩步、三步——

喀搭喀搭。

刀刃的長度，拿來傷人已經足夠了。

正紀左手的袖子是捲起來的，上面有好幾道傷痕。

——你們阿宅都說這叫萌喔？噁心死了，拜託快點消失好嗎？

——好噁喔，嘔嘔。

——看到就倒彈，怎麼不快點消失啊？

每次那些惡霸口出穢言，正紀難過得想不開的時候，就會用美工刀割腕。割腕確實很痛，但遠比不上心靈受到的傷害。

既然如此——

讓對方體會一下自己的痛楚，何錯之有？

雙方的距離剩下最後一公尺的時候，正紀的室內鞋踩到砂石，發出了窸窣聲響。女惡霸嚇了一跳，趕緊回過頭來，雙方四目交錯。

正紀也大吃一驚，愣在原地毫無反應，女惡霸看到他手中的美工刀。

「你這傢伙……手上拿美工刀是什麼意思？」女惡霸的聲音隱隱透出怒火。

「這、這是——」

正紀就像被毒蛇盯上的獵物，整個人都萎縮了。被欺負的記憶在腦海中回放，雙腿釘在原地動彈不得。

「你想攻擊我？」

正紀咬緊牙關，顫抖著伸出美工刀。他這麼做是要保護自己，而不是攻擊對方，否則他大概會直接道歉逃離現場。
「你們阿宅真的有夠噁心，居然想攻擊女孩子。你就是畫那種東西才會犯罪啦。」
「我、不是——」
正紀的反駁太過微弱，根本傳不到對方耳中。
「道歉啊！差勁的變態！」
霸凌的言語再一次刺傷正紀的心靈，比身上的傷痕痛多了。
女惡霸怒氣沖沖地逼近，完全不怕正紀手上有刀。
正紀嚇得發抖，開始往後退。
「你想跑？」
烙印在心中的恐懼，讓他無法反抗眼前的惡霸。
「講話啊！」
拿著美工刀的手不停顫抖。
「我、我——」
「怎麼了！」
後方傳來另一個聲音，正紀緊張地回過頭，另一個大山正紀似乎聽到女惡霸的怒吼，拿著掃把趕來了。
她指著正紀說：
「這個死宅……」
這個死宅——那些惡霸從沒直呼過正紀的名字，態度永遠充滿侮蔑，猶如在對待一個垃圾桶一樣。

「靠杯咧，還想攻擊女孩子，你也太渣了。」另一個大山正紀看到正紀手中的美工刀，完全傻眼。

「不、不是的，我——」

「你根本是男人中的渣滓，有種就對付比你強大的人啊，不要只會欺負弱小啦。」

「就是說啊，大山同學說得沒錯。只敢欺負女生，差勁的敗類。」女惡霸也同意大山正紀的說法，那番話說到她的心坎裡。有人站在自己這一邊，讓她感到非常開心。

正紀被二人連番圍攻，一句話也說不出口，眼神慌張亂瞟。

「你就是這樣才會被女生討厭啦，死處男。」另一個大山正紀，以一種不屑的眼神看著正紀。

「喜歡畫那種宅圖的，一輩子只能打手槍啦。」女惡霸也哈哈大笑。

正紀受到性方面的言語羞辱，羞憤到整張臉都要冒火，活像被扒光站在人前一樣。

「你持刀傷人的事情，等著在班會上接受公審吧。」

正紀低下頭，怒視眼前的女惡霸。

他連轉嫁自己的痛苦都做不到。

22

「大山先生被攻擊了。」

大山正紀在第三次聚會上，告知同伴遭受攻擊的訊息。

其他大山正紀的表情，夾雜著緊張和不安。

「是哪一個人遭受攻擊啊？」

染髮的大山正紀掃視其他同伴，沒有參加這次聚會的，只有上次表明不再參加的研究員大山正紀，以及音訊全無的中學生大山正紀，還有——

「被攻擊的是家教大山正紀，昨天我接到聯絡。」正紀答覆對方的疑問。

他是「大山正紀同名同姓被害者互助會」的主辦者，有跟其他成員交換聯絡方式。

「他說自己參加完第二次聚會，在回家的路上遭受偷襲。偷襲的人好像是拿石頭，從後方重擊他的後腦勺……」

「有生命危險嗎？」

染髮的大山正紀擔心地問道。

「有人發現他倒在路上，馬上叫了救護車送他到醫院治療。雖然頭蓋骨有裂痕，但性命無恙。」

「那真是太好了。不過，到底發生了什麼事情？」

是剛好倒楣遇到隨機傷人的神經病嗎？不過，考量到所有大山正紀的處境，又很難用一句偶然來帶過這件事。

「該不會，有人在『狩獵大山正紀』吧?!」

踢足球的大山正紀連講話都在發抖，其他幾人訝異地看著他。

「不會吧。『狩獵大山正紀』這根本莫名其妙啊……」獅頭鼻的大山正紀搖搖頭，否定了這個說法。

「我不是在開玩笑，也沒有窮緊張。有件事我很猶豫該不該說出來——我的背部被人貼了這玩意。」踢足球的大山正紀翻找自己的包包，拿出了一張紙。

上面用紅字寫著「制裁犯罪者大山正紀！」

「這是怎樣？」

「之前，我出門搭電車，等我到站下車以後，發現路人都在看我……連擦身而過的路人都回頭盯著我猛瞧。他們的眼神都很奇怪，我一開始還搞不清楚是怎麼一回事，是路邊一個親切的歐巴桑告訴我，我的背後被人貼了奇怪的東西。就是這一張紙，我猜應該是在客滿的電車裡被貼上的。」

——「制裁犯罪者大山正紀！」

做出這件事的人，知道他叫大山正紀。

「你沒看到張貼的人，或是什麼可疑的人物嗎？」

正紀反問。

「不好意思，電車人真的太多，我完全沒注意到。在那種情況下，有點肢體接觸也很正常……」踢足球的大山正紀低下頭，神情頗為尷尬。

「這也太詭異了……我們的成員一個遭受攻擊，另一個被貼上這種紙張。」中等身材的大山正紀也抖了一下。

究竟是同一人物所為？還是出自不同人的手筆？

踢足球的大山正紀說道：

「網路鄉民對『大山正紀』的怒火，是一天比一天強烈了。還有特別偏激的鄉民說要找出『大山正紀』，人肉搜索的高手也出動了，擺明了是要狩獵大山正紀。萬一我們被誤以為是殺人犯大山正紀……」

現場瀰漫著緊張的氣氛。

網路鄉民失控，這不無可能。犯罪者若沒有被起訴，或是遭受的懲罰太輕，人們就想用「私刑」的方式來替天行道。世道如此，他們確實有被誤傷的風險。

「得想個辦法才行啊。」

其中一名成員嘀咕的這句話，說出了大家亟欲自保的心聲。

「各位，轉換一下思維吧。這次其實是因禍得福，可以好好操作利用。」記者反而露出了笑容。

正紀看了記者一眼：

「你是什麼意思？」

「同名同姓一事已經造成實際的傷害了，這種引人注目的事件至關重要。坦白講，你們說出自己被惡名連累的遭遇，也很難打動人心。可是，現在有無辜的人被貼紙條威脅，甚至遇襲受傷，這下情況就不一樣了。」

「我們也不敢肯定，攻擊家教的凶手一定是針對『大山正紀』啊。」

「世人要怎麼聯想，那是他們的事情。」

「咦？」

「現在有人被貼上紙條威脅，另一個人則遭遇攻擊——有這兩大事實就夠了，我們只要舉報事實，再搬出『狩獵大山正紀』這個字眼，世人就會自動做出聯想了。況且『狩獵大山正紀』很具有衝擊性，是個不錯的標題。」

記者講得也有一番道理。攻擊家教大山正紀的是什麼人，這誰也說不準，也許只是隨機傷人的神經病。但一次提出這兩大事件，任何人都會產生聯想。

「輿論就交給我來操作吧。」記者拿出手機準備操作。

「先開設一個可以輕易傳播訊息的社群帳號，點出你們被惡名牽連的事實。用一般人的身分舉報，比較容易引起共鳴嘛。然後，我利用自己記者的身分，在我的真名帳號上公布這件事。」

「明白了，就麻煩你了。」

記者堅定地點點頭，開始操作手機。小眼睛的大山正紀看了他一眼後說道：

「那我們快點找出真正的殺人犯吧，趕快公布犯人的長相，我們這些無辜的人就不會有危險了。」

「在此之前，先分享彼此的訊息，互相統整一下吧。」正紀提出了建議。

第二次的互助會上，大夥決定盡己所能來尋找「大山正紀」。不過，真要採取行動的時候才發現，根本不知道該怎麼做才好。到頭來，也只好上網找點情報。

「各位有找到什麼線索嗎？」

中等身材的大山正紀舉手發言：

「我們都是外行人，要找到人不太容易，所以我打算找徵信社。可是，實際詢問才發現價格很昂貴……真的要請他們找人，一天的人事費和各項經費就要數萬元……最後我只好放棄了。

「找專家這麼花錢啊。」

染髮的大山正紀語氣相當遺憾。

「我一個人很難出這筆錢，真要找徵信社的話，大家一起出，負擔會輕一點。」

「我不出錢喔。徵信社那些傢伙靠不住，只會敲竹槓而已。」小眼睛的大山正紀否決了這個提議。

「也對，就算找不到人，他們只要說有認真調查，你也拿他們沒轍。我們外行人也分不清哪些徵信社值得信賴。」踢足球的大山正紀也不贊成找徵信社。

「是啊，找徵信社就當作備案吧，還有其他意見嗎？」正紀再次徵詢意見。

染髮的大山正紀緩緩搖頭說：

「要找殺人犯『大山正紀』是沒關係，但我也不曉得該怎麼做比較好……不好意思，我沒幫上忙。」

「請別在意，我也沒幫上忙啊。」

「那個……我主要是上網蒐集情報，結果發現了一則新聞，滿令人在意的。」這次獅頭鼻的大山正紀開口了。

他在所有人的目光環伺下，拿出手機操作。

正紀和其他幾名大山正紀湊上去，看到一小篇新聞報導。

「二十日上午八點半左右，有民眾通報在奧多摩的懸崖下，發現一名男性身亡。根據警方的說法，男性吊掛在樹木上，距離山道的斜面大約五公尺左右。死者名叫大山正紀（二十三歲），死者的母親表示，兒子兩天前說要去健行，之後就音訊全無了。警方認為死者是在健行過程中，不小心跌落山崖身亡。」

大山正紀身亡。

儘管只是單純的文字訊息，看到同名同姓的人身亡，大家還是不太好受。這是大約三個禮拜前的意外事故，但大夥都有一種不好的預感，彷彿看到了自己的未來。

「你們看，光看年齡，這個人很有可能就是殺人犯『大山正紀』。如果死的是那個殺人犯，我們就解脫了。」獅頭鼻的大山正紀說出自己的推測。

「沒有這麼剛好的吧？」

染髮的大山正紀嘖嘖稱奇，卻不認同對方的說法。

真希望摔死的是「愛美小妹妹凶殺案」的犯人。

確實，大家內心都有這樣的期望。

殺人犯「大山正紀」意外身亡，就等於那個窮凶極惡的罪犯被執行死刑，整件事也就到此為止了。

犯人徹底從世界上消失，其他同名同姓的人也不會被誤認為殺人犯。

「能否查出死者的身分啊？總是個機會嘛。」正紀好奇提問。

染髮的大山正紀望向記者：

「這下該輪到專業人士出手了吧？記者很擅長查證身分不是嗎？」

操作手機的記者抬起頭說：

「說得也是，調查意外和凶案犧牲者的身分，對我們來說是家常便飯，我這就動用關係查看看。」

「沒用啦，白費力氣。那傢伙不是殺人犯『大山正紀』。」小眼睛的大山正紀從旁打岔。

所有人都盯著他。

「何以見得？這種事不查看看怎麼知道呢？」獅頭鼻的大山正紀追問。

「我就是知道啊。」

小眼睛的大山正紀一副成竹在胸的樣子，他刻意停頓一下吊人胃口，接著才把手機拿出來給大家看。

「我也看了很多網上的資訊和推文，昨天我找到這個，有拍下螢幕截圖當證據。」

螢幕截圖就是擷取電腦或手機的畫面保存下來。

手機上的圖片，是一個禮拜前的兩則推文，帳號名稱叫「無名的廢柴」。

「昨天我遇到大山正紀了！我在超商的出入口不小心撞到人，馬上跟對方道歉。對方卻痛罵我，叫我下跪磕頭，有夠可怕的！」

「我拒絕下跪磕頭，對方就拿出駕照，說他是殺人犯大山正紀。他在那裡炫耀拿刀捅人的感覺有多爽，還問我有沒有妹妹。根本瘋子一個，太危險了！」

那則推文有四百五十八人轉發，數量稱不上多，或許是沒有真憑實據的關係吧。匿名帳號發出的推文，沒有什麼真實性可言。有證據的話，也許轉推數量會高達數千。

「殺人犯『大山正紀』一個禮拜前還活著。如果他三個禮拜前在奧多摩摔死，鄉民哪看得到他啊？」小眼睛的大山正紀指著螢幕上的推文。

「呃、不過，有證據顯示那是真正的『大山正紀』嗎？」獅頭鼻的大山正紀反問。

「人家沒事幹麼撒謊啊？」

「搞不好只是想引人注目，替自己增加一點轉推的數量啊？」

「啥？」

「這又不是多稀奇的事情，網路鄉民常會誇大其詞，講一些唬人的東西，尋求其他人的認同啊。」

小眼睛的大山正紀啐了一聲說道：

「這是重要的情報耶，又沒其他線索。」

「各位怎麼看？」正紀環視在場眾人。

「或許值得一查吧，跟那個帳號的使用者接觸看看吧。」記者提出建議。

正紀點點頭，拿出手機搜尋「無名的廢柴」，一下子就找到了。正紀瀏覽那個帳號以前的推文，那則推文還留著。轉推的數量比截圖多了一些，高達七百六十二。

有超過四十人回覆。

「媽的他根本沒反省嘛！」

「把那畜生抓回去關啦！」

「靠杯，還炫耀自己殺人喔！這一定會再犯啊。」

「哪一家超商啊？在東京是吧？最好不要在我家這邊，不然我真的不敢出門了。」

無名的廢柴也有回覆那些留言。

「那傢伙得意洋洋地秀出自己的駕照，跟在秀警察證件一樣，超有病的。而且還炫耀自己殺人，這一定要PO出來啊。麻煩大家盡量轉發，讓更多人知道大山正紀有多危險！」

「超商名稱公布出來，我怕自己的身分會曝光……不然這樣好了，想知道的人私訊我，我再告訴你們。」

私訊是網路社群軟體的其中一項功能，可以在非公開的情況下對話。

記者的手機也調出同樣的帳號畫面。

「我也試著私訊看看。」

記者神情嚴肅地操作手機，輕嘆一口氣：

「我以記者的身分，請求對方提供『大山正紀』的消息，再來就看對方如何回應了。」

不曉得對方願不願意回覆。

若是編出來的故事，被記者盯上一定會緊張吧，對方大概會裝死或道歉。有回覆的話，就表示很有可能是真的。

結果究竟如何呢？

記者繼續撰文，上網公開家教大山正紀受害的事件。他皺起眉頭盯著螢幕，手指在上面來回移動。

過了十五分鐘左右。

「喔喔，有回應了。」記者突然說道。

「真的假的！」

「內容呢？」

其他大山正紀都緊盯著記者。

「對方告訴我超商的地址了，條件是不能公布他的身分。他還拜託我制裁那個罪大惡極的壞蛋呢。」

記者說出超商的地址，位在東京郊外。對方敢答覆記者的疑問，也讓這件事多了幾分真實性。

「各位有何打算？」記者詢問眾人。

正紀望向其他夥伴，每個人心裡早有答案了。

「去揪出『大山正紀』吧！」

23

第三次聚會結束的兩天後，大夥接到記者聯絡，約好在當地碰頭。鄉民無名的廢柴看過「大山正紀」的長相，也表示願意提供協助。

大山正紀轉搭電車，前往東京郊外的城鎮。距離約定的時間還有十分鐘，六名大山正紀和記者早已到場了。

吹在身上的冷風冰寒徹骨，正紀拉起領子禦寒。他在毛衣外面套了一件大衣，仍舊抵擋不了一月的嚴寒低溫。

「希望找得到人啊。」

染髮的大山正紀祈禱一切順利，雙手合十搓揉。

「是啊。」中等身材的大山正紀也點頭附和。

「那傢伙被抓去關似乎也沒反省。沒反省也好啦，這樣我們把他的長相公布出來，也不會有罪惡感。」

炫耀自己殘殺六歲小女生的事實，還用來恐嚇他人，這種狂徒只關七年太短了，應該受到整個社會的制裁。

一行人在等待無名的廢柴時，正紀拿出手機確認網路上的動靜。

記者發布了家教遇襲的報導，還搬出了「狩獵大山正紀」的聳動標題，網路鄉民開始關注同名同姓的議題。人們對「大山正紀」的恨意並沒有減輕，但已經有鄉民認為「肉搜」必須謹慎為之了。

約定時間過了五分鐘，一個頭戴紅色毛線帽的金髮青年現身了。金色的捲髮下還看得到耳環，身上則穿著黑色羽絨外套。

「你就是記者？」

「是的，請問你是『無名的廢柴』先生嗎？」記者反問對方。

「嗯、我在推特上是這樣自稱的。」

「今天很感謝你特地跑一趟。」

「沒差，我就住附近。這些人是誰？」金髮青年望向在場眾人。

「簡單說，他們是被『大山正紀』害到的人。」

「是喔？」

金髮青年瞇起眼睛，狐疑地打量眾人，猜忌之情表露無遺，卻也沒有深究下去。

「那我該做什麼才好？」

金髮青年問道。

「我在私訊上也說過，想請你幫我們找出『大山正紀』。你是唯一見過那個『大山正紀』的人。」

「啊啊，原來如此。」

「你願意幫忙嗎？」

「當然啦，那種傢伙不能放他在社會上亂跑。」

「麻煩你詳細說明一下，你跟那個『大山正紀』發生了什麼事，好嗎？」

「好啊。」金髮青年一口答應後，指著十字路口的超商說：

「我去那家超商買晚餐，剛離開超商就撞到正要進門的人。我反射性低頭道歉，對方還朝我大吼……後來發生的事情，就跟我在推特上說的一樣了。」

「那個人還秀出自己的駕照是嗎？」正紀也提出疑問。

「對啊，就跟古時候微服出巡的大官，秀出自己的信物一樣，超扯的。」

「你後來還有看到他嗎？」

「我後來還有看到他一次，我們中間隔著一條大馬路，他走在對面。因為有一點距離，我有用手機的變焦功能拍下來。」

「咦？你有拍照片？」

「這你之前沒講過呢，照片你有帶著嗎？」記者也表示驚訝。

「在我手機裡啊。」

「借看一下可好？」

「ＯＫ啊。」

金髮年輕人拿出手機調閱圖檔，所有人都湊上來看。

圖片是一個看起來很憤世嫉俗的年輕人，眉頭深鎖神色凝重，眼神也充滿攻擊性，給人一種脾氣火爆的印象，彷彿稍加刺激就會立刻發火。

「這就是『大山正紀』——」

受到少年法保護的凶殘殺人犯，終於露出真面目了。

「有照片的話應該早點說啊，這樣我們就不必特地過來一趟了。」染髮的大山正紀面露苦笑。

「是啊，拿到這張照片，直接公布在網路上就達成目的了。」獅頭鼻的大山正紀也表示同意。

「不，這個人的身分還沒有經過查證。得先調查一下照片上的人物到底是不是那個殺人犯『大山正紀』。」記者打住二人談話。

「這麼說也對啦……」

「照片傳給大家，我們分頭搜索吧。」

「就這樣到處亂找嗎？」

「不然，先去商業設施或餐飲店找看看如何？」

「如果『大山正紀』是家裡蹲，我們要怎麼找到人啊？」

「他會去超商買東西，代表平常有外出活動。今天也許沒辦法找到人，但耐心尋找總有機會的。」

記者把照片傳給眾人，大夥分頭尋找「大山正紀」。

當天一直找到傍晚，都沒有碰上「大山正紀」。

「其實也不用每一次都全員到齊，有空的成員就可以利用時間來找了。」

正紀向同伴提出建議，所有人便前往附近的車站。車站前有個神情嚴肅的中年婦女，抱著一大疊傳單在分發。

一行人假裝沒看到想直接走過，不料對方追了上來，還喊了幾句話，他們懷疑自己是不是聽錯了。

「殺人犯就住在這座城鎮裡！請小心『大山正紀』！」

「啥？」

正紀上下打量中年婦女，跟其他夥伴面面相覷。

「請留意！」

中年婦女硬把傳單塞到正紀手中。

傳單上面印有大山正紀的照片，跟他們拿到的圖檔一模一樣。

這是怎麼一回事？

中年婦女也把傳單發給其他大山正紀。

對方離開後，正紀詢問金髮青年：

「她怎麼會有一樣的照片？」

金髮青年滿不在乎地說：

「記者私訊我之前，已經有好幾個人先私訊我了。他們問我在哪間超商碰到大山正紀，我就跟他們說了。」

大夥這才想起，無名的廢柴有在推文留言，想知道超商地址的人可以私訊。想必有很多人是出於好奇才私訊的吧，如今「大山正紀」消失無蹤，人們都想把他找出來。

「那些網友一直問我大山正紀的特徵，我把自己記得的特徵都說了。反正也剛好有拍到照片，就傳給那些網友了。結果啊，就有歐巴桑開始分發奇怪的傳單了，她幾乎每天都在這裡發。」

拿到傳單的人，都知道「大山正紀」的長相？

正紀望著那個強迫路人收下傳單的婦女，瞧她滿臉怒容，給人一種難以親近的印象。大部分的路人不想被纏上，選擇視而不見。

「你們的家人生命受到了威脅！」

義憤填膺的中年婦女不肯放棄，用大吼的方式引起路人注意，硬把傳單塞進人手中。

「那個人是被害者家屬嗎？」

「不是，她跟被害者一點關係也沒有。之前她發傳單給我，我問她幹麼做這種事，她說自己是出於正義感，呼籲大家注意自身安全。」金髮青年答道。

正義感——

一時間，正紀心中泛起了一股鬱悶的情緒，原因他自己也不曉得。

「呃呃……我們真的要公布殺人犯『大山正紀』的長相嗎？」染髮的大山正紀顯得很煩惱。

小眼睛的大山正紀立刻反嗆：

「頭都洗一半了，你還猶豫喔？」

「不是嘛。我們現在做的事情，跟那個人差不多不是嗎？」染髮的大山正紀說話時還瞄了中年婦女一眼。

「那又怎樣？」

「感覺滿討厭的，那個歐巴桑好像跟蹤狂。」

「哪有啊？」

「在別人住的地方分發誹謗的傳單，這是跟蹤狂慣用的伎倆。實際看到這種行為，心情好沉重……我們是要在網路上對全世界的人公布別人的隱私耶。」

「對方是變態殺人犯耶！而且毫無反省之意。」

「不過，這算是動私刑吧。」

「兩者的目的不同，我們的目的是保護自己，不算動私刑。」獅頭鼻的大山正紀也反駁染髮大山正紀的說法。

「你是說，手段的正當性取決於目的是嗎？」

「沒錯，替自己發聲是被害者的特權。況且，真正有錯的是殺人犯『大山正紀』，我們沒必要有罪惡感。」

「可是——」

「當初『愛美小妹妹凶殺案』發生時，我們也受到惡名的連累。犯人出獄以後，這個名字又再次被世人關注，我們要忍耐到什麼時候才行？難不成忍一輩子？替自己發聲是正當的權利，不該再默默忍耐了。」

二人的主張強硬，染髮的大山正紀也不好再多說。

到頭來，結論就是繼續尋找「大山正紀」。

有工作的人不可能天天去找人，通常都是兩、三名成員趁有空時一起去找。他們相信找到「大山正紀」是拯救人生的唯一辦法，因此遲遲不肯放棄。

身為互助會主辦者，正紀每天都去尋找「大山正紀」。反正他沒工作，有的是時間。

某個雨天的傍晚，他接到踢足球的大山正紀打來的電話。

「找到殺人犯『大山正紀』了！」

正紀大受震撼，心臟也狂跳不已。

「真的嗎！」

正紀問話的語氣充滿活力。

「是，不會錯的，是照片上的那個人！」

「地點呢？」

「在超商。」

踢足球的大山正紀告知超商地點，並問正紀該怎麼做。

該怎麼做？

今天只有他們兩個有空，直接去找殺人犯似乎太魯莽，但千載難逢的好機會不能放過。

「請你先跟著他，我隨後就到，給我十分鐘時間。」

「明白了！」

正紀掛斷電話，立刻跑向那間超商。雨水打在雨衣上，踩在水窪上的每一步，都把地面的雨水踏得四處飛濺。

正紀在住宅區跑過幾個轉角，先停下來等紅燈。他調整急促的呼吸，確認左右沒有來車經過。

接著他衝過馬路，跑到一個T字路口。在灰濛濛的煙雨中，終於看到那家超商。有個穿雨衣的人躲在建築物的陰暗處，探出半邊身子，向正紀招起一隻手。是踢足球的大山正紀。

正紀跑到他身旁。

他們不撐傘主要是不想引人注意。在人群中撐傘是隱藏形跡的好方法，但在恬靜的住宅區撐傘，反而容易被對方看到。

「人呢？」

「還在裡面，正在買東西。」踢足球的大山正紀，大拇指比向超商。

「直接去找本人風險太大了，萬一他發現有人在找他，說不定會藏匿起來，或是偽裝成其他人。」

「那該怎麼辦？」

「跟蹤他，找出他住的地方吧，這樣應該能找到他是『大山正紀』的證據，好比門牌或郵件之類的。」

「原來如此，有道理。」

正紀他們繼續躲在超商外的陰暗處，沒有隨便探頭張望店內。

過了十幾分鐘，入口響起有人出入的電子鈴聲。由於他們集中注意力聆聽四周動靜，因此在雨聲中也聽得非常清楚。

正紀從轉角處探頭，照片上的大山正紀，雙手提著塑膠袋走出店外。

「他買了不少東西呢，或許他一次都買很多，才不常出門吧。」踢足球的大山正紀說出自己的推測。

「仔細想一想，他平常也不可能隨便用自己的名聲嚇唬人。畢竟他是全民公敵，這麼做有很大的風險……照理說，他應該過得很低調才對。」

「找得到人是我們運氣好吧。」

「是啊，絕對不能跟丟。」

照片上的大山正紀撐起雨傘，一手提著兩個塑膠袋，邁開步伐前進。撐著雨傘的人很難確認身後的狀況，雨聲又會蓋過腳步聲，這種情況很適合跟蹤。

二人保持安全距離，持續在雨中跟蹤對方。照片上的大山正紀行走於住宅區當中。

過了十五分鐘，照片上的大山正紀還沒有走到家，看樣子他是到離家比較遠的超商買東西。搞不好之前自曝身分，不敢再去自家附近的超商了吧。

照片上的大山正紀，前往一棟屋齡有三、四十年的獨棟建築，建築的油漆都脫落了。

他走近房子前面的灰色轎車，從口袋拿出鑰匙打開車門，將塑膠袋放到副駕駛座上。

正紀躲在T字路口的轉角，跟夥伴一起觀察對方。

「是那傢伙的住處嗎？」

「應該是吧……門牌上有寫『大山』！」踢足球的大山正紀用手背抹去臉上的雨水，拿出望遠鏡觀看。

「真的嗎！這下找到他住的地方了！」

正紀情緒亢奮，握緊拳頭。

「不過，是不是有點奇怪啊？」踢足球的大山正紀狐疑地嘀咕。

「哪裡奇怪？」

「他都到家了，卻把塑膠袋放進車裡。」

這麼說也對，感覺像要出遠門一樣。

「而且，他車內還有放鋸子，這下更不能放過他了。」踢足球的大山正紀拿著望遠鏡，聽得出來語氣有些緊張。

「如果他開車移動，我們就追不上了。」

踢足球的大山正紀陷入沉思，過了一會才開口：

「請幫我吸引那傢伙的注意力。」

「吸引他的注意力？」

「我們用這玩意，搭計程車追上去吧。」

他從包包裡拿出一個黑色的正方形小盒子，是可以握在掌中的大小。

「這是ＧＰＳ訊號器，我猜應該派得上用場，事先上網買的。」

準備真周到。

「那就麻煩你了。」踢足球的大山正紀說完後，躲到鄰居的小型休旅車後方。

正紀想了一想，決定拿出手機，調出附近的地圖。

就這麼辦吧。

正紀深呼吸一口氣，對照片中的大山正紀攀談：

「不好意思……」

照片上的大山正紀，上半身鑽進汽車裡，似乎在忙自己的事情，沒聽到正紀的叫喚。

「抱歉！打擾一下！」

正紀加大音量，對方才離開車內，目光充滿敵意：

「怎樣？」

正紀心生恐懼，仍然裝出笑臉：

「不好意思，我想問路……」

照片上的大山正紀啐了一聲，一臉不耐煩地走了過來。正紀緊張地拿出手機：

「請問這裡該怎麼走……」

正紀隨便指著一個位置，照片上的大山正紀湊上來觀看螢幕。踢足球的大山正紀在後方悄悄移動，壓低姿勢接近對方的轎車，朝敞開的車門前進。

正紀擔心對方突然回頭，心臟和胃部都縮成一團。

「是不是那邊呢……」

正紀看著反方向，裝出困擾的神情，試圖吸引對方的注意力。

照片上的大山正紀指著北方。

「你往那邊一直走到底，然後右轉，沿著大馬路走就行了。不知道路的話，到時候再問其他人。」

對方指完路，就轉身背對正紀了。

「啊——」

正紀不小心叫出聲，還好踢足球的大山正紀，已經離開轎車旁邊了。

正紀鬆了一口氣，趕緊轉身離去，以免被對方懷疑。

他先到住宅街的轉角處等待，過了兩、三分鐘，踢足球的大山正紀前來會合，還豎起大拇指表示任務已經完成。

踢足球的大山正紀拿出手機，地圖上有紅色光點在閃爍，光點開始移動了。

「找一輛計程車追上去吧。」

正紀跟著他一同前往車站，他們在車站前招了一輛計程車，坐上後座。

「司機先生，麻煩先往南邊開。」

踢足球的大山正紀下達指示，白髮蒼蒼的司機對這樣的指示感到困惑，卻也乖乖照辦沒有多說什麼。他持續確認手機上的光點位置，告訴司機該往哪邊開。

車子遠離住宅區，開進了山道上。山崖邊的道路有用護欄圍起來。時近黃昏，潮濕的馬路反射光芒，斜風中的細雨在擋風玻璃上留下無數斑紋。

「那個人帶著鋸子和超商的袋子，究竟要去哪裡啊？」

踢足球的大山正紀自言自語。

「無法想像呢，但我有不好的預感。司機先生，請問前面是什麼地方？」正紀請教司機這一帶的地理。

司機瞄了照後鏡一眼，冷淡地回答：

「就普通的山道啊，開到最上面再走下坡，就是本縣的邊境了。這一路開下去要花好幾個小時，也沒什麼意義。」

二人是越聽越迷糊了，照片上的大山正紀要去哪裡呢？

終於，車子來到兩旁長滿蒼鬱樹木的山道。

「那個人停下來了。」

正紀看著同伴的手機螢幕，紅色光點停下的位置，離山道有一段距離。

照片上的大山正紀來深山裡做什麼？

「不好意思，麻煩停一下。」

正紀先支付車資，接著請司機停在這邊等他們，錢可以照算沒關係。

二人下車後，再次穿起雨衣。樹林幾乎遮住了傍晚的天空，卻遮不住綿綿的細雨。沾滿雨水的枝葉垂落，窸窸窣窣的聲音猶如亡魂哭泣。

「在那邊。」

踢足球的大山正紀指著樹林深處，森林裡分不清東南西北，他們是跟著ＧＰＳ的訊號走在林中。也不知道前方有什麼狀況，二人走起來特別謹慎。

綿延不絕的山道劃開兩旁茂密的樹叢，二人中途離開山道，撥開樹叢前進。

越過一塊長滿青苔的朽木——

二人看到一輛轎車，還有照片上的大山正紀。前方有一個足以關住熊的巨大籠子，但籠子裡關的是一個少年。

24

「來，吃飼料啊。」

大山正紀從塑膠袋拿出便當，丟到籠子裡面。

「對不起，求你饒了我。」少年渾身無力躺在地上，兩眼無神地求饒，早已沒有一開始盛氣凌人的態度。

正紀沒有撐傘，任由冰冷的雨水打在身上。溼透的衣服很沉重，淋成落湯雞的身體也凍壞了。

他拿出鋸子輕敲牢籠，要持續灌輸對方恐懼，展示自己的優越感才行。

就在這時候，四周有了其他動靜。

正紀驚訝回頭，樹木旁邊有兩個穿著雨衣的男子。

心臟幾乎快要蹦出來了。

被發現了。

三人彼此對視，沒有人先行動。雨水打在枝葉上，發出類似冰霰碎裂的聲音。

過了一會，不速之客先行動了，二人踩著泥濘的地面緩緩逼近。

正紀保持警戒姿態，二人來到他面前停下腳步，望向籠子裡的少年。少年露出一種盼到救星的表情，小聲地喊了一句救命。

二人注視正紀，喃喃地說道：

「大山正紀……」

正紀嚇到了。

原來這兩個人知道他的名字，看來他從一開始就被跟蹤了。他咒罵自己的愚蠢，最近有人在散發傳單，害他被當成殺人犯「大山正紀」，他應該更加小心謹慎才對。

「不要再執迷不悟了，你知道我們被你害得多慘嗎……」其中一人開口了。

對方的說法，讓正紀感到有點不對勁。

不是那種自詡正義之士的鄉民？他們不是來替天行道的？

況且，這兩個人知道他是「大山正紀」還敢現身，代表大山正紀的惡名嚇唬不了他們。

「你們是誰啊？」

其中人一回答：

「我們就是你。」

雨下個不停，黑暗已在不知不覺間悄悄逼近。

「啥？你們在說什麼？」

「我們也是大山正紀。」

正紀搞不懂這是怎麼一回事。

「你們也是大山正紀？」

「我們的姓名跟你一樣。你大概不知道，我們被你的罪行害得有多慘吧？你的惡名害我們備受歧視……所以我們在網路上看到告發你的推文，決定把你找出來。」

聽完對方的怨言，正紀總算想通了，但他完全無法諒解。

「你們也跟這傢伙一樣啊。有人在網路上隨便胡謅，你們這些白痴就信了。」正紀看了少年一眼。

「那是事實吧？」

「事實？你們真以為在網路上裝可憐的，全都是老實人嗎？那些鄉民為了尋求大眾的同情和諒解，只會把討厭的對象說成壞人，根本不敢承認自己有錯。」

「殺人犯就別找藉口了！」

「我可沒殺過人。」

「你再扯啊！」

正紀並沒有說謊。

「在網路上告發我的傢伙，當時還帶著另外兩個朋友，三人在超商前大聲喧嘩。我只覺得他們很吵，也沒有多看他們一眼。結果我要進超商的時候，他們嗆我看三小，還搶走我的錢包。其中一個人無聊拿出我的駕照來看，一看到我的名字就嚇到了，因此我馬上想了一個脫身的辦法。」

那時候正紀裝出冰冷的笑容，問那三個小混混有沒有捅過人，還騙他們捅人是一件很爽的事情。那是他用來自保的謊話，況且他也沒威脅對方的家人。小混混被他嚇到，態度有了一百八十度的轉變，不但乖乖把錢包還他，還說他們只是在開玩笑。

「是他們先找我麻煩的，自己面子掛不住，竟然假裝被害者告發我？」

眼前的兩個大山正紀，一時啞口無言。

「路上還有人亂發傳單抹黑我，真正困擾的是我好嗎？就有這種自以為正義之士的白痴跑來攻擊我。」

正紀想起他一開始監禁少年的回憶。

「操你媽的殺人凶手！你這種殘殺小女生的敗類，應該被判死刑才對！」

穿著藍色制服的高中生在籠中怒吼，正紀冷冷地笑了。

「幹你笑三小！」

高中生的火氣不減反增。

正紀對著籠中的高中生說道：

「勸你搞清楚狀況，得罪我你一定會後悔。」

正紀才是真正掌握生殺大權的那一方。他才是看守，被監禁的是少年。

「隨便你怎麼講，等我出去以後，你猜我第一件事要做什麼？」高中生也沒在怕。

「講來聽啊。」

「找你報仇。」

「你再囂張一點嘛，有種試看看啊。到時候你就會哭著道歉了啦。」

被監禁還敢說大話，正紀著實佩服。要不了幾天，眼前的小笨蛋意識到自己可能會翹辮子，就會乖乖道歉了吧。

「怕死就先殺了我啊，不然我永遠不會放過你。」

高中生囂張放話，起腳用力踹向牢籠，發狠展現他的迫力。碰、碰、碰、碰，一連踹了好幾腳。

「幹麼這麼激動啊。」

正紀捲起上衣，看了自己的腹部，上面有好幾處瘀傷。

「你又要揍我嗎？」

正紀是在離家時遭到偷襲的，高中生以為他是殘殺幼女的「大山正紀」，一拳將他打趴在地上，還來不及起身，肚子又被踹了好幾腳。

正紀拿出暗藏的防身噴霧自保，趁對方退縮之際，再用電擊槍電暈對方。他俯視著暈厥的高中生，心裡萌生報復心態，打算給這小子一點顏色瞧瞧。

正紀厭惡自己平凡無奇的空虛人生，曾經到森林裡尋找自殺地點，不料在林中偶然發現大型的獸籠。他想起那件事情，決定去林中看看籠子還在不在，如果還在可以好好利用。

車庫裡有一輛父母的車子，他把高中生丟進後車廂，載到林中監禁。

「……你這種人渣就是欠揍！」

被正義感沖昏頭的高中生不斷叫囂，那種把暴力合理化的醜陋姿態，令正紀作嘔。

「你以為使用暴力，就可以讓人改過向善喔？」

正紀反嗆高中生。

「你閉嘴！畜生只能從痛苦中學教訓啦！」高中生罵得口沫橫飛。

「自以為在替被害者家屬討公道喔？你哪來的權利啊，搞清楚自己的立場好嗎？」

正紀講得在情在理，但高中生還是深信自己才是正義的一方，說什麼也要讓正紀付出代價。

正紀瞪著那兩個大山正紀。

「我根本沒有犯下殺人罪，你們是要我付出什麼代價。」

那兩個大山正紀晃著腦袋，一副半信半疑的樣子。

「你一下子講這種話誰信啊。」

「要看我證件上的個資嗎？」

「證件……」

高個子的大山正紀愣愣地複誦了一遍。

正紀不介意拿證件給他們看，但他又不想這麼配合。

一旁在籠子裡淋雨的高中生，眼神流露驚詫恐懼。藍白色的電光照亮樹木，隔了一會才發出雷鳴聲。

正紀踹了籠子一腳。

「這下你明白了吧？你誤信網路上的錯誤訊息，自以為在替天行道。事實上，你偷襲了一個無辜的倒楣鬼。」

「騙人……」

「我騙你幹麼？你被網路上的假消息騙到，偷襲無辜的普通人，你才是罪犯。」

「罪犯……」

「是你先動手的，你犯了傷害罪。」

高中生一臉心虛，仍試著替自己辯解：

「誰、誰叫你要假裝殺人犯啊，你把我關起來，一直在扮演『大山正紀』。」

「大山正紀」犯下殺人案，一向籍籍無名的正紀，終於有了那麼一點分量。過去他在教室被當成空氣，自從犯人的真名在網路上曝光，班上同學才開始注意到他這個人。不過，「大山正紀」被判刑收監以後，他的人生又回歸虛無了。在職場上，正紀只是一個不被重視的派遣員工，如今「大山正紀」出獄，他的名字再次受到世人矚目，他其實很享受這種感覺。因為一事無成的自己，終於可以獲得關注。

然而，正紀從沒想過，被誤認為殺人犯有遇襲的風險。只是他寧可遭受攻擊，也不想當一個可有可無、永遠得不到關注的人。

正紀凝視二人說道：

「你們也是來打我的吧？跟這白痴是同類？」

「不、不是的……我們跟他不一樣，真的不一樣。」高個子的大山正紀答話的語氣十分困惑。

而且口吻變得較有禮貌，或許是發現他們找錯人的關係吧。

「哪裡不一樣？」

「呃呃——」

倘若正紀是真正的犯人，他們肯定會想報復的。畢竟這幾個人跟他不一樣，很不喜歡大山正紀這個名字，對犯人也有仇怨的意識。他們來找大山正紀，不可能是要和平談話。

「你們不是來揍我的？你們覺得自己的人生被『大山正紀』惡搞，所以才想報復的不是嗎？」

高個子的大山正紀死盯著地面不說話，天上持續電閃雷鳴，雷聲幾乎要蓋過滂沱的大雨聲。

「被我說中了吧。」

對方搖頭否定後，抬起頭說：

「我們沒打算用暴力解決問題。」

「天曉得你講的是真是假。」

區區惡名就讓他們苦惱不已，這表示他們的名聲本來不錯。正紀跟他們不一樣，過去的他就像空氣一樣無人聞問，有了惡名以後才受到關注。

「我們在找真正的殺人犯，主要是想表達自己的痛苦……」

鬼扯。

對一個殺人犯抱怨有屁用？又不可能改變自己被惡名連累的現狀。當然，正紀也懶得理會其他大山正紀要幹麼。

不過，多虧有惡名加持，他才多了一點存在感。現在又多出好幾個同名同姓的人，感覺自己的存在也被稀釋了，心情有些靜不下來。

「想要找到真正的殺人犯『大山正紀』，去找可信度高一點的消息啦。」

高個子的大山正紀替他們的行為找了一個爛藉口：

「我們找不到其他的線索，所以才會誤信網路上的告發……」

「我不是蘿莉控，真正的蘿莉控另有其人。」

「另有其人？」

「你們不是有上網找線索？沒看仔細是吧。」

高個子的大山正紀滿臉欣喜，朝正紀走近一步，濕潤的瀏海都黏在額頭上。

「你有找到什麼線索嗎！」

看對方如此心急意切，顯然背地裡另有圖謀。

「我可不想白白告訴你們。」

高個子的大山正紀皺起眉頭反問：

「你有什麼條件？」

正紀用手背抹去臉上的雨水，怒視籠子裡的高中生。

「我要你們守口如瓶。」

正紀把攻擊自己的白目監禁起來，替自己出了一口惡氣，到這個階段都還沒問題。但他錯失了收手的時機，眼前的死小孩終於肯認錯道歉，偏偏他又不能直接打開籠子放人，於是一連監禁了好幾天。

這兩個人出現，剛好給正紀一個放人的藉口。然而，他也不希望自己被逮捕。

「這——」高個子的大山正紀也望向籠子。

他們可以守口如瓶，可是這小子跑去報警的話——看得出來這才是高個子的擔憂。

正紀蹲在籠子前面，握住籠子的鐵欄杆，盯著被雨淋成落湯雞的高中生。

「你要去報警嗎？」

高中生哭喪著臉搖頭，滑落臉頰的雨水像極了淚痕。

正紀貼近籠子說：

「反正我沒什麼好失去的，你也別忘了是誰先惹事的。」

高中生點頭如搗蒜，只求正紀趕快放人。

正紀起身，回頭對二人說：

「再來就看你們了。」

兩個大山正紀對看一眼，高個子的回答：

「明白了，你放他走，我們就當這件事沒發生過。」

「你們不會食言吧？」

「基於我們的立場，也不希望事情鬧大。」

高個子的大山正紀口吻很嚴肅，或許值得相信。

正紀扭扭脖子說道：

「那我就告訴你們殺人犯『大山正紀』的線索吧。」

「有勞了。」

「凶案剛發生的時候，有一個很迷戀小孩了的大山正紀，在推特上鬧出了一點風波。」

「風波？」

「在犯人的姓名曝光以前，那個推特帳號就刪除了，但頁面有留下來。」

「我們怎麼不知道有這件事？」

「你們不敢正視自己的名字，當然找不到。」

「愛美小妹妹凶殺案」發生時，正紀很享受上網搜尋「大山正紀」的樂趣，彷彿全世界的人都在關注自己。以前在學校從沒有人叫過他的名字，孤獨的他終於有一種自己確實存在的感受。

也就是在那時候，他發現「大山正紀」的本人帳號引發過一場騷動。

「那傢伙說出歧視女性的話，帳號被鄉民踢爆，過去的蘿莉控發言也被挖出來，遭到鄉民群起圍攻，後來只好把帳號砍掉。所以八卦雜誌公布『大山正紀』的本名時，已經沒人記得那件事了，也沒人在意過兩者的關聯性。」

高個子的大山正紀表情很緊張，瞧他喉頭鼓動，似乎吞了一口口水。

「那就是殺人犯『大山正紀』？」

正紀笑著回答：

「你們自己去確認吧。」

25

大山正紀召開第四次互助會，向所有成員報告昨天發生的事情。這次總共六個人參加，記者沒有到場。

「監禁？真的假的？」染髮的大山正紀一臉錯愕，搖搖頭不願接受現實。

正紀沒有通知記者，主要是怕記者報警，萬一報警可就麻煩了。

「是真的。」正紀答覆對方的疑問。

「高中生誤以為那個大山正紀是殺人犯，還出手傷人。不料對方出手反擊，高中生就被帶到森林監禁了。」

「這可不是鬧著玩的耶，後來那高中生呢？」

「對方有按照約定放人了，高中生跟我們一起搭計程車回來，也平安回家了。」

「是說——」獅頭鼻的大山正紀十分擔心：

「萬一那高中生跑去報警，對我們的立場十分不利吧？事情一旦曝光，輿論一定會說大山正紀又犯案了。」

「又不是同一個大山正紀犯案，大家不會那樣想吧。」染髮的大山正紀也說出自己的看法。

只不過，他的語氣聽起來像在祈禱。

「我們也沒殺人，大家還不是只看我們的名字，就把我們當成作奸犯科的壞人？在這種不利的情況下，大山正紀又犯下監禁少年的刑案。」

大山正紀這個名字，形象絕對會跌破谷底。

正紀也明白他的擔憂。

「我想應該不用擔心。」正紀對其他成員說明：

「那個高中生偷襲無辜的人，內心也很愧疚，他應該也不希望事情鬧大。」

「可是，一個高中生好幾天沒回家，父母總會擔心吧？搞不好他父母已經報警了。」

「這也不用擔心，那個高中生自己獨居，平時也常翹課玩耍。」

昨天搭計程車回家的路上，高中生說了自己的家境，以及內心的想法。

——網路上的鄉民都氣到快抓狂，所以我才想痛扁「大山正紀」一頓，成為大家心目中的英雄。我要讓不知悔改的惡徒，體會一下世人的憤怒。

既然打擊邪惡是正義之舉，那為何不能在現實生活中動私刑？高中生大概是這樣想的吧。

近來疫情在全球蔓延，政府發布了緊急事態，要求人民自我管束。於是，現在出現了一大堆「自我管束警察」，若有店家膽敢營業，不配合政府的要求，他們就會恐嚇或辱罵店家，甚至糾眾到店外抗議。總之，就是一群擅自動用私刑的團體。

動用私刑——

這樣的行為到底界線在哪裡？

不肯自我管束的店家，就可以動用私刑？不小心講錯話的公眾人物，就可以動用私刑？沒有被起訴的犯罪者，就可以動用私刑？出獄的殺人犯，就可以動用私刑？

正紀捫心自問，心中只多了鬱悶的情緒，始終想不出一個答案。

「到頭來，找人也是白費工夫嘛，害我找得那麼辛苦。」小眼睛的大山正紀一屁股坐到椅子上。

確實，正紀也有徒勞無功的感覺。不過，幸好他們誤以為那是殺人犯「大山正紀」，還一路跟蹤對方，才沒有讓那個大山正紀釀成大錯。這整件事應該從好的方面來看。

小眼睛的大山正紀不耐說道：

「啊，有夠火大的！我被疫情害到沒工作，已經夠不爽了。」

這是一個了解對方的好機會，正紀詢問小眼睛的大山正紀：

「請問你以前是做什麼的？」

「……酒店少爺啦，後來八大行業的生意越來越難做，我也丟了飯碗。最衰小的是，那個『大山正紀』又剛好出獄，人家看我的名字和上一份工作，就對我抱有偏見，根本找不到新的工作。」

「原來是這樣啊。」

「本來以為找到殺人犯『大山正紀』，就可以找回自己的人生。沒想到我們找到的，只是一個缺乏自我認同感的冒牌貨。」

自我認同感——

正紀他們受惡名連累所苦，從沒想過有人會喜孜孜地背負惡名。

據說，每次發生震驚社會的大案時，就有人假冒犯人的名義打給警察，這世上確實有人嚮往背負惡名。

正紀想起自己以前讀夜校的往事。

他在超商打工的時候，跟同事聊起同名同姓的話題，還上網搜尋自己的名字。當初「愛美小妹妹凶殺案」的犯人姓名還沒曝光，他找到了其他大山正紀的資訊，之後也在「大山正紀同名同姓被害者互助會」上見過其中幾人。

例如，曾在足球場上活躍的大山正紀，還有在研究領域備受關注的大山正紀。

他們都是響噹噹的大山正紀，跟一事無成的自己不一樣。大家同名同姓，為何人生有這麼大的差異？正紀也曾經妄自菲薄。

沒錯，他希望混出一點名堂。當今的世道，沒有成就的人就像不存在一樣。

正紀很清楚無人聞問的孤獨和痛苦，但他不嚮往惡名。他不希望別人關注自己，只因為自己跟變態殺人犯同名。一事無成的正紀，竟以這樣的方式意外獲得名聲，心中的忐忑和痛苦不難想像。

大山正紀這個名字，根本是一種詛咒。只要犯人還活著，他就一輩子擺脫不了這個詛咒。

惡名昭彰有什麼好高興的？

就這麼想獲得關注嗎？

不對，或許應該反過來思考。

就是人生太孤獨、太空虛，才會連惡名都想要。

那個大山正紀一輩子沒被認同過，說不定他也是社會的犧牲者吧。

現代人汲汲營營尋求他人的認同，整天拍一些漂亮的照片上傳，只為了爭取更多的按讚數量。講話永遠只講大家想聽的，好賺取更多的轉貼和分享，再不然就用偏激的言論，吸引眾人的目光。自己的貼文和發言獲得認同，就能滿足自我認同的需求，哪怕只是一時的滿足也好……

甘願背負惡名的大山正紀，也跟那些人一樣。

轉念及此，正紀心中疑問驟生。

那自己又是如何呢？自己是不是甘於扮演一個被惡名連累的「受害者」？畢竟有了「受害者」的身分，就可以得到同情，而且又能安全獲得名聲，不用怕被攻擊。

自己舉辦這個互助會的真正目的，是不是想成為受害者的領袖，吸引眾人的關注？

正紀搖搖頭，不再深思下去。

他深信自己真的很痛苦，真的想要脫離困境。

正紀深呼吸一口氣，對其他成員說：

「還有別的線索可以找到殺人犯『大山正紀』。」

「真的假的？」小眼睛的大山正紀擺明不信，所有人的目光都集中在正紀身上。

正紀說出在森林中聽到的消息，並操作手機，放到桌上給大家看。

「還真的有頁面，各位請看。」

手機螢幕上，有一個頁面記錄了整件事的始末。

正紀用食指滑動螢幕。

頁面中有一個叫「冬彌」的帳號，個人資料欄位則是「飯娘／金髮蘿莉是我婆／宅／動漫／遊戲／蘿莉哭哭臉最棒了！」

「簡單說，這個『冬彌』引發的騷動，就是整件事的起因。」

起因是一則推文，當時「愛美小妹妹凶殺案」的犯人姓名還沒曝光。

「大叔泡的茶跟美女泡的茶，當然是美女泡的茶喝起來比較開心啊。我只是把自己的感想告訴女性友人，結果對方懷疑我人品有問題，說我歧視女性。她還在我們互相追蹤的帳號上發文罵我……女人真是太陰險了，好恐怖（抖）。」

有人找到冬彌的推文，罵完以後還轉發出去，消息很快就傳開了。

「想法也太古板！腦漿過期喔。」

「歧視女性的軟爛男。」

「動漫宅乖乖在家別出門啦。」

「你只會帶給女人不幸，請不要出來害人。」

「你自己講出白目的歧視性發言，被電了還說女性陰險恐怖，怎麼不去給車撞啊？」

各種謾罵隨之而來。

犯了眾怒以後，冬彌過去的推文也被挖出來。

例如，冬彌玩手遊抽到幼女角色的時候，就有留下這樣的推文——

「終於抽到了！哀哀叫的聲音超萌#飯娘」

另外，還有提到現實世界中的幼女——

「今天在公園遇到真正的蘿莉，超萌！」

有犯罪傾向的推文被挖出來以後，批判的聲浪宛如海嘯，排山倒海而來。

「這傢伙的推文都在聊『幼女』和『蘿莉』這些話題，超扯的啦。說他不是性侵犯打死我都不信。」

「別到社會上丟人現眼。」

「媽的乖乖當個家裡蹲啦。」

「電到他砍帳號！」

「你就是沙豬，只要你活著一天，我們就會永遠批判你，屁股洗乾淨受死吧！」

「客氣地說一句，快去投胎吧。」

最初那則抱怨的推文犯了眾怒，剛好被推文中的女性友人看到。那位女性友人直接在冬彌的帳號留言，以指名道姓的方式責問對方。於是，鄉民順藤摸瓜，連帶挖出了「大山正紀」這個本人帳號。

由於真名曝光，「大山正紀」刪除了帳號，過了一陣子犯人的姓名才被刊出來。染髮的大山正紀看完前因後果，也斷言這個大山正紀就是犯人。

對幼女有異常執著的大山正紀。

這樣的大山正紀應該不多，很難用一句話偶然帶過。

正紀接著說道：

「這一連串的騷動，好像也有鄉民肉搜那個大山正紀的住址。」

正紀輕觸手機螢幕，帶到了下一個頁面。

上面網羅了「大山正紀」過去的推文當中，透露住址訊息的推文，包括住家附近的風景照等等。

「不過——」獅頭鼻的大山正紀，指出了一個理所當然的問題：

「就算這個是我們要找的『大山正紀』，現在也搬到其他地方了吧？不然鄰居都知道他是『愛美小妹妹凶殺案』的犯人啊。」

「即使如此，這條線索或許能帶我們找到他的新居，還是有調查的價值。」正紀指著螢幕上的文章說道：

「你們看，有鄉民歸納出很詳細的地點了。」

「大山正紀」的帳號中，有一則推文是他回到小學母校，看到可愛的小女生在跳繩，另外還附了一張學校操場的照片。小女生的臉部用粉紅色蓋住，算是有顧慮到對方的隱私，鄉民在意的是照片上的風景。有人從操場鐵網後方的風景，查出那是哪一間學校。

接下來，鄉民關注冬彌的推文。

「附近開了一家女僕咖啡廳，那裡的女孩子都好可愛，好想讓她們伺候喔！」

「進去消費還要戴上貓耳，好害羞喔。」

推文有附上女僕咖啡廳的菜單照片，全是一堆令人難以啟齒的料理名稱。

鄉民在那間小學附近，找到了開張日期跟推文相近的女僕咖啡廳，菜單也跟照片上的菜單名稱一致，因此這是很可靠的線索。其他推文也有提到住家附近的場所，鄉民推算出大山正紀居住的地方。

可是，肉搜只做到這一步就收手了。這起騷動發生在殺人犯的名字曝光之前，鄉民的注意力很快就轉移到其他事件了吧。

小眼睛的大山正紀指著手機螢幕說道：

「我們做完剩下的肉搜工作吧。」

26

灰色的雲層看起來很厚重，給人一種不祥的預感，庭園的枯木在寒風中擺動。深紅色的葉片在沙地上飛舞，聽起來像蟲子到處爬的聲音。

大山正紀來到一棟老舊的公寓前，看著其他幾名夥伴，每個人的臉上都有難以壓抑的亢奮情緒。他們這次行動並沒有徵求記者的意見。

用來鎖定住址的線索，就藏在很久以前的推文中，要往回找一千多則推文才找得到。推文中有一張照片，拍攝的是擺滿美少女公仔的櫃子，還有拍到旁邊的窗戶。窗戶有一半以上被窗簾遮住，但還是看得到外面的風景。

私人酒館的招牌是最關鍵的線索，大夥搜尋酒館的名字，找到官網上記載的地址。再來就用網路地圖，看看有哪一棟公寓，可以從照片上的角度看到酒館招牌。

「門牌是大山沒錯。」

染髮的大山正紀指著一〇一號房的門牌，門牌標示「大山」二字。

在推特上展現戀童傾向的大山正紀，終於被他們找到了。據說，殺人犯「大山正紀」犯下凶案的時候，是跟父母住在一起的，不曉得他的父母是否還住在這裡？

「怎麼辦呢？」

正紀徵求其他夥伴的意見。獅頭鼻的大山正紀開口前，先吐出白色的氣息，緩和緊張的情緒。

「要不要先跟他父母接觸？或許能得到什麼情報。」

小眼睛的大山正紀不屑地笑道：

「拜託你少蠢了，他父母怎麼可能開口啊？當初沒搬家的話，他們肯定被一大票記者問到煩死了。」

「不試試看怎麼知道啊？如果斷絕親子關係了，也沒有包庇孽子的理由啊。」

「真的老死不相往來，就更不想跟孽子扯上關係了吧，哪會跟我們這種身分不明的傢伙談。」

這話說得很有道理。

都來到公寓了，到底該怎麼做，眾人卻談不出一個結論。

正紀指著公寓對面的咖啡廳說道：

「總之，先找個地方坐下來開作戰會議吧，反正公寓又不會跑掉。」

小眼睛的大山正紀不滿地噘起嘴唇，倒也沒有反對。

一行人前往咖啡廳，古色古香的空間瀰漫著咖啡和木材的香味，天花板上掛著玻璃製的吊燈，形狀像極了盛開的花朵。

咖啡廳內有開暖氣，獅頭鼻大山正紀覺得室溫頗高，脫下黑色的羽絨外套，掛在椅背上面。

正紀很後悔自己沒穿大衣，針織毛衣穿脫不太方便。

所有人圍著桌子就座，透過玻璃帷幕可以看到外面的馬路和公寓。

也不曉得是不是地段不好的關係，咖啡廳門可羅雀，沒有其他的客人，留著鬍子的店主好奇地看了他們一眼。好在，店內播放著慢節奏的爵士樂，講話留意音量就不會有被偷聽的風險。

正紀喝著咖啡，徵詢其他夥伴的意見。染髮的大山正紀攪拌著牛奶率先開口：

「佯裝其他身分就行了吧？」

「例如呢？」中等身材的大山正紀反問。

「這個嘛，我們可以裝成區公所的職員，或是大山正紀以前的同學之類的。總之，不能讓對方覺得我們有敵意。」

「人家也不會輕易相信我們的身分吧。不想個有說服力的理由，只會吃閉門羹。」

「理由不好想啊。」

一行人集思廣益，喝著咖啡休息。不過，聊了超過一小時都沒好方法。

就在這時候。

「喂！」

小眼睛的大山正紀，用手肘頂了正紀一下。

正紀順著他的視線望去，有一位青年站在一〇一號房前，背對著咖啡廳。看那個人的動作應該是在鎖門。青年的身高一百七十公分左右，上半身穿著格紋的衣服。

「那個人該不會就是——」

獅頭鼻的大山正紀吞了一口口水。

「大山正紀本人……」正紀把對方沒講完的話說完。

「靠……他還住在同一間公寓喔？」小眼睛的大山正紀也不敢置信。

「仔細想一想，他從十幾歲一直關到二十幾歲，父母還要支付被害者家屬賠償金，沒錢也只能繼續住在這裡了吧？」

「原來如此，那我們兵分二路調查吧？」

「兵分二路？」

「一組負責跟蹤，一組調查公寓。要是他跟父母同住，趁他不在我們趕快找父母問話；要是他自己一個人住，那就調查公寓吧。」

踢足球的大山正紀困惑地反問：

「要怎麼調查？」

「進他房裡找證據啊。」

「不行不行，不好啦，這是非法入侵耶……我可不想被警察抓。」

「怕屁喔，我們沒有退路了，你不想重拾自己的人生嗎？」

踢足球的大山正紀低下頭，膝蓋上的雙拳牢牢握緊。

「再拖下去，那傢伙就要離開了。」

小眼睛的大山正紀抬起下巴，示意眾人看公寓的方向，「大山正紀」邁步離開了。

「那——我負責跟蹤。」

踢足球的大山正紀決定參與跟蹤，染髮的大山正紀和獅頭鼻的大山正紀也一起同行。

「萬一對方中途折返，或是有什麼意外狀況，我們會打電話聯絡。」

踢足球的大山正紀帶著另外二人離開咖啡廳。

正紀看著剩下的二人問道：

「那我們該怎麼辦？」

「也只好按門鈴了吧。」

正紀付了所有人的茶水錢，離開溫暖的咖啡廳，戶外的溫差讓他感到冰寒刺骨。他在過馬路的時候，不斷搓揉雙掌取暖。

小眼睛的大山正紀走近公寓，按下一〇一號房的門鈴。門鈴是響了，但室內沒有人應門的跡象，於是他又按了兩、三次門鈴。

室內靜悄悄的，沒人在家。

「大山正紀」一個人生活嗎？可能兒子被逮捕後，父母就跑路了吧。

小眼睛的大山正紀繞到公寓的側邊，正紀也跟上去，發現他把臉貼近一〇一號房的窗戶旁邊。

「看得到室內嗎？」

窗簾是拉上的，但有幾公分的空隙可以看到室內。室內沒有開燈，黑壓壓的什麼也看不到。

「從外面看不到。」

小眼睛的大山正紀啐了一聲，四處張望。他走到前方庭園，從花圃中拿了一塊磚頭。

「等、等一下……你要幹麼？」中等身材的大山正紀慌了。

「不是說要調查房內？」

「你、你認真的？」

「廢話，我騙你幹麼？」

小眼睛的大山正紀左手按住玻璃，右手舉起磚頭。

「啊、等等——」

正紀伸手要制止對方，但對方的手臂已經揮下去了。磚頭砸在玻璃上，角落的玻璃先裂開了。小眼睛的大山正紀又敲了幾次，讓玻璃片掉下來。

現在回不了頭了。

正紀錯愕地看著對方的舉動。

小眼睛的大山正紀把手臂伸進破口，打開窗戶的安全鎖，將整扇窗子打開。他回過頭來看著正紀，臉上浮現滿意的笑容。

「好了，趁那傢伙回來前趕快調查吧。碎玻璃很危險，你們去玄關等我。」他脫下鞋子從窗戶進入室內。

二人繞到玄關，小眼睛的大山正紀打開房門：

「進來吧。」

正紀猶豫了。

真的踏進去就是非法入侵，他不想做出會被警察逮捕的事情。可是，房子的主人是殺人犯「大山正紀」——對方應該也不會報警，把事情鬧大吧。

「奪回我們的名字，還有人生。」

小眼睛的大山正紀，語氣十分急切。

正紀深呼吸一口氣，下定決心踏入玄關內。他脫下鞋子來到室內，客廳擺放一整組白色的沙發，牆邊的書櫃塞滿了各種漫畫和輕小說。牆上有等身大的動漫人物掛軸，上面畫的是粉紅色頭髮的制服美少女。正面有液晶電視，旁邊有電腦桌和家用電腦。

小眼睛的大山正紀打開電腦，可惜要輸入密碼才能使用。

「媽的。」他罵了一句髒話，把電腦關掉。

「電腦不能用啊，不然應該找得到變態的戀童圖片。」

小眼睛的大山正紀拿起桌上的美少女公仔，這角色看上去跟小學生差不多。他把公仔倒過來觀察裙子內部。

「被抓去關他也沒悔改嘛，還在玩這種東西，根本蘿莉控。對了，他在推特上公然宣稱自己喜歡蘿莉對吧。」

中等身材的大山正紀在他身後怯生生地說道：

「這也不能代表他就是犯人啊。」

「少天真了，種種跡象都顯示他很危險好嗎？」

「……現在喜歡動漫很普通吧？」

「怎樣？你也是阿宅喔？」小眼睛的大山正紀用輕蔑的眼神嘲笑對方。

「呃、我、我不是——」

小眼睛的大山正紀鼻孔噴氣，繼續觀察室內，打開壁櫥的拉門。在疊好的棉被旁邊有一個小紙箱。

「這紙箱怪可疑的。」

他拿出小紙箱打開一看，裡面有好幾本同人誌，全都是小學女孩變身為魔法少女戰鬥的動漫同人作品。

封面寫著「惹人憐愛的女生最可愛」，還畫著小女孩的哭哭臉。

大山正紀帶著另外兩名夥伴，一起跟蹤「大山正紀」。

倘若他就是「愛美小妹妹凶殺案」的犯人，一定要揭穿他的真面目。

「大山正紀」走進一家幼稚園，看板上寫著「星街幼稚園」幾個字，庭院內部有一棟雙層的水泥建築。

正紀躲在電線杆後面觀察動靜，跟另外二人面面相覷。

「大山正紀」進去幼稚園幹什麼？他才剛出獄，不可能有小孩啊？

難不成——

三人大約盯了半個小時的哨，「大山正紀」帶著十多個小朋友走出幼稚園。他一手牽著一個小女孩，帶他們到一百公尺外的公園。

他偶爾抱抱小朋友，讓活潑好動的小女生坐上鞦韆玩耍。

小朋友都稱呼他老師。

「大山正紀」竟然在幼稚園上班！

說不定他隱瞞了惡名昭彰的本名和前科吧，打工人員並不需要專業的教師資格。尤其近年來幼教人才普遍不足，幼稚園也是不得已雇用補充人力吧。但園方萬萬沒想到，他們雇到了「愛美小妹妹凶殺案」的犯人……

「大山正紀」和幼女們玩耍，肢體接觸明顯多了一點。

一行人開始擔心小女生的安危。該不該揭穿「大山正紀」的真正身分，提醒幼稚園留意兒童安全呢？

正紀拿出手機拍了兩張照片，一張遠景，一張放大。這都是寶貴的證據。

拍好的照片也傳給另一組人馬了。

奪回自己的姓名和人生固然重要，但避免第二樁慘案發生才是首要之務。「大山正紀」內心肯定還有病態的欲望，才會選擇有機會接觸到小女孩的幼教工作。

正紀跟另外二人回到公寓，與另一組人馬會合，報告彼此的調查成果。
「確定是那個殺人犯了嗎？」
正紀詢問其他夥伴，大夥共商結論。
「錯不了啦，全世界是有幾個蘿莉控大山正紀啊？」
「可是，我們沒有確切的證據耶。」
「證據夠充分了吧。」
「我可不這樣想。」
「我認為是那個殺人犯沒錯，公布他的照片吧。」
「之前我們也找錯人，我想還是慎重一點比較好，誤傷好人可就無法挽回了。」
大夥經過長時間議論，仍無法決定該如何處理「大山正紀」。

27

大山正紀坐在木製長椅上，眺望在公園內玩耍的幼稚園小朋友。小朋友在寒風中依舊元氣十足。
幼教工作是戀童癖的天職，不但能接觸到幼女，又不會引起旁人的戒心。
正紀用手掌輕撫嘴唇，沾到的口水直接抹在牛仔褲上。
他在思考，哪一個幼稚園小女生最可愛，最能刺激戀童癖的性欲。
最後，他看上了一個穿著花紋洋裝的小女孩。烏黑亮麗的秀髮在寒風中飛舞，上頭還有一個向日葵髮夾。防寒耳罩上有可愛的兔耳，活像一隻可愛的小動物，長相跟已故的愛美小妹妹有幾分神似。

小女孩活蹦亂跳，笑容天真浪漫。

「蕾娜！來這邊玩！」

朋友呼喊小女孩，女孩搖搖頭說：

「我要玩沙！」

小女孩繼續用小鏟子堆沙。

眼下沒有其他大人，附近也沒閒雜人等，是接近小女孩的好機會。

正紀站起來走近小女孩，他隱藏內心不軌的企圖，裝出讓對方安心的笑容。

「蕾娜，妳喜歡老師嗎？」

「嗯！」小女孩笑容滿面，用力點點頭。

正紀也很自然地笑了：

「這樣啊，妳很喜歡老師就對了。」

「最喜歡老師了！」

「真的喜歡老師，妳可以親老師啊，知道什麼是親親嗎？」

「知道啊。我在睡覺之前，也會跟爸爸媽媽親親。」

「真是好孩子呢，那你也試著跟老師親親啊。」

正紀拿出手機，開啟攝影功能。

別壓抑欲望了。

有什麼好忍耐的。

順從你的本性行動吧。

有自制力的人根本不會被抓去關，人的性癖好是不會輕易改變的。

「妳喜歡老師的話，一定願意親他，對吧？」

28

「大山正紀同名同姓被害者互助會」再次召開，大山正紀環顧在場眾人。

記者的眼神頗有責備之意。

「為什麼你們要擅自行動！」

其他大山正紀面面相覷。

「……你是說照片的事情吧？事情鬧得很大呢。」踢足球的大山正紀表情十分凝重。

中等身材的大山正紀搖搖頭說：

「我什麼都沒做喔！」

所有人都跟著點頭。

「那互助會的名字怎麼會被公開？」

調查完「大山正紀」的公寓後，又過了兩天，那個幼教老師在公園和小女孩玩耍的照片被PO上網，標題是「殺人犯・大山正紀的現在」。

想當然，照片在網上引起軒然大波。

本來鄉民就在拚命尋找「大山正紀」，多數人都以為那個冒牌貨是真正的大山正紀。而且鄉民認為殺人犯還炫耀犯案經歷，應該施以嚴厲的社會制裁。在這種情況下，突然出現一張新的照片。

網路肯定鬧翻天。

「請問是誰PO上網的？」

正紀質問在場的所有人。

每個大山正紀都搖頭，沒有人承認。

正紀觀察所有人的表情。

到底是誰說謊？兩天前互助會成員共享的攝影圖檔，被人公布到網路上面，犯人一定就在剩下的五名成員之中。

是誰擅自作主的？是踢足球的大山正紀？染髮的大山正紀？獅頭鼻的大山正紀？中等身材的大山正紀？還是小眼睛的大山正紀？

有人擅自把照片PO上網，暫時不公開照片是那一天討論出來的共識，結果有人自作主張公開了。

網路鄉民急著找出那間幼稚園，被找出來只是時間的問題罷了。

「保護那些小女生，以免被大山正紀荼毒！」

「要快點警告幼稚園，否則又有小女孩要犧牲了！」

「快點把大山正紀隔離起來啊！」

「所有男性幼保人員，應該暫時停止上課！」

「快點找出那家幼稚園。」

「一定要讓大山正紀償命。」

大批鄉民在網上叫囂，猶如火山爆發一樣猛烈。

「反正早晚會這樣的。」獅頭鼻的大山正紀提出了看法。

「剩下的交給那些鄉民去處理吧，等他們找到那家幼稚園，就會替我們制裁大山正紀了。」

小眼睛的大山正紀瞪著他問道：

「是你PO上網的？」

「……不是我。」

「最好是啦。」

「真的不是我。」

「我們還無法證明那個人是『大山正紀』耶。」

「可是，你也很篤定那個人就是真凶啊。」獅頭鼻的大山正紀眼神有些心虛。

「這兩件事沒關係，目前還在觀察階段，幹麼PO上網啊？那個大山正紀要是知道網路上的騷動，肯定會跑路。」

「就說不是我PO的啊。」

「那不然是誰啦！」

小眼睛的大山正紀環顧眾人，沒有人答腔。

如果在幼稚園上班的大山正紀是他們要找的人物，那公布照片也算達成目的了。萬一對方逃跑了也沒差。

正紀望向記者：

「你有什麼看法嗎？」

記者摸摸鬍碴說：

「……我想去見對方一面，可否帶我去那棟公寓？」

「沒問題啊。」

「我反對！我們沒必要採取行動，不要理會那傢伙就好。」小眼睛的大山正紀頭一個唱反調。

「不是，我沒有要採取行動，只是想了解狀況。」記者回答。

「應該要慎重一點吧。」

「事情鬧得這麼大，慎重已經沒意義了。直接找『大山正紀』對決，可以讓更多人了解同名同姓的議題。」

所有人搭乘電車，前往幼教老師大山正紀居住的公寓。冰冷凝凍的空氣中，建築物和樹木被血色的夕陽照出長長的影子。

「就是這裡。」

正紀指著前方的公寓。

「你們入侵的是——」

記者邁步前進，正紀帶領記者前往公寓的側面。前幾天打破的玻璃已經修好了，不曉得對方有沒有報警。殺人犯「大山正紀」大概也不想跟警察有瓜葛。反正沒有物品失竊，也就不必驚動警察。

要真是如此，那是再好不過了。

「沒人在家嗎？」

記者貼近玻璃，窺探室內的狀況，沒有電燈的光源穿透窗簾。

「可能在上班吧。」

「情況太危險了，我們在這裡浪費時間，那個人——」中等身材的大山正紀眉頭深鎖，憂心忡忡。

殺人犯「大山正紀」還在幼稚園，跟一大群小女生在一起。如果他真的改過自新了，根本不會到幼稚園上班。

「萬一那個人又犯案了，我們的立場只會更艱辛。」

其他大山正紀的表情都蒙上了陰影。

「我們應該提醒園方吧？」

染髮的大山正紀提議。

這是不得不思考的選項。也許有人會批評他們在妨礙更生人回歸社會，但發出正義之聲不該害怕承擔罵名。

小眼睛的大山正紀火大反嗆：

「媽的要我講幾次，不要這麼心急好不好？」

「我們沒時間了。搞不好明天，不對，最壞的情況隨時可能發生啊。」染髮的大山正紀也沒再退讓。

「應該先掌握關鍵物證才對。」

「觀望到出事情，那可就本末倒置了。這跟處理虐待兒童的案件一樣，只要稍有不對勁就該馬上通報，防患未然。」

「最近那種神經質的通報，也造成不少問題吧？好比有父親帶女兒出門散步，結果就被當成變態通報；還有專門寫育兒經的女名人，被人通報惡整，說她虐待小孩之類的。」

「通報本來就不該猶豫，若證實只是誤會一場，頂多也就是鬧笑話罷了。況且旁人關心自己的孩子，這對父母來說也是一件好事吧？」

「你不是單身？講這話沒說服力啦。」

「你也單身啊，總之我建議直接警告幼稚園。」

「隨你便啦，別後悔就好。」小眼睛的大山正紀撂完話，沒再表示意見。

正紀看著對方：

「你是不是知道什麼內情？」

「啥？我哪有？」

「沒有，只是看你欲言又止……」

「我怎麼可能知道內情啊？」

小眼睛的大山正紀撇過頭，不再答話。

染髮的大山正紀堅定地說：

「那大家都同意警告園方囉。」

現場沒人反對。

「我們走吧。」

就在他們準備前往幼稚園的時候。

「啊！那傢伙回來了！」踢足球的大山正紀提醒眾人注意。

所有人同時望向他說的地方。

「大山正紀」從馬路對面走來，旁邊還有一個矮小的女子，頭髮中等長度，五官不太起眼，身上穿著米色大衣和黑色長裙。

「還有女人喔？蘿莉控還拐成年女子作伴啊？」小眼睛的大山正紀語氣十分不屑。

中等身材的大山正紀說：

「可是，那個女的給人一種年幼的印象。」

女子身材矮小，體型跟中學生差不多。光看交往對象，就能了解一個人的性癖好。

「那個人果然很危險，說不定跟他交往的女性也會成為犧牲品。」染髮的大山正紀心急如焚。

在幼稚園工作的大山正紀把女子帶回家中，隔著窗簾也能看到室內亮起電燈。

正紀對記者說：

「我記得犯人沒有姊妹對吧？」

「對，他是獨子。」

「那麼，那個女子就不是他的姊妹了。」

「我們快去救她吧！揭穿那個大山正紀的真面目，警告她遠離壞蛋！」染髮的大山正紀態度很堅決。

女子大概是在不知情的狀況下，才跟那個「大山正紀」交往的。為了她的個人安全，有必要提出警告。

假如她知道自己交往的對象，是殘殺幼女的變態殺人犯，肯定會嚇到魂飛魄散吧。先救眼前這名女子，再對幼稚園提出警告，就可以避免下一個無辜的人受害了。

一行人先討論做法，最後決定到上次的咖啡廳，等待女子外出。

他們在咖啡廳等了一個多小時，女子終於離開公寓了。女子被帶進變態殺人犯家中，好在沒有發生憾事。

「好機會，我們走吧。」染髮的大山正紀叫大家一起走。

所有人起身結帳，離開咖啡廳。女子提著包包走出公寓的腹地，在大馬路上行進。

「小姐，不好意思！」

「咦？」女子聽到染髮的大山正紀叫住自己，發出了疑惑的聲音。接著又看到好幾名男子走近，臉上浮現戒心。

「請、請問有什麼事……」

女子的年紀應該才二十多歲，但近看真的有一種稚嫩的氣息。穿上學生制服的話，或許就像中學生。也難怪在幼稚園工作的「大山正紀」會盯上她了。

染髮的大山正紀舉起手，表明自己沒有惡意：

「啊，請放心，我們不是什麼可疑人物。」

「你這樣說我也無從判斷啊。」

女子左顧右盼，似乎在尋找求救的對象。
「我們想跟妳談一下妳交往的男性！」
正紀擔心女子呼救，趕緊切入正題，其他成員也點了點頭。
女子瞇起眼睛，一副懷疑的表情：
「你、你到底在講什麼？」
正紀觀察其他夥伴的反應，思考要開門見山，還是旁敲側擊。
最後他得出了一個結論，不把話講清楚是沒意義的。
「妳知道那個男人的真面目嗎？」
「真面目？」
「沒錯，妳對他的名字有印象吧？」
女子皺起眉頭，不解地歪著脖子。
「他有說出自己的本名吧？門牌上也有他的姓氏嘛。」正紀接著往下講。
「然、然後呢……」
「大山正紀。」
女子的表情是越來越困惑了：
「你是指那個殺人犯？」
「對、沒錯，我們是來警告妳的。」
女子掃視在場的所有人，像在看可疑人物似的。
「……我不懂你們想講什麼。」

「跟妳交往的『大山正紀』，就是那起凶案的犯人。」

女子的表情沒有任何變化，她聽到「大山正紀」這個名字，似乎沒有聯想到「愛美小妹妹凶殺案」，正紀不明白她怎會如此遲鈍。

「那個人是殘殺六歲女童的變態，不快點分手妳也會遭殃的。」

「我想……你們是不是誤會了，他不是大山正紀。」女子百般猶豫，這才開口否定正紀的說詞。

「他就是大山啊。」

「難不成他用的是假名，只有姓氏沒變？」獅頭鼻的大山正紀打斷二人對話。

女子緩緩搖頭：

「我跟他交往超過六年了。」

「咦？」

「他沒犯過法。」

「呃，可是，我們是從推特帳號找到這個地方的。」正紀難掩錯愕。

他拿出手機，請女子觀看螢幕。上面顯示七年前「大山正紀」引發眾怒的推特帳號。

女子的眼神有些怯懦：

「那個，不是他的帳號，是我的帳號。」

「不是吧，這名字——」

「我的名字叫大山正紀。」

29

女子大山正紀看著身旁的幾名男子，除了頭戴棒球帽的男子外，剩下的人年紀相近，大約二十多歲。他們誤以為男友是殺人犯「大山正紀」，打算來替天行道吧。

正紀非常清楚，失控的群眾獵巫有多可怕。

「那個男的，真的不是『大山正紀』？」

其中一名男子問話時，一臉不可置信的表情。

「不是。」

七年前，正紀跟女性友人相約碰面，先到公園打發時間。她就是在那座公園，認識現在交往的男友。

正紀看到一群幼稚園小朋友在玩耍。穿著洋裝的小女孩走過來，請她吃泥丸子。正紀一面道謝，一面裝出泥丸子很好吃的模樣，逗得小女孩開心大笑。

正紀陪小女孩玩的景象，幼稚園男老師都看在眼裡，還跑來向正紀低頭致歉。

——不要緊，我喜歡小孩子。他們好天真，簡直是天使。

——是啊，真的好可愛。

正紀被對方的笑容打動，連講話都變得有點做作。

——我一直想從事跟小朋友有關的工作呢。

男老師聽了很開心地說。

——照顧小朋友一刻也不得閒，但做起來很開心，我認為這是我的天職。

正紀和男老師度過一段愉快的閒聊時光。

後來，正紀在網上犯了眾怒，刪掉自己苦心經營的帳號，一個人落寞地前往公園，正好又碰到了那個男老師。

正紀是個不擅長溝通的阿宅，長得又不是特別漂亮，男老師還是親切相待。正紀說出心中委屈，男老師溫柔安慰她，她也喜歡上對方。

幾個月後，男老師主動告白，兩人就在一起了。男友並不反對宅宅文化，正紀得以光明正大做自己，不必遮遮掩掩。她從來沒遇過那麼善良的人，目前二人在公寓同居。

正紀不再害怕眼前的幾名男子，主動說出男友的姓名。男友的姓名跟「大山正紀」沒有一個字相同。

那群男子疑惑地對看一眼。

當初新聞報導「大山正紀」犯下殺人案，正紀發現自己的名字跟殺人犯一樣，這也帶給她不好的感受。但那是男性犯下的凶案，身為女性的正紀並沒有受到旁人歧視。

不過，正紀萬萬沒有想到，自己七年前刪除的帳號會被挖出來，害男友被誤認為是殺人犯「大山正紀」。

「那真的是妳的帳號？」

開口的是一個眼睛細小的男子，眼睛小到像用刀子刻出來的，語氣頗為不耐。

「會說美女泡的茶比較好喝，應該是男人的帳號吧？」

原來是那件事。

那時候，正紀沒料到那句話會引起眾怒。說句實在話，大叔和美女二選一，哪個女性會希望滿身肥油的大叔泡茶？

那個帶正紀去找房仲的女性友人，平常也講過類似的話，好比去美容院理髮，遇到大叔理髮師就會起雞皮疙瘩；去時髦的商店消費，看到大叔店員就會失去購物的欲望等等。正紀原以為雙方的價值觀相同，所以才會開那句玩笑話。她做夢也沒想到，女性友人會以此否定她的人格。

當初，那個女性友人跟男人約會，常遇到不請客的小氣鬼，又找不到人出氣，正紀成了被遷怒的犧牲品。

小眼睛的男子一副半信半疑的表情：

「那個帳號都在聊動漫話題，還有美少女不是嗎？」

這個人完全不懂宅宅文化吧，他身邊也沒有喜歡動漫的朋友。他肯定以為女生的阿宅都喜歡ＢＬ的東西。

事實上，正紀的同性阿宅好友都很喜歡美少女遊戲，一看到二次元美少女就很興奮。大家都很愛美少女，甚至討厭陽剛的男性角色。因此，正紀的房間裡貼滿了二次元美少女的掛軸和海報。

「女生也喜歡美少女啊，這又不是男生的特權。大家都以為女生會嫉妒美女，用陰險的小手段欺負比自己漂亮的人。其實，沒有女生會討厭可愛的女孩子。況且，如果這是犯人的帳號，從時間上來看，他怎麼可能被逮捕以後，在拘留所裡刪除帳號？」

「這帳號裡面，還有提到一些變態的內容啊，好比性虐之類的。」

「請不要把現實和幻想混為一談好嗎？」

個人的性癖好和偏好，跟現實生活是兩碼子事。正紀只有看到二次元角色哭哭，才會覺得可愛。男友細心照顧的幼稚園小朋友哭哭，她看了只會心痛。過去還沒刪掉推特帳號時，正紀會跟其他女性宅友一起聊美少女同人誌的話題。

「男友他不是阿宅，但他理解我的興趣。」

「那房裡的動漫商品——」

「咦？」

對方不小心說出口的那句話，正紀聽得一清二楚。前幾天，她的公寓玻璃被人打破，好在家裡沒有東西失竊。幾經思量後，正紀怕麻煩就沒有報警了。

「是你們侵入我房間——」

小眼睛的男子轉移視線，後悔自己講錯話。他盯著水溝，咬著嘴唇一言不發。

「你們這是犯罪。還打破我家玻璃……我要報警。」正紀以低沉的語氣威嚇。

「請、請等一下！」另一個人高馬大的男子，趕緊跳出來道歉：

「對此我們真的很抱歉。我們誤以為妳男友是『大山正紀』，才想進入房中尋找證據……是我們太過分了。」

「對不起。」其他幾人也低頭道歉。

只有那個小眼睛的男子火大地站在一旁，用力抓抓頭髮。

「可惡。」

正紀怒視那群男子。

「你們有什麼資格這樣做？自以為正義之士嗎？你們純粹是想肉搜犯人和他的家人，放到網路上供大家消遣吧？」

「不是的。」身材高大的男子說話了。

「我們不是基於正義感行動的，這種思想和情緒與我們無關。我們只是有一些很私人的難處……」

「難處？」

那些男子很猶豫該不該說出口。隔了一會，高個子才老實回答：

「其實，我們也是大山正紀。」

正紀無法理解這句話的意思，要其他人給個說法。

「我們是同名同姓的大山正紀，因為那個『大山正紀』犯下凶案，我們這些受到惡名拖累的人才會聚在一起。我們想要找到『大山正紀』，挽救自己的人生。」

男子說出「大山正紀同名同姓被害者互助會」的目的，正紀很難相信這是真的。眼前有好幾個同名同姓的人聚在一起，給人一種詭異又不舒服的感覺。這些人的外貌、體型、服裝都不一樣，就好像同一個人披著不同的外皮。

一想到這裡，正紀全身起了雞皮疙瘩，那是近乎直覺的驚懼。

披著別人的皮？

正紀反問那些男子：

「你們確定每個人都是同名同姓嗎？」

「我們有驗明正身了。」

正紀深呼吸一口氣，說出自己的猜想：

「……你們要找的『大山正紀』，萬一就混在互助會裡呢？」

30

眾人驚魂未定，如受雷擊。

大山正紀目瞪口呆愣在原地，殺人犯就混在夥伴當中？

有這種可能嗎？

互助會成員都是大山正紀，這一點已經確認過了，但誰敢保證犯人不在這群人之中？

正紀搖搖頭，試圖理清思緒。

他偷看其他夥伴的表情，女子說出自己的猜測後，所有人都起疑心了。

「不是我喔。駕照你們也看過了，我的年紀比犯人大。」小眼睛的大山正紀搶先否認。

「也不是我喔。」

踢足球的大山正紀也否認了。

每個大山正紀都矢口否認。

獅頭鼻的大山正紀一臉厭惡地說道：

「你們竟然懷疑自己的同伴……」

所有人嘴上否認，卻無法消除心中的猜忌。

「大山正紀同名同姓被害者互助會」是在網路上公開的，有看到網站的大山正紀都跑來參加，萬一殺人犯「大山正紀」也看到了——

問題是，「大山正紀」特地加入互助會有何好處可言？

假設自己處於犯人的立場，又會怎麼想呢？

有一群同名同姓的人聚在一起，不曉得要幹什麼。

犯人可能會感到坐立難安，並隱瞞身分加入互助會，前來一探究竟。

要真是如此，當互助會開始尋找「大山正紀」時，「大山正紀」一定非常緊張，無論如何也要阻止互助會達成目的。

正紀探索自己的記憶。

之前，反對找出「大山正紀」的人是誰？

當初表決的時候，只有研究員大山正紀、踢足球的大山正紀、擔任家教的大山正紀三人表示反對。可是，犯人也可能投下贊成票，暗中阻撓行動。贊成派並非全無嫌疑。

每個人都好可疑，有沒有揪出內鬼的方法呢？

正紀靈機一動，拿出手機拍下每一個互助會成員的照片。

「你、你幹麼——」

大夥發出慌張和困惑的聲音。

「被害者家屬和警方應該知道犯人的長相，既然大家都說自己不是殺人犯，那我確認一下不打緊吧？」

31

東京都內的某處住宅區，有一座西洋風格的宅院。鐵門旁邊有花崗岩打造的門柱，但凹槽上沒有門牌。或許房子的主人忍受不了群眾好奇的目光，才把門牌拆掉吧。

「就是這裡嗎？」

大山正紀向記者確認地點。

「是的，被害者家屬就住在這裡。」記者確認手錶上的時間說道。

「我們早到了兩、三分鐘……沒差，登門拜會吧。」

記者按下門鈴，二人等了一會，玄關大門終於打開了。

來應門的中年男子臉頰消瘦，嘴唇也不寬厚。年紀照理說才四十五歲左右，看起來卻十分蒼老，表情透露著絕望的哀戚。

正紀在電視記者會上看過中年男子好幾次，他就是愛美小妹妹的父親。中年男子走到門前，張嘴說話的樣子有些不靈活。

「你們就是打電話說要來拜訪的？」

「是的。」記者表明身分，把名片遞給門內的中年男子。

「我們臨時打電話要求拜訪，真的很感謝您撥冗一見。我很難想像你們承受了多大的傷痛。」

愛美小妹妹的父親點點頭，似在回憶心中的傷痛，雙拳也不住緊握。

「其實，我們在追查『大山正紀』。」

那位父親咬牙切齒，一口悶氣自牙縫傾洩而出，彷彿在釋放心中的恨火和怒氣。或者，他是在緩和自己的情緒，以免口出穢言吧。

「請進。」

被害者父親也沒等他們回話，轉身就往回走。

正紀沒料到被害者家屬會請他們進門，有點猶豫該不該入內。不過，記者默默跟著那位父親進門，可能新聞從業人員已經習慣接觸被害者家屬了吧。

他們來到一間四坪大的和室，室內空蕩蕩的，就跟被害者家屬的內心一樣空寂。除了基本的櫥櫃和家具外，最裡邊還有佛壇。

那位父親盤坐在榻榻米上，雙掌緊握大腿，肩膀也很緊繃。

正紀和記者跪坐在對方面前。

父親的眼中浮現憤恨的怒火。正紀想起這個人埋伏「大山正紀」出獄，想要手刃對方替愛女報仇，結果被旁人壓制。

「請問尊夫人呢？」

記者以謹慎的語氣提問。

「……三年前離婚了，大女兒自己一個人生活。」

「原來是這樣。抱歉，我並不知情。」

「不會……」

記者凝視著佛壇。

「可否讓我上柱香聊表心意？」

父親咬著嘴唇，點頭同意了。

記者站起來，坐到佛壇前面的坐墊上。在他上香祭拜的過程中，室內一點聲音也沒有，靜默到十分凝重的程度。

等記者上完香，正紀也到佛壇前上香祭拜。佛壇上有一張愛美小妹妹的照片，照片中的愛美小妹妹笑得很可愛。

被殺人犯「大山正紀」亂刀砍死的犧牲者——

正紀從線香的味道中，嗅到了死亡的氣息。

實際面對被害者家屬和犧牲者，正紀心中也掀起了波瀾，自己的痛苦跟他們相比實在太微不足道了。

正紀理智上明白，痛苦是不該拿來比較的，但情感否定了這種想法。

他上香默禱完以後，也回到原來的位子。

父親瞇起眼睛，俯視著榻榻米。

「大山正紀，不能讓他活在這世上。」

帶有殺意的恨火再次噴發，光是面對這個人，就會被他的激情灼傷。

那位父親恨的是殺人犯「大山正紀」，這點正紀心知肚明，但對方的心中只有一個大山正紀，正紀感覺自己是以加害者的身分，坐在被害者家屬的面前。

心，也就動搖了。

「那個殺人犯，跟我大女兒讀同一間高中。」

這個消息正紀是第一次聽說。

記者倒是不怎麼驚訝，或許已經得知這個消息了吧。

「媒體沒有報導這件事，畢竟大女兒跟凶案無關，我也不希望她被媒體消費。自己的妹妹被同一間學校的人殺害，我大女兒也不去上學了。搞到最後還不得不轉學，大山正紀把我大女兒的人生也毀了。」

「大山正紀」——

那個人犯下的罪，傷害了許多人，也毀了他們的人生。

是，從法律角度來看他已經償罪了，但誰來替被害者的家屬討一個公道？答案是社會，也只有社會。殺人犯「大山正紀」，就算被社會抹殺也怨不得人。

正紀的雙拳在膝頭上緊握。

「我們也是同樣的心情。」記者對被害者的父親表明心意。

「那種人不可能反省的，也不會有教化的餘地，應該對他施以社會性的制裁。」

「那當然。」

「我們拍了幾張照片，當中可能就有那個『大山正紀』……可否請您幫忙確認？」

那位父親看過剛出獄的「大山正紀」。

「請看。」記者打開手機的照片檔案，依序調出「大山正紀同名同姓被害者互助會」成員的照片。

被害者家屬看著照片不斷搖頭，直到某張照片出現，才終於有反應。

「是他！他就是大山正紀！」

手機上顯示的，是踢足球的大山正紀。

32

這次的「大山正紀同名同姓被害者互助會」，只有踢足球的大山正紀沒參加。

大山正紀把昨天的事情告訴其他成員。他跟記者一起拜訪被害者家屬，請被害者的父親確認每位成員的照片。被害者父親斷言，踢足球的大山正紀就是「愛美小妹妹凶殺案」的犯人。

「居然是他。」

小眼睛的大山正紀握緊拳頭，對自己的後知後覺感到火大。他恨不得早點發現這個事實，暴打對方洩恨。

「那個人，冒用了別人的身分是吧。」

獅頭鼻的大山正紀道出了真相。

曾在球場上活躍的大山正紀，若真是血案的凶手，那麼踢爆犯人姓名的八卦雜誌，應該會點出一個疑問。為何熱愛足球的運動青年，會犯下殺害幼女的大案？

換句話說，真正在球場上活躍的大山正紀，並不是之前參加互助會的大山正紀。

正紀想起那個「大山正紀」之前的談話。

當時，幾個人聚在一起聊女子排球隊的話題。那個「大山正紀」也跑來湊熱鬧，問大家在聊什麼。染髮的大山正紀回答——

「我們在說，義大利隊的Spike超帥的……」

那個「大山正紀」光聽到這句話，就知道大夥在聊女子排球的話題，還說出義大利女子排球隊連番得分的訊息。這些話在當時聽起來，沒有什麼奇怪之處。

可是——

現在大家知道他是冒牌貨，那幾句話回想起來就有點不合常理了。

一個把青春歲月都奉獻給足球的人，聽到Spike這個字眼，應該會先想到釘鞋才對吧？照理說，他應該會以為大家在聊義大利隊的釘鞋很帥。

然而，那個「大山正紀」最先想到的卻是排球。對足球不感興趣的「大山正紀」，才會有那樣的反應。

第一次舉辦線下聚會，「大山正紀」在自我介紹時，也有談到踢足球的經歷。

「我呢，高中時代加入足球社團，表現得也很不錯，打入職業足壇曾是我的夢想。都怪那個『大山正紀』犯案，同學對我投以異樣的眼光，隊友也排擠我……平常在賽場上沒人盯我，他們也不肯傳球給我，真的受不了啊。」

看來他講的那些經歷全都是假的。後來大家問那個「大山正紀」，凶案對他的足球發展有何影響，他露出一副不願多提的表情。大家以為他不想再談失去的夢想，其實他是害怕講錯話露餡吧。

大夥決定找出「大山正紀」時，他也投下了反對票。

「聯絡不到他喔？」

小眼睛的大山正紀詢問正紀。

「今天早上我打給他好幾次，也傳了幾封簡訊，都沒有回應。我們說要去找被害者家屬確認，他也知道自己的身分瞞不住了吧。」

「幹！」

小眼睛的大山正紀一拳砸在桌子上，裝滿茶水的杯子晃了一下。

「不過，現在我們有犯人的照片了，再來只要公布就達成目的了吧？」染髮的大山正紀換了話題，試圖改善現場的氣氛。

記者面有難色地說：

「目前不太合適吧。」

「怎麼說呢？」

「現在，有一個無辜的幼稚園老師被抹黑，鄉民也誤以為他就是殺人犯『大山正紀』，死命要找出那一家幼稚園。你在這種情況下公布真正的『大山正紀』，鄉民也未必會信……」

記者說的也有道理，除非真的有憑有據，否則很難顛覆鄉民的認知。

正紀想到了一個辦法：

「有被害者家屬的證詞，就能證明真實性了吧？」

記者還是沒有首肯。

「最終手段還是先保留為宜。」

「這方法不錯吧？」

「的確，被害者家屬的證詞，可以證明照片的真實性。可是，靠被害者家屬的力量來公布犯人長相，群眾只會注意到被害者家屬報仇雪恨。你們本來的目的，是要大家了解同名同姓的人受到牽連，這個問題反而不會受到重視。」

沒錯，互助會的行動主要有兩個目的。第一是跟殺人犯「大山正紀」劃清界線，第二是讓社會大眾了解同名同姓的人所受的委屈。

最重要的是——

被害者家屬依然活在痛苦和憎恨中，這是他們親眼所見，他們不希望那個可憐的父親再受到牽連。就算對方願意提供證詞，他們也不認為這是正確的做法。

正紀緊咬下唇，低下頭不講話。陰鬱的沉默氣息支配著室內。

記者摸摸鬍碴說道：

「那個真正在足壇上活躍的大山正紀先生，你們誰有他的消息？」

正紀抬起頭反問：

「你怎麼問起這個呢？」

「不是，我只是很好奇，犯人有必要參加互助會嗎？再者，為什麼犯人要假扮成踢足球的大山正紀？這有特殊意義嗎？還是臨時起意的？聽一下被盜用身分的人有何看法，也許能看出一點端倪啊。」

犯人假扮成足球健將的理由——

仔細想一想，假扮成他人的風險太高了。「大山正紀同名同姓被害者互助會」有各式各樣的大山正紀參加，萬一踢足球的大山正紀真的來了，犯人的身分馬上會穿幫。

不對，先別急著下結論。

那傢伙是等所有人自我介紹完以後，確認足球健將大山正紀不在現場，才談起足球的話題。「大山正紀」是最後一個自我介紹的，為什麼他是最後一個？

——不如從你開始，大家順時鐘依序自我介紹吧。

就在眾人準備自我介紹時，那個「大山正紀」提出了這樣的建議。

他玩弄話術，好讓其他人先自我介紹。

說不定他也需要一段時間來思考謊言。那些言行是蓄意為之，方法也著實巧妙。也有可能是臨時想不到好的謊話，才假扮成不在場的大山正紀。如果是臨時起意，那代表他從以前就知道有一個同名同姓的足球健將。

正紀拿出手機調查。

他輸入了幾個字眼——

「大山正紀、足球、高中」。

可惜顯示出來的搜尋資訊，還是「愛美小妹妹凶殺案」的報導和討論網頁。

找不到嗎？

正紀快要放棄的時候，又想到了一個好方法，這次他指定搜尋的日期，也就是搜尋凶殺案發生以前的報導。果不其然，出現了幾則足球健將大山正紀的報導。

正紀確認每一篇報導，第三篇報導中有對方的照片。

真正的足球健將大山正紀，跟那個參加互助會的「大山正紀」果然不是同一個人。

正紀後悔自己沒有早點核實身分。

後悔的情緒難以釋懷，但犯人「大山正紀」實在太惡名昭彰，幾乎蓋過了其他大山正紀的資訊，要找到其他大山正紀的資訊可不容易。況且，當時也沒有確認的必要。

記者湊上來觀看手機畫面，點點頭說：

「知道那個人就讀的高中，就有辦法查出他的個人資訊。等查出住址以後，我們一起去拜訪吧。」

「話說回來——」染髮的大山正紀想起了一個問題：

「到底是誰公布幼稚園老師的照片啊？真正的殺人犯就在互助會之中，這樣做完全是幫倒忙啊。」

對此，正紀有自己的推論：

「恐怕是殺人犯『大山正紀』幹的好事吧。他不希望我們公開他的長相，就找了一個替死鬼。」正紀說出答案。

「啊！」染髮的大山正紀似乎也想通了：

「推其他人當替死鬼，他自己就能高枕無憂了。當然，最後我們發現那個幼稚園老師根本不是大山正紀。」

犯人混進互助會，妨礙眾人調查。

「媽的，被耍了。」小眼睛的大山正紀用力抓頭。

這時候，大夥聽到手機鈴聲。

正紀拿出手機，螢幕上顯示沒看過的電話號碼。

緊張感頓時傳遍全身上下。

難不成是殺人犯「大山正紀」打來的。

正紀向其他成員使了一個眼色，緊張地按下通話鍵：

「您好，我是大山……」

隔了一拍，電話中傳來的是女性的聲音。

「請問，是『大山正紀同名同姓被害者互助會』的大山正紀先生？」

對方的聲音隱含怒意，正紀起先聽不出是誰的聲音，後來才想起是前幾天那個女性大山正紀。他有告訴對方自己的電話號碼，以便有事的時候可以聯絡。

「啊，我就是。」

正紀答話時，對其他成員搖搖頭，大家的臉色都很失望。

「我有件事情想請教你。」

對方的聲音充滿敵意，正紀不明白是怎麼一回事。

「是，請說？」

正紀誠惶誠恐地請教對方。

「你們是不是有對我男朋友做什麼？」

「呃、我不太懂您的意思……」

女性大山正紀躊躇了一會，以沉靜卻憤怒的語氣說道：

「幼稚園的小女生做出奇怪的舉動，竟然跑去親我男朋友。我男朋友問小女生為何要那樣做，她說有陌生人教她，喜歡老師就要用親親來證明。」

正紀完全不懂對方在講什麼。

「請、請等一下，我真的不知道。」

「一定是你們慫恿的吧？從時間點來看，沒有其他可能性了。」

正紀搞不清楚狀況，但這個問題無法等閒視之。

「等我確認過後再跟您聯絡，可否給我一段時間？」

「好吧。」女性大山正紀發出嘆息，顯然不是很甘願，但還是掛斷了電話。

正紀先緩口氣，對其他大山正紀說出對話內容。

每個人都是一副毫無頭緒的表情，唯獨小眼睛的大山正紀，尷尬地迴避正紀的視線。

「你做了什麼？」

正紀果斷逼問，不給對方顧左右而言他的機會。

小眼睛的大山正紀火大地仰天長嘆，之後低下頭吁了一口氣，總算肯老實交代。他拿出手機按了幾下，放在桌上給大家觀看。

「就是這個啦。」

正紀湊上前，螢幕上有一個小女生親吻男老師臉頰的照片。

「這是？」

「我偷拍的啦。」

染髮的大山正紀皺起眉頭：

「這有點不合宜吧？雖然是小女生主動親上去的，但是對一個大男人——」

小眼睛的大山正紀嘀咕道：

「……是我叫小女生這樣做的。」

「啥？」其他成員不可置信地看著他。

「是我叫小女生這樣做的啦。我以為殺人犯『大山正紀』當上幼教老師，就慫恿那個小女生去親他。」

「你這麼做是什麼意思？」

「拍下『大山正紀』跟小女生有親密接觸的照片，可以充當決定性的證據啊。那傢伙被抓回去關，我們就得救了對吧。」

——妳喜歡老師的話，一定願意親他對吧？

小眼睛的大山正紀，趁幼稚園老師帶其他孩童去上廁所，偷偷慫恿在公園獨自玩耍的小女生。

染髮的大山正紀不悅地指責對方：

「你竟然慫恿小朋友做這種事……太過分了！」

「親一下而已，你在認真什麼啦？」

「你好意思講這種話？公布對方照片就算達成目的了，又沒必要這樣做。」

「只有照片衝擊性不夠啊。公布照片也只有一小群鄉民看得到。難道人家每次誤會你是殺人犯，你就要拿手機調出照片，證明自己跟殺人犯長得不一樣嗎？事先準備好照片，人家搞不好會懷疑你造假吧？」

「這——」

染髮的大山正紀一時語塞。

「犯人再次被逮捕，就不用做這麼麻煩的事情了，對吧？外面的世界沒那個人渣，我們也不會被懷疑了。」

「可是，你這樣——」

「小鬼頭親一下老師的臉頰，是有那麼嚴重喔？你小時候去親喜歡的老師，長大會有心理障礙嗎？早就不記得了吧？」

正紀還是無法諒解這種做法。

利用一個無辜的小女生，來挽救自己的人生，這種做法是錯誤的。

更何況，公開小女生親老師臉頰的照片，憤怒的輿論也許能逼迫公權力逮捕「大山正紀」，但頂多是微罪罷了。大人沒有主動索吻，是要問什麼罪？警方問完話還是得乖乖放人，純粹治標不治本，「大山正紀」很快就會回到社會。

轉念及此，正紀想到了一個很恐怖的可能性，嚇得他雙腿打顫。

他凝視著小眼睛的大山正紀，緊張到喉嚨乾渴，忍不住吞了一口口水。

那是他根本不願意想到的可能性。

不過，既然已經想到了，也沒辦法否定。正紀下定決心，說出自己的推測：

「你的目的，是要引誘殺人犯『大山正紀』出手。」

小眼睛的大山正紀被說中心聲，也吃了一驚。

「你慫恿小女生親吻老師，就是要點燃殺人犯『大山正紀』的欲火。」

小眼睛的大山正紀啞口無言，沒有反駁就是最好的鐵證。

正紀握緊拳頭，強忍痛毆對方的衝動：

「你的行為跟殺人犯『大山正紀』是一樣的，你們都在犧牲無辜的女童。」

萬一殺人犯「大山正紀」心中潛藏的不是性欲，而是殺戮的欲望，那麼很有可能會出現第二個犧牲者。成年之後殘殺幼女，不可能只關七年就放出來。最少也是二、三十年，或是無期徒刑。陪審員心證不佳的話，判死也是有可能的，照片也會被公開。

換句話說，同名同姓的大山正紀將不再受惡名連累。只不過，這一切要用第二個小女生的性命來換。

小眼睛的大山正紀反對公布男老師的照片，是要替犯人爭取再次作案的時間。否則照片一公布出來，幼稚園老師去避風頭，他的計策就付諸東流了。

小眼睛的大山正紀承受眾人責難的目光，態度依舊倔強，毫無畏縮。

「反正也沒出事啊。」

「沒出事不代表你的行為能夠被原諒，你太過分了。」正紀也把話挑明。

「少講這些冠冕堂皇的屁話了，光靠屁話是能改變社會喔？你以為網路上會有多少鄉民認真看待我們的痛苦？」

之前，記者公開家教大山正紀遭受攻擊的事件，同名同姓的人受到遷怒的問題，也確實獲得了鄉民的關注。然而，利用報導大聲疾呼，話題性也持續不了太久，反正對廣大的鄉民來說，那都事不關己。

互助會的成員本想大聲疾呼，沒有同理心的人與加害者同罪。問題是，社會上有數不盡的問題，他們自己也沒在關心，別人也能用同樣的說法來指責他們。要關心所有社會議題是不可能的事情。

那到底該怎麼辦？該怎麼做才能讓群眾產生同理心？

「早就沒人理會我們了啦，那些假道學的鄉民只會在網路上貓哭耗子，付出一點廉價的同情，然後就沒有然後了。你看不到任何改變，要對抗偏見和歧視，有時候不得不用上粗暴的手法。」

為了達成目的而犧牲他人，小眼睛的大山正紀，給人傲慢又自私的印象。

「你錯了。」

「我哪裡錯了？我在努力對抗現實，你們連對抗的覺悟也沒有，少裝出一副豁達的樣子來批判我。」

「我也是當事人。」

「你們的做法太溫吞了啦，喜歡裝好人嘛。你們是不是天真的以為，大家坐下來一起喝酒談心，全世界就天下太平，不會發生戰爭了？要改變世界哪有不犧牲的道理。對於努力奮鬥的人來說，你們的存在只是在扯後腿。」

「犧牲小女生算哪門子奮鬥？」

正紀死也不想認同對方的做法。

他見證了被害者的父親有多哀痛，再也不希望有人承受同樣的苦難。犧牲是活生生、血淋淋的現實，絕不是單純的數字或姓名。

「真正有錯的是作奸犯科的人吧？被女人親一下就把持不住自己，請問是誰的錯？總不是被害者的錯吧？」

「那是兩碼子事。」

「那你跟我說差在哪裡啊？是主動親密接觸的女性有錯？還是慫恿女性做出親密接觸的人有錯？你敢這樣講保證會被群眾批判，這是轉嫁責任，對被害者造成二度傷害。」

「你在狡辯。」

「那你說出一個道理來啊。不是你一句狡辯，別人的話就會變屁話。」

正紀氣勢上輸人一節，用眼神向其他成員尋求協助。他發現其他成員都很討厭小眼睛的大山正紀，於是深呼吸一口氣，讓自己先冷靜下來。

「我反對你的做法，請你以後不要來了。」

「啥？我是被害者耶，你要排除我？」

「你已經是加害者了。」

小眼睛的大山正紀怒不可遏地瞪視正紀，二人互瞪了好一段時間。

「媽的只會講冠冕堂皇的屁話，你們就別後悔。」最後小眼睛的大山正紀受不了大家批判的目光，撂下這句話就離開了。

一想到要回電說明真相，正紀就感到很憂鬱。

33

像被毛刷刷過的朦朧雲彩，被夕陽染成一片橘紅，遠方傳來小鳥的啁啾聲。

大山正紀長嘆一口氣，按下二〇四號房的門鈴，祈禱房子的主人在家。

記者查出了足球健將大山正紀的住址，得知他一個人獨居。

不過，門鈴按了兩次，等了兩分多鐘都沒人應門。四周只聽得到寒風呼嘯，以及枯葉颳在庭院沙地上的聲音。

「怎麼辦啊？」染髮的大山正紀沒了主意。

「等等看吧。」

正紀環顧四周，想找個打發時間的地方。附近都是建案住宅，有三棟公寓並排在一起，另外還有房仲公司、針灸院、牙科，找不到咖啡廳或家庭餐廳之類的地方。

看樣子得走一段路找找看了。

「我在來這裡的路上，有看到咖啡廳喔。」

獅頭鼻的大山正紀開口了。

「那好，我們去那裡等吧。」

就在大夥準備離去的時候，馬路對面有一位青年走過來了。青年背對夕陽，左手提著波士頓包，右手拎著一顆裝在網子裡的足球。

該不會他就是——

一行人停下腳步等待青年走來。青年爬上鐵製的階梯，看到好幾個人擠在二〇四號房前面，困惑地皺起眉頭。

「請問你們是……」

青年主動開口，語氣充滿戒心，話只說到一半就打住了。

「你是大山正紀先生吧？」

正紀先詢問對方的身分。眼前的青年，跟那個登上體育新聞的高中生有幾分神似。

青年觀察這五個人，依舊沒有放下戒心。

「我是啊……你們呢？」

正紀看了其他夥伴一眼，轉身面對足球健將大山正紀。

「其實，我們也叫大山正紀。」

足球健將大山正紀眉頭鎖得更緊，活像在看可疑分子。

「你們所有人，都叫大山正紀？」

「是的。」

「這是怎麼一回事？」

足球健將大山正紀好奇反問。

正紀深呼吸後，替自己和夥伴自我介紹：

「我們是『大山正紀同名同姓被害者互助會』的成員。」

足球健將大山正紀歪著頭，似乎沒聽過互助會的名字。

「你沒聽說過嗎？」

「不好意思，沒聽過。請問什麼是『同名同姓被害者互助會』？」

「這裡不太方便談話，要下樓聊一下嗎？」

眾人在走廊上一字排開，而走廊的寬度只能讓兩個人擦身而過，並不適合對談。

足球健將大山正紀點點頭，走下鐵製的階梯，在庭院放下手上的包包。

正紀和他面對面，記者和其他大山正紀也在一旁。

「然後呢？」

足球健將大山正紀要求更進一步的說明。

「請容我從頭說起。」

正紀說出了整件事的原委，包括他組成「大山正紀同名同姓被害者互助會」的理由，還有每位成員的遭遇，以及大夥在記者的提議下達成的共識。

足球健將大山正紀拿起足球踩在腳下，在聆聽說明的過程中，輕踢地上的足球。

「你們打算把犯人的照片公布到網路上？」

他看著自己的腳下，視線也壓得很低，正紀猜不透他的表情。

「是的。公布犯人的長相，我們的人生才有救。」正紀頷首答覆對方。

「人生有救……」

「沒錯。那個『大山正紀』犯案，我們的人生也跟著扭曲了，你也受到牽連了吧？」

足球健將大山正紀抬起頭，先用腳尖踢起足球，膝頭再輕輕一頂，讓球彈到掌中。

「我——」

足球健將大山正紀欲言又止，他吁了一口氣，把球放回地上踩住。接著，他凝視足球一言不發。

「那件凶案對你的人生應該也有影響。」正紀談起對方的際遇：「我看過你的報導，你曾在球場上大殺四方，帶領隊伍獲得勝利，還接受記者的採訪。不過，殺人犯『大山正紀』玷汙了你的名字……」

足球健將大山正紀開始用腳背挑球。

「想必你也很痛苦吧？」

正紀詢問對方的感受，足球健將大山正紀把球踢高，放到自己的肩頭上，足球就像他身體的一部分，操控起來輕鬆自在。搭配身後的夕陽，看上去十分帥氣。

「人生，當然是有受到影響啦。」

足球健將大山正紀把球踩在腳下，不再玩球。

「我失去了名校的體保資格。」

正紀默默聆聽。

果然，只要叫大山正紀的，人生都會受到不好的影響。尤其在升學和求職關口上的大山正紀，受到的影響就更大了。

獅頭鼻的大山正紀也跳出來說話了：

「你對犯人有怨的話，要不要跟我們一起重拾人生？」

「所有大山正紀都是夥伴，一起公布犯人的長相吧。」中等身材的大山正紀也加入勸說的行列。

染髮的大山正紀以堅定的表情點頭附議。

足球健將大山正紀觀察每個人的表情，眼神真摯無比。

「這樣做，人生真的能得救？」

「那當然！這就是我們奮鬥的理由啊！」獅頭鼻的大山正紀答話鏗鏘有力。

「公布犯人長相，能改變什麼嗎？」

「會改變的，我們的人生一定會——」

「你想說，人生會變得更好？」

「沒錯！」

「不過，你們的做法，只會讓同名同姓的人受到更多關注吧？」

「我不太懂你的意思。」

「同名同姓的人站出來訴苦，引起世人的關注，會有更多人在意大山正紀這個名字。到頭來，世人會出於好奇關注你們的名字，這不是造成反效果嗎？」

「我想，應該不會吧。不站出來疾呼，情況永遠不會改變啊。」

「沒錯，這世上也有隱性的偏見和歧視。」記者又開始講道理。

「沒有顯而易見的傷害，大家也不會關心問題。名人只會關心顯而易見的問題，尋求群眾的認同。真正根深柢固的病灶，是那些在檯面下沒被發現的偏見和歧視。」

足球健將大山正紀依舊愁眉不展，緊閉嘴唇一言不發。

「反對歧視的人，也可能在無意間歧視他人，我就是想要點出這樣的問題。」

足球健將大山正紀終於看了記者一眼：

「我問你，你真的是為我們著想嗎？還是在利用我們，製造新的社會議題？」

記者聽了這段話，也皺起了眉頭。

「跳出來大聲疾呼，排除表面上的偏見和歧視，就能解決問題嗎？」

「當然無法完全解決問題，但這麼做有其重要性。」

「錯誤的做法只會招來反感，引來反感的行為是要怎麼拯救所有人？人心和情感是強迫不來的。製造更多的偏見和歧視，再逼大家裝出道貌岸然的樣子，這樣的抗議和疾呼註定失敗吧？」

「那麼，你認為我們該默不作聲？」

「我沒這樣講。只不過，用『私刑正義』的壓力逼大家住口，只是在加深對立，情況不會好轉。大家閉嘴只是害怕被輿論批判，心中的偏見和歧視卻有增無減。」

「所以你究竟想說什麼？」

「這條路走下去，你們會猜忌自己碰上的一切遭遇。」

「猜忌？」

「是，過去我的體保資格被取消，我以為是殺人犯『大山正紀』害的，畢竟沒有教練會想要一個被惡名連累的選手。當然，事實如何不得而知，教練心裡在想什麼也沒人知道。因此，我猜忌那位教練，對他心懷怨懟，也感嘆自己時運不濟。」

原來，這個大山正紀也是同樣的心情。

正紀想起過去找工作四處碰壁的經歷。還有，之前他準備跳槽到新東家，新東家卻以疫情為由出爾反爾。當時正值「大山正紀」出獄，舉國鬧得沸沸揚揚，因此正紀認定這一切都是名字害的。

足球健將大山正紀接著說下去：

「搶走我體保資格的，是另一間學校的王牌。那傢伙在天皇盃對上職業隊伍，表現得十分出色，後來被職業隊挖角，一下子就當上先發球員了，確實有天分。」

「可是，你也不能否認，自己是被名字連累的吧？」正紀打斷了對方談話。

「的確，這麼說也沒錯。不過，當你痛恨自己的名字，一直以被害者的身分自居，你會覺得世上的一切充滿惡意。這才是真正的偏見吧？好比告白被拒絕，對方也告訴你理由了，你依舊認定是名字害的。朋友忙碌沒時間跟你聯絡，你也認定是名字害的。參加徵選沒上，也不檢討自己能力不足，同樣覺得是名字害的。在職場上沒法升遷，評價不如同事，也歸咎給自己的名字。」

足球健將大山正紀的一席話，刺傷了正紀的心。

偏偏他又沒法否定。

「每次遇到不如意的事情，就怪別人心懷偏見，把責任推給自己的名字。沒有人會想跟這種人來往的，等對方真的累了，不想理你了，你又更相信是名字害你遭受歧視，終日怨天尤人。到頭來，會陷入這樣的惡性循環。」

這番話聽起來很像場面話，但語氣真情流露，一聽就知道是他這七年來的深刻體悟。

「普通的朋友離開以後，你的身邊就只剩下——」足球健將大山正紀看著其他同名同姓的大山正紀，有些難以啟齒地說道：

「就只剩下憤世嫉俗的同伴，把你困在憤怒的漩渦中。你的怒火不斷飆升，只想找到一個宣洩的對象。失去了宣洩的對象，又想找到下一個對象。」

這些話似乎在否定互助會的存在意義，正紀很想出言反駁，但他也注意到，對方只是點明了問題所在。

「憤世嫉俗的人只會吸引到同類，網路不就是這樣嗎？我們大山正紀不也是被憤怒的世人逼迫到這般下場嗎？」

記者的表情很凝重：

「你的意思是，我們受到同溫層效應的影響？」

同溫層效應——

正紀聽過這樣的說法。比方說，一群觀念相近的網友聚在一起，互相肯定對方的看法，把自己的主張當成金科玉律，不肯承認其他的主張。缺乏客觀意見的封閉群體，一定會變得充滿攻擊性。

「我是不知道專業術語啦，只是說出自己的感想罷了。我也是經歷過許多事情，才有現在的想法。」

足球健將大山正紀說的話，大家想否定也沒辦法。

「大山正紀同名同姓被害者互助會」正好就是他說的那樣。互助會趕走了反對派，只剩下贊成派的意見。他們合理化自己的目標和行為，而且義無反顧。

下場就是成員做出了失控的舉動。

小眼睛的大山正紀，打算犧牲一個無辜的小女孩。

「可、可是！那我們該怎麼辦才好啊？」正紀激動地握緊拳頭。

足球健將大山正紀搖搖頭說：

「我也不知道。」

「你怎麼能說你不知道。你就不痛恨犯人嗎？」

這句話一出口，足球健將大山正紀的眼中，也閃現了一絲陰霾：

「我心中當然也有負面的情緒，要不是那傢伙犯下殺人案，也許我會有更璀璨的人生。不過，一直以被害者的身分自居，用仇恨和怒火當作活下去的動力，是不可能找回人生的。」

「這——」

「公布犯人長相能否重拾人生，老實講我也不知道。當初血案發生後，八卦雜誌公布少年犯的姓名，我的名字被變態殺人魔連累，體保資格也泡湯了。我失去了夢想，也一度跌入絕望的深淵中……」

自己的名字被殺人犯奪走，人生變得一塌糊塗，這是大家感同身受的苦。

「不過，說穿了，那傢伙並沒有走進我們的生命中。」

一字一句，在在撼動正紀的心靈。

足球健將大山正紀長嘆一口氣，說道：

「我們叫大山正紀的事實不會改變，犯人叫大山正紀的事實也不會改變。」

他的每一句話，都在正紀的心中掀起波瀾。

「世上有很多需要拯救的被害者，但也有人被當成『被害者』以後，一直顧影自憐，再也沒辦法積極向前。不是每個人都想一直當『被害者』。」

足球已經不在他的腳下了，寒風將足球吹到了稍遠的位置。

「所以，我不會參加你們的互助會。」足球健將大山正紀直截了當地拒絕，之後抓抓後腦勺說：

「當然啦，我也知道自己講了一些好聽的場面話，但這些問題我也煩惱過。我恨過很多人事物，也抱怨老天爺不公平，恨不得找個人出氣。現在我依然有類似的煩惱，但我努力在往前走，不想再被負面的連鎖糾纏。」

他的心情，正紀也深有體會。

不過，正紀還是想得到他的協助，不曉得有沒有什麼話可以打動他？

正紀靈機一動，開口說道：

「殺人犯大山正紀之前冒用你的身分。」

「咦？」足球健將大山正紀臉上浮現困惑的神情。

「他假冒你的經歷，混入我們的互助會。」

「假冒我的經歷？」

「是的，可惜等我們發現這件事，他已經躲起來了。他直接搶了你的名字來用。」

足球健將大山正紀的表情變得有點糾結。

「這才是我們造訪你的原因，跟你談話說不定能得到線索。」

「那傢伙跟我沒關係喔，我跟犯人毫無瓜葛，你這樣講我也不曉得該做何反應。」

正紀思考了一會，拿出記事本寫下電子郵件信箱，撕下那一頁遞給對方。

「這是？」

足球健將大山正紀看著電子郵件信箱，沒有收下那張紙。

「這是犯人的聯絡方式。」

「為什麼要拿給我？」

「我是互助會的主辦人，有跟其他成員交換聯絡方式。這個信箱犯人好像也沒在用了，我傳訊息過去都沒回應。不過，你主動聯絡或許會有回應。」

足球健將大山正紀苦笑道：

「我們又沒聯繫過，他怎麼可能會回應啊？」

「你就姑且試看看。」

「我不想跟這件事扯上關係。」

「線索只剩下這個電子郵件信箱了，拜託請幫幫我們。」
正紀硬把紙張塞到對方手中。

34

大山正紀在玄關放下足球，進到自己的房間。他從包包拿出骯髒的球衣，放進洗衣機清洗。
他操作洗衣機，順便思考「大山正紀同名同姓被害者互助會」的事情。主辦者說，他們的活動目的是要公布犯人的長相。
洗衣機開始運轉後，正紀走到房間凝視那張便條紙。
殺人犯「大山正紀」冒用他的身分。
正紀不解，為什麼對方要假冒自己？
說不在意是騙人的。
不過，更大的疑問是——
那個「大山正紀」為何加入互助會？沒人知道動機。「大山正紀」是同名同姓的加害者，不是被害者。
正紀拿出手機，打開輸入簡訊的畫面。他看著信箱帳號，在空白欄位中打上文字。
然後——
正紀先說出自己的身分，並告訴對方，他知道對方在互助會上冒名頂替一事。本來他想直接送出簡訊，最後想想還是作罷，重新打上自己的心聲。

打完後，正紀按下「傳送」。

才打一封簡訊，感覺好像耗盡了心神。他嘆了口氣，靈魂只差沒從口中飛出去。

反正也不會收到回信吧。

我在幹麼啊？

正紀笑自己傻，回去看洗衣機的進度。衣服已經洗好了，他拿出球衣，球衣洗得乾乾淨淨、煥然一新。

就在這時候，房內傳來手機的響鈴。

難不成——

正紀衝回房內拿起手機，殺人犯「大山正紀」真的回信了。

他閱讀回信內容，思索著一個問題。

收到殺人犯「大山正紀」的回信，該不該告訴互助會的主辦者？

正紀知道「大山正紀同名同姓被害者互助會」主辦者的聯絡方式。他拗不過對方懇求，在道別時交換了電話號碼。

經過一番考慮，正紀決定不聯絡互助會的主辦者。他打了另一封簡訊，約殺人犯「大山正紀」出來碰面。

35

大山正紀踩著發黑的紅地毯，在走廊下前進。木製的大門敞開，壁紙就像皮膚剝落一樣千瘡百孔。

每走一步，都會踩到地毯上的玻璃碎片，走廊邊上還有掉落的紅色枕頭。

他來這裡是要做一個了斷，重新奪回自己的人生，讓對方付出代價。

大山正紀在行進過程中，探頭張望客房內部。玻璃破掉的客房受到日曬雨淋，沙發和床鋪都發霉了，地上也散落各種垃圾，天花板感覺隨時都會塌下來。

銅製的三燈吊燈全靠幾根電線懸掛在天花板上，吊索早已斷裂。

充滿發霉味的廢棄建築，儼然是自己的人生寫照。

同名同姓的大山正紀，害他度過了糟糕透頂的高中生活。名字只是用來表示個人身分的東西，他卻被名字支配，徹底失去了自我。

大山正紀繼續在走廊下前進，破裂的窗口灌入冷風。

來到樓梯，他一步一步往上爬，心中萌生一種登上行刑台的錯覺。

就不曉得受死的是哪一方了。

爬上十四層樓的頂樓，需要耗費相當的時間和體力。

大山正紀氣喘吁吁，打開走廊盡頭的鐵門。門一打開，強風迎面撲來。

血色的夕陽染紅了四周的一切，大山正紀踏入頂樓。大部分的石板地都裂開了，縫隙間也長出雜草。

他走近鐵欄杆，眺望這一帶的風景。

四面八方盡是寬闊的空地，這間賓館本來就蓋在空曠的地區。

這是一個很適合做了斷的地方。

心跳聲稍微變快了。

同名同姓的大山正紀改變了他的人生，將他的人生推落谷底。

萬一碰上那傢伙，他有好多心裡話要告訴對方。心靈被扼殺，不代表完全沒有感情。

如果這世上沒有其他大山正紀，不知道該有多好。既不用跟其他人比較，也不會被拿來比較，可以當一個獨一無二的大山正紀。

就算被父母取了一個怪名字，每次自我介紹都被旁人嘲笑，也好過失去人生的自主權。都怪世界上還有其他大山正紀，他的人生才不屬於自己。

僅此一次的寶貴人生，被其他人強行奪走。

不過，現在搶回來還不算太晚。

大山正紀看著手錶，等待另一個人到來。頂樓的出入口，響起了鐵門緩緩打開的聲音。

來到頂樓的，同樣是大山正紀。

兩名大山正紀在頂樓對峙，颳在身上的強風凜冽如刀，神經也緊繃到了極限。

大山正紀害他吃了夠多的苦。

現在，該報仇了。

「老實說，我沒想到你會願意來。」

對方聳聳肩。

「我被你害得很慘，就因為我們同名同姓，我的人生都被你毀了。」

大山正紀說出經年累月的恨意。這些話不說給罪魁禍首聽，他是不會甘心的。

「只要你還活著，我一輩子都擺脫不了痛苦。」

對方嗤之以鼻：

「自己的人生亂七八糟，不要推到別人頭上。怪別人也改變不了什麼。」

「是你毀掉我的人生！」

「你的人生糟糕透頂，是你自己的問題。誰叫你不努力，我可是努力過了。」

「你只是在踐踏別人的人生，算哪門子努力，錯的人是你。」

對方瞇起眼睛：

「你根本什麼也不懂。你以為只有你才是被害者？我也吃了很多苦。」

「你殺了人，受苦受難是應該的。」

「錯了，你不知道我每天在學校有多難受，你完全不了解我。」

「誰會了解你啊！你殘殺六歲女童，就註定罪孽深重了。」

「所以咧，你是要抱怨才找我出來的？」

大山正紀長吁一口氣，緊張的情緒攀升，還聞得到一股鐵鏽味。

「不在場證明我都安排好了。」

對方聽到這句話大吃一驚，喉頭還上下鼓動，顯然也跟著緊張起來。

大山正紀說出當下的狀況，也宣洩了過去壓抑的心情，一步步朝對方逼進。

對方惶恐地向後退。

「只要你還活著，我就無法擁有自己的人生。」

大山正紀再進一步。

「我要奪回自己的人生。」

這次對方也沒再往後退了，雙方的距離縮短。

多年來潛藏在心中的恨火轉變為殺意，灼燒大山正紀的五臟六腑。心臟活像有人在裡面瘋狂擊鼓一樣。

往前一步，再進一步——

大山正紀答應出來碰面的時候，他就已經做好覺悟了。時間過得越久，心中的殺意只會越見濃厚。

「要是沒有你就好了！」

大山正紀伸手抓住大山正紀，對方的身材高大，力氣也不小。不過，滿腔的恨火和氣勢足以彌補這一切，他一把揪住對方領子往後推。

二人撞到生鏽的鐵欄杆上，發出了金屬扭曲的聲響。

「幹、操你媽！」

兩個大山正紀激烈扭打。

死也不能輸，說什麼也不能輸。

「媽的——」

腹部被對方的膝頭擊中，彎腰的同時重心也跟著上浮。不過，大山正紀沒有放手，他很清楚一旦拉開距離，自己將毫無勝算。

幹、幹──

把人生還我！

賠我！

你賠我！

大山正紀化為一頭瘋狂的野獸，拚死推擠對方，吶喊聲在頂樓迴盪。

被推擠的另一個大山正紀，重心在鐵欄杆上後仰。

再推下去，一切就結束了。

對方的手掌推擠大山正紀的下巴，大山正紀看到天上血紅的雲彩。

隨後胸口受到重拳連擊，一拳、兩拳、三拳──

大山正紀撐不住重擊，身體向後退。對方沒有放過這個機會，翻身調轉雙方的位置，換大山正紀被壓在鐵欄杆上了。

下方颳起的寒風掠過大山正紀的頸子和後腦勺，吹得他心膽俱裂。他感受到死神在十四樓下方等著收頭。

大山正紀反手握住鐵欄杆，憤恨咆嘯，腎上腺素流竄全身上下。

死在這裡就永無翻身的機會了。

大山正紀抓住對方的臉，用力一摳。

對方吃痛，攻勢也減緩了。

大山正紀死命掙扎，試圖脫離險境。兩個人的身體撞到柵欄上，翻身對調位置。

說時遲那時快。

「啊——」

其中一方重心傾斜，從十四樓摔落地面。

36

大山正紀回到陰暗的家中，坐在自己的床上。內心激昂的情緒尚未平復，連自己也無法控制。心跳得飛快，額頭一帶血管突跳的聲音聽起來格外刺耳。

正紀慢慢吐一口氣，試著平復情緒。

他拿起床鋪上的遙控打開電視。陰暗的房內亮起螢幕的藍白光芒，幾個男女偶像在綜藝節目上共同烹飪。

正紀切換電視頻道。

轉到新聞頻道就沒再動過。首先是首都高速公路的追撞事故，有十二名死傷者。

正紀完全不感興趣，追撞事故報導完以後，是中學女生自殺的新聞。女學生在網路上遭受同學言語霸凌，選擇上吊結束生命。女性評論家一臉沉痛地說，言語霸凌有時候比肢體暴力更傷人。

霸凌——是嗎？

言語足以扼殺人心，但這是報復的正當藉口嗎？

新聞改播關東地區地震的消息，最後播報醫療發展的特輯就結束了。

沒有提到大山正紀墜樓身亡的新聞。

正紀操作遙控換台，尋找其他的新聞頻道。不過，沒有一家播報他想知道的新聞。

他關掉電視。失去了螢幕的光源，室內一片漆黑。

過了一會，眼睛才習慣黑暗。

自首？

大山正紀閉著眼睛，勉力吐出胸中的悶氣。

那件事一旦公開，會發生什麼事呢？

正紀忍不住思考這個問題。

他仰躺在床上，凝視黑暗的天花板。

鬱悶的思緒在腦海中閃現，原來同名同姓會帶給一個人這麼大的苦難。其他同名同姓的人作奸犯科，卻是無辜的人受苦受害。

正紀徜徉在冥思苦索的大海中，疲憊困頓的大腦抵擋不住睡意侵襲。就在他閉上眼睛打盹的時候，聽到了類似蜜蜂振翅的震動聲。

被吵醒的正紀撐起上半身，看到圓桌上有黃光震動閃爍。

他拿起手機，螢幕顯示來電者是「大山正紀」。

幾經猶豫，正紀還是接起了電話：

「你好……」

「啊、你好。」

「有什麼事嗎？」

「不好意思，只是想打給你，確認一下有沒有什麼消息。」

正紀有事瞞著對方，內心多少有點愧疚不安，好像心中所想都被對方看穿了一樣。

「沒有你想知道的事情。」

「是這樣啊。」

對方的語氣很消沉，一顆心似乎也沉到了谷底。

「你不要緊吧？」

「嗯，我不要緊。」

「聽起來不像這樣呢。」

對方發出自嘲的苦笑說道：

「我很後悔。」

「後悔？為什麼？」

「如果早一點發現那傢伙的真面目，就可以逮個正著，不會被他跑掉了。」

「抓到他，你打算做什麼？」

「逼他拍影片坦承自己的罪行，再把影片公布出來。這比偷偷拍攝的照片更有衝擊性，肯定會引起軒然大波。讓世人知道互助會的存在，大家就會關切同名同姓的問題了。可以避免有人跟我們一樣，受到惡名的連累。」

公布影片是嗎？

其實要拯救所有的大山正紀，還有其他辦法。

如果他真心想拯救其他人——

「怎麼了嗎？」

正紀在思考該不該據實以告。

想通了以後，他下定決心開口說：

「跟你老實說，我跟殺人犯『大山正紀』取得聯絡了。」

「真的嗎！」

「我傳送簡訊給他，也收到了回信。他指定了一個見面地點……我見過他了。」

「咦？」

「我們碰過面了。」

電話另一端傳來倒吸一口氣的聲音。

「真的假的？你為什麼要獨自去見他？」

對方的口吻頗有責備之意。

「我私底下也有些話想跟他講。」

「你不該自作主張的……這件事關係到我們的人生，我們要公布他的長相，找回安寧的生活，所以——」

「有些話，旁人在的時候說不出口，例如連媒體也不知道的犯案動機。」

「犯案動機……知道那個有什麼意義？他就是一個戀童的心理變態不是嗎？」

「不是的。」

「那不然咧？」

正紀想起了殺人犯「大山正紀」親口告訴他的話。

這一切源自高一那年發生的霸凌事件。

「大山正紀」在教室畫動漫圖，被好幾個男女同學盯上，受盡了言語欺辱。

「欸、這什麼鬼啦？好噁心的畫喔！」

「靠杯，還全裸。」

「是怎樣？他在畫裸女喔？」

「超變態的！」

「這根本變態嘛，在教室畫裸女，性騷擾啦。救命喔，有人性騷擾喔！」

「你們阿宅都說這叫萌喔？噁心死了，拜託快點消失好嗎？」

「大山正紀」的自尊心被踐踏，人格也被否定，每天看著自己的心靈逐漸死去。同班同學也都視而不見。一到上學時間胃部就疼痛難當，心悸症狀幾乎無法負荷，各種難聽的謾罵在腦海中回放。誹謗中傷化為心中的傷痕，永遠沒有痊癒的一天。

正紀說出了殺人犯「大山正紀」的遭遇。

「現在的小孩子有一點阿宅嗜好，這也沒什麼吧。」

「你上網看一下就知道，這個時代還是有人打著正義的大旗，攻擊自己討厭的事物，每個人都想找機會制裁別人。」

「這、也是啦……我們也很清楚網路鄉民的惡意。見識過鄉民的醜惡，真的會覺得連自己的心靈也被玷汙了……」

「大家都用非常難聽的話批判別人，好像在比誰的心靈特別醜陋一樣。殺人犯『大山正紀』受到的霸凌也是如此，只不過發生在現實生活中。」
「或者應該說，現實中發生了類似網路霸凌的事件對吧。」
「沒錯，但事情沒那麼單純……」正紀緊握掌中的手機。
「殺人犯『大山正紀』還說，他其實跟你們一樣。」
「跟我們一樣？」
「一個人乖乖在教室畫圖，為何無緣無故被欺負。」正紀先深呼吸一口氣，接著才說出答案：
「他也被同名同姓的罪犯連累了。」
「啥？你在說什麼？被同名同姓的殺人犯連累的，是我們才對吧？」電話中的大山正紀大呼不解。
「嚴格講起來，這是同名同姓的罪惡連鎖。」
「我不懂你的意思。」
「當初，有一個猥褻女童的大山正紀被逮捕了。」
電話中的大山正紀先沉默了一下，隨後發出驚呼聲：
「啊、那則新聞我有印象！被逮捕的是小學老師對吧，年紀二十出頭。」
「你記得真清楚。」
「八卦雜誌還沒公布『大山正紀』的姓名時，我跟打工的女同事聊過同名同姓的話題，也上網搜索了自己的名字。那時候還查得到其他大山正紀的資訊，其中就有一個性侵犯大山正紀的新聞。」

「感覺很差對吧。」

「媒體並沒有大肆報導那則新聞，也沒什麼人注意，頂多就是常見的性侵案件罷了。我還記得自己很得意，因為至少我贏過那個人渣。」

正紀不太能體會那種感受。在「愛美小妹妹凶殺案」發生之前，他沒在意過同名同姓的問題。在他心中，自己和自己的名字都是獨一無二的。

不過，若有一個比自己更有名、更活躍的大山正紀——

正紀試著想像一下，似乎能理解那種感受了。他看過一篇報導，描述一位體壇新人不為人知的煩惱。那位新人跟世界知名的足球選手同名同姓，二人雖在不同領域打拚，但過去高中時代，新人常被對方的盛名壓得喘不過氣，也很討厭自己的名字受到關注。後來新人不斷精進自我，終於有了自信，也接受了同名同姓的事實，還反過來善用自己的名字，吸引粉絲的關注。

正紀接著說出殺人犯「大山正紀」的故事。

「小學老師大山正紀犯下猥褻罪，剛好就在他學區附近，那件事在『大山正紀』就讀的高中也造成不小的話題。因此，同學把他當成犯罪潛力股，動不動就欺負他。」

「他也是被惡名連累的啊……」

所有叫大山正紀的人，都很清楚這樣的痛苦。

「後來霸凌狀況變本加厲，『大山正紀』痛恨那個帶頭欺負他的女同學，想要反擊對方來重建自尊，於是就拿美工刀準備行凶。」

「拿美工刀？」

「他要讓對方體會一下，自己遭受言語霸凌的痛苦。可是，實際面對那個女同學，他卻怕到什麼也不敢做……」

「這跟他殺害六歲女童有何關係？」

「那個六歲女童，是女同學的妹妹。」

電話中的大山正紀啞口無言，他先吞了一口口水，以顫抖的語氣說：

「那個女孩子，不是他偶然挑上的目標嗎？」

「我本來也是這麼想的。」

——媒體整天報導被害者跟姊姊一起開心遛狗，還說她當過兒童雜誌的模特兒，長大想開花店。公布這種訊息有意義嗎？

「愛美小妹妹凶殺案」發生後，媒體整天報導被害者的個資，正紀的好友非常氣憤。當初聽到那些訊息，正紀以為小妹妹只是長得太可愛，才被變態狂徒盯上。

「不過，事實並不是那樣，『大山正紀』不敢反抗霸凌的加害者，最後被逼到受不了才改變行凶目標，對加害者的妹妹動手，好讓對方了解他的痛苦。」

「對了，被害者家屬也說過，犯人和長女就讀同一間高中。」

——錯的是欺負我的加害者吧，但是沒人在乎我受了多少傷害，我連男性的尊嚴都被踐踏了……我只能那樣做，或是選擇自殺。

殺人犯「大山正紀」的語氣悲痛欲絕，猶如在詛咒自己遭遇的一切。

聽到當事人現身說法，正紀受到的衝擊難以言喻。

問題是，被霸凌不是殺害一個無辜小女生的正當理由。被別人傷害不代表有資格去傷害其他人，「被害者」的身分不是犯下惡行的理由。

網路上很多鄉民都以被害者的身分自居，肆無忌憚攻擊他人，偏偏大家網路用久了，對這種現象也慢慢麻痺了……

遷怒式的報復到底能帶來什麼？

「我明白了。」電話中的大山正紀發出嘆息，接著說道：

「的確，殺人犯『大山正紀』曾被人傷害，有值得同情的地方。但他犯下的凶案害我們的人生蒙上一層陰影，不能就這麼算了。」

正紀深呼吸一口氣：

「我們的人生應該不用再擔心了。」

「怎麼說？」

「全都了斷了。」

「了斷？什麼意思？」

「都結束了。你關注一下最近的新聞，很快就會明白了。」

正紀在對方反問以前掛斷電話。對方不死心又打了三、四通，正紀都沒有接聽，最後才沒有再打來。

沒錯，廢棄賓館的墜樓事件一旦報導出來，他就會明白那句話的意思了。

37

病房中瀰漫著刺鼻的消毒酒精味，晨光穿透淡綠色的窗簾，大山正紀在晨光的照耀下清醒過來。

他伸手拿起桌上的鏡子，仰躺在床上觀看自己的面容。鏡中的自己眼皮浮腫，臉頰還留有傷痕，簡直不堪入目。

過了一會，二十多歲的新人女護理師進來了。女護理師關心同房的另一位男病患，詢問那位男病患狀況如何。那個男病患應該還在念大學吧。

「多虧護理師的照顧，我狀況很好！」

男病患緊張到聲音都拉高了，一看就知道他很在意那個美女護理師。護理師身穿寬鬆的白衣，仍然藏不住底下曼妙的曲線。

女護理師看到男病患的反應差點噴笑。好在還是忍住了，只報以苦笑：

「請認真說明你的身體狀況，不然我們也做不出精確的診斷。」

「欸，我很認真啊，最近狀況真的不錯。一定是護理師溫柔照料的關係。」

正紀發出冷笑，觀察護理師的側臉。

年紀太大了，一點魅力也沒有。

「大山先生，你的狀況如何呢？」女護理師回過頭來，關心正紀的狀況。

「後腦勺滿痛的，有反胃的感覺。」

「想吐嗎？」

「也沒有。」

正紀如實回答護理師的幾個問題。

「我知道了，下午會繼續做檢查，請先好好靜養。」

「好。」正紀點點頭，眼睛盯著天花板。

女護理師離開病房半小時後，正紀的手機收到了一封簡訊。是「大山正紀同名同姓被害者互助會」主辦者傳來的，上面只說有事情要透過電話一談。

正紀按著脖子起身，拿起手機前往走廊的休息區，只有在那裡才能講電話。

電話一撥通，主辦者大山正紀開始報告現況。

主辦者表示，他們已經掌握殺人犯「大山正紀」的身分了。殺人犯「大山正紀」冒用足球健將大山正紀的身分，混入互助會當中。他們沒料到互助會有內鬼，等發現真相的時候，對方早已不知去向。

「那你們還要尋找『大山正紀』嗎？」

正紀詢問對方。

「那當然了。只是，我想先等幾天，看看狀況。據說，一切就快了斷了。」

「了斷？」

「跟殺人犯接觸過的大山先生告訴我的，我也不曉得具體情況，他沒告知我原因。」

「這樣啊。」

「不過，他好像從『大山正紀』口中得知不少訊息，當中也有新的情資。殺人犯『大山正紀』高中時代曾遭受霸凌，死者正是加害者的妹妹。」

霸凌——是嗎？

「這就是犯案動機嗎？」

「沒錯，當初有一個小學老師犯下兒童猥褻罪，剛好也叫大山正紀。性侵犯的惡名連累到高中時代的『大山正紀』，同學說他以後肯定也會是性侵犯。」

正紀緊握手機，全身不由得緊張起來。

「原來是這樣啊。」

「嗯，因為情況有了些進展，我才打電話告訴你。」

「勞煩你費心了。」

「大山先生你也多保重。」

電話掛斷後，正紀長吁一口氣，緊張感並未消散。

他靠在柱子上，回想「大山正紀同名同姓被害者互助會」的事情。

每個成員都感嘆自己倒楣的遭遇，向夥伴尋求慰藉。然而，不是每個人都認同互助會成立的宗旨。

有人被大山正紀的惡名連累，但也有人跟正紀一樣，到頭來感謝自己叫大山正紀。

因為——

大山正紀的惡名，完全掩蓋了他過去的罪行。

「二十三歲小學老師，猥褻女童遭到逮捕。」

七年前正紀被逮捕時，媒體公布他的名字，有些網路新聞還刊出了他的照片。

儘管最後未獲起訴，但正紀失去了工作，人生也墜入絕望的深淵。他有調查過改名的相關規範，但要滿足條件並不容易。就在他走投無路的時候，發生了「愛美小妹妹凶殺案」，八卦雜誌還踢爆犯人的姓名。

後來的結果，完全出乎正紀的意料之外。

他上網搜尋大山正紀這四個字，再也找不到「愛美小妹妹凶殺案」以外的新聞。

於是，他活用過去的教學經驗，當上了家教老師。有的家長看到他跟「大山正紀」同名同姓，對他多少抱有偏見，但他跟「愛美小妹妹凶殺案」的犯人相差七歲，因此沒有被誤認的風險。

同時，正紀得知了「大山正紀同名同姓被害者互助會」的存在。自己的名字出現在互助會的網站上，他難掩好奇，決定前往一探究竟。他年齡虛報五歲，以免被人發現他是猥褻女童的狼師。

——我是家教老師，外表看上去比年紀小，其實我三十五歲了。因為有點年紀了，其他人也不會懷疑我是那個殺人犯，這點我倒是不擔心。

好在正紀的身分沒被揭穿，但繼續跟那些人牽扯下去，難保哪一天不會穿幫。所以，他在遭受偷襲住院治療後，以療養為由慢慢淡出互助會。

正紀在遇襲時倒地撞傷臉頰，他摸摸自己臉頰上的傷痕。

多虧「大山正紀」的惡名，正紀有了重新來過的機會，他很感謝那個殺人犯。

他帶著藏不住的笑意，回到自己的病房。

38

大山正紀一個人待在家裡，心情鬱悶至極。身為「大山正紀同名同姓被害者互助會」的主辦者，他有一種很強烈的無力感。

殺人犯「大山正紀」犯下的罪行，害其他同名同姓的人也受到連累。他們必須公布殺人犯「大山正紀」的長相，證明自己不是那個喪心病狂之徒，否則無法奪回自己的人生。所以找出「大山正紀」，就成了互助會的終極目標。不料，犯人偽裝身分混入互助會中，最後行蹤成謎。

足球健將大山正紀主動聯絡殺人犯「大山正紀」，雙方相約碰面，殺人犯「大山正紀」說出了自己的犯案動機。問題是，後來發生了什麼事？

足球健將大山正紀自作主張，這點讓正紀十分不滿。如果他跟殺人犯「大山正紀」取得聯絡後，願意知會一聲的話，所有成員就可以一舉抓住「大山正紀」了。

到時候，大家可以把自己所受的苦統統告訴那個「大山正紀」，說服他拍攝一部道歉的影片。拍好後由互助會公布，世人才會關心同名同姓的議題。不然群眾只會關心被害者和被害者的家屬，了不起再關心一下加害者的家屬，沒人在意那些受惡名連累的倒楣鬼。點出檯面下實際存在的病灶，人們才肯關心這個新的社會問題。

至少正紀是這樣想的，可惜機會泡湯了。

他嘆了一口氣。

現在殺人犯「大山正紀」不曉得身在何方？他們錯失了抓住他的機會。

——一切都了斷了。

正紀想起在電話中聽到的那句話。當他指責足球健將大山正紀不該單獨行動時，對方說所有的大山正紀不必再煩惱自己的人生了，一切都會有個了斷。

那句話到底是什麼意思？

了斷是指什麼？

正紀本想問個明白，足球健將大山正紀只留下一個意味深長的答覆。

——都結束了。你關注一下最近的新聞，很快就會明白了。

正紀要求對方講清楚，卻直接被掛斷電話，從此不再接聽他打的電話。

難不成，只要注意新聞就能明白「了斷」的意思嗎？換句話說，媒體可能會報導殺人犯「大山正紀」的消息，或是同名同姓的議題？

到底會是怎樣的新聞？

媒體會報導出來，代表是某種程度的大事吧。同名同姓的被害者真的能獲得解脫，不必再擔心自己的人生受到牽連？

正紀死盯著手機螢幕，不斷更新新聞頁面。真有什麼風吹草動的話，網路新聞會比電視新聞還要快。

不過，那一天沒有任何相關的新聞。為求慎重起見，正紀還看了每一家新聞頻道的晚間新聞，沒有一家提到大山正紀。

最後正紀上床就寢，並在隔天一早起來立刻關注手機訊息。他點進新聞頁面，瀏覽每則新聞的標題。

「警方破獲詐騙集團，被害總額高達二十億以上。」

「竟有這款父母，三歲女孩被活活餓死。」

「大學教授壓榨研究生。」

「十五歲高中生持有大麻被逮捕。」

正紀忽視那些一看就不相關的新聞，只確認標題可能有關的新聞。

終於，讓他找到了。

「男子墜樓身亡，警方逮捕自首男子。」

他點進連結一看——

「二十五日晚上，住在東京都XX區XX的男子，犯下殺人案向警方自首。據警方表示，二十五日晚上八點左右，男子前往東京都XX區XX的警署自首，坦承在廢棄賓館的屋頂與人發生爭執，不慎害對方墜樓身亡。

警方以殺害大山正紀的罪嫌，將自首的嫌犯大山正紀逮捕。目前正在深入調查，兩個同名同姓的人究竟有何瓜葛。

二〇二一年一月二十六日報導」

正紀愣愣地看著報導，心跳逐漸加快，太陽穴一帶血管跳動的聲音也變大了。

大山正紀害死了大山正紀。

旁人一定會覺得這篇新聞莫名其妙，報導沒有刊出嫌犯和被害者的照片。

——都結束了。你關注一下最近的新聞，很快就會明白了。

足球健將大山正紀說過的最後一句話，在正紀的腦海中迴盪。

正紀終於明白他的意思了。

足球健將大山正紀和殺人犯「大山正紀」扭打，害死了對方，所以他才說一切都了斷了。

想不到，竟是這樣結束的。

「大山正紀」的惡夢，由大山正紀親手畫下句點。

可是，這一切當真結束了嗎？

大山正紀害死了「大山正紀」，世人會不會當成一則趣聞，繼續關注這個名字呢？

犯案動機肯定是受惡名連累的關係吧。足球健將大山正紀表面上講得很坦蕩，內心想必也充滿痛苦與憎恨。

直接跟元凶對話，未必壓抑得了自己的情感。

他跟止紀講電話時，就決定要自首了。

正紀關掉新聞頁面。大山正紀害死「大山正紀」的案子，很快就會引起軒然大波。不了解受惡名連累之苦，或是沒有同理心的人，大概又會講一些自以為是的見解吧。

人類總是無法理解他人的痛苦。

那些高舉正義大旗攻擊邪惡的人，又有幾個真的關心過他人的痛苦？

正紀打了一封簡訊，傳給「大山正紀同名同姓被害者互助會」的所有成員，簡訊中附上剛才看到的新聞連結，並註明下次聚會可能是最後一次。

隔天臨時召開聚會，除了正紀以外，另外五個人也來了。

分別是中等身材的大山正紀、染髮的大山正紀、獅頭鼻的大山正紀、研究員大山正紀、中學生大山正紀。至於住院治療的家教大山正紀，以及被逐出互助會的小眼睛大山正紀，這兩個人沒有回應。

記者則說自己本業繁忙不克參加，反應相當冷淡，想必只是藉口。殺人犯「大山正紀」一死，記者對同名同姓的議題就不感興趣了，畢竟最棒的新聞材料已經不在這世上。

未成年時犯下重罪的犯人，如今償還罪孽後回歸社會，相貌卻被公諸於世——採用這種激進的手段，「大山正紀同名同姓被害者互助會」會廣受世人矚目，有極佳的話題性。身為互助會一員的記者，幫助那些受苦受難的人發聲，也能享有揚名立萬的機會。

——你真的是為我們著想嗎？還是在利用我們，製造新的社會議題？

正紀想起了足球健將大山正紀說過的這句話，或許記者的心思被他說中了吧。

因此，當同名同姓問題無利可圖，記者就不再感興趣了。

「我一直有在追新聞，都沒有後續報導呢。」染髮的大山正紀說話了。

研究員大山正紀搖搖頭，感嘆地說道：

「竟然會是這樣的結局……」

聽得出來他的語氣很懊悔。

凝重的氣氛籠罩現場。

大家都在思考，自己這一路走來是否走偏了？互助會一開始組成的動機，純粹是分享被惡名連累的遭遇，互相安慰鼓勵。結果，身為局外人的記者比當事人還要義憤填膺，他們也被記者煽動，自以為公布犯人長相是在替天行道，拯救自己的人生。

而這就是下場。

就某種層面來看，互助會採用的是以暴制暴的做法，足球健將大山正紀反對這種做法，但他和殺人犯「大山正紀」碰面後，悲劇就發生了。互助會害他被捲入事端之中。

最先打破沉默的是獅頭鼻大山正紀：

「不過，這下子我們總算得救了。殺人犯『大山正紀』身亡，其他人就不會誤以為我們是殺人犯了。」

中等身材的大山正紀反駁道：

「這次下手的同樣是大山正紀，而且犯案動機是被惡名連累。」

「換個角度想，世人會關注我們的痛苦啊。」

「又不一定會這樣發展，這一次他們都成人了，名字會被公布出來。到時候，大山正紀這個名字，會成為全天下消遣的對象。」

「應該不至於吧……」

「你把網路鄉民看得太善良了吧？大山正紀害死『大山正紀』，被害者還是有前科的變態殺人犯，犯案動機則是被惡名連累所致，這是很適合拿來消遣的談資。各大論壇、社群網路肯定鬧得沸沸揚揚。談話性節目也會直接報出真名，同名同姓的人再怎麼不情願，也會被世人關注。」

獅頭鼻大山正紀憂鬱地低下頭，大概是想到自己即將面臨的慘澹未來吧。

「還有啊。」染髮的大山正紀嘆了一口氣，說道：

「大山正紀先生犯案的理由，是受到惡名連累的關係，一旦檢警認定墜樓是扭打造成的意外，法官應該不會判得太重，也有可能判緩刑。變態殺人犯『大山正紀』消失了，但另一個犯案的大山正紀依舊存在。以後我們談起同名同姓的苦楚，別人也只會懷疑，我們是那個殺死戀童癖的大山正紀。」

這是很有可能的事情，犯下傷害致死罪的大山正紀，同樣會影響到他們的人生。

為何事情會變成這樣呢？

他們打從心底期望殺人犯「大山正紀」消失，但這不是他們要的結局。究竟是哪一步走錯了，才會走到這萬劫不復的地步？

「話說回來，我不懂的是，他們之間發生了什麼事。」研究員大山正紀大呼不解。

「你的意思是？」正紀對他的疑問也頗感興趣。

「聽說，他跟殺人犯『大山正紀』碰面，得知對方殘殺女童的動機，跟過去被霸凌的經歷有關。殺人犯『大山正紀』曾被女童的姊姊欺負是吧？你想想，殺人犯『大山正紀』願意說出自己的心裡話，又怎麼會演變成扭打的局面呢？」

「這就不得而知了，他在電話裡沒有提到這些事。新聞有後續追蹤報導的話，或許就能知道答案了吧。」

足球健將大山正紀過去受到惡名連累，失去了保送體育名校的機會。

經過漫長的時間，他表面上接受了平凡的人生，但實際上是如何就很難說了。搞不好他們碰面談話後，長年壓抑的情緒突然爆發了吧。

實情如何沒有人知道。

就在這時候，眾人聽到敲門的聲音。

正紀和其他成員面面相覷，現場也就兩個人沒到，可能是其中一人來了吧。

「我去應門。」

正紀前往入口開門。

門外是足球健將大山正紀。

正紀錯愕不已，不曉得該做何反應。足球健將大山正紀不是被逮捕了嗎？怎麼會出現在這裡？

檢警沒有這麼快放人吧？

其他大山正紀湊過來，一看到來者都大吃一驚，活像看到鬼一樣。

「你……你怎麼來了？」

正紀以顫抖的嗓音問話。

足球健將大山正紀環顧與會者，說出他來的原因：

「我收到你們要辦聚會的簡訊，猶豫了很久才決定過來。」

正紀是一次傳送給所有聯絡人，省下一一傳送的麻煩，只不過——

「你不是被逮捕了嗎？」

「逮捕？」

足球健將大山正紀歪著頭，不懂正紀在說什麼。

「我看過報導了，『大山正紀』墜樓身亡。是你從廢棄賓館的頂樓，把他推下去的吧？」

「不是我。」

「那是誰？」

「去自首的，是那個殺人犯『大山正紀』。」

足球健將大山正紀先深呼吸一口氣：

「啥？」

無法理解的字句，就跟未知的語言一樣陌生難解，正紀完全聽不懂意思。

「墜樓身亡的不是殺人犯『大山正紀』？」

「不是。」

「殺人犯『大山正紀』還活著？」

「沒錯，等全案調查清楚，新聞也會公布犯人的照片吧。」

被逮捕的是殺人犯「大山正紀」。

如果這是真的，那還有一個懸而未決的大問題。

墜樓身亡的到底是誰？

正紀的背脊都涼了。

世上還有其他可能人選嗎？沒參加「大山正紀同名同姓被害者互助會」的大山正紀，自然不知道犯人的長相和聯絡方式，也就無法和犯人接觸。換句話說，墜樓身亡的是互助會的成員之一？

這次沒參加聚會也沒回信的——

只有小眼睛的大山正紀，以及家教老師大山正紀。正紀不久前才和家教老師通過電話，剩下的——

正紀緊張地吞了一口口水，吞嚥聲在自己耳中聽起來格外響亮。

「大山先生。」正紀先輕喚足球健將大山正紀，接著說道：

「你三天前和殺人犯『大山正紀』碰面詳談對吧？那麼，墜樓身亡的事件是在那之後發生的嗎？可是，你好像早就知道那件事了。難道，當天廢棄賓館的頂樓上有三位大山正紀，剩下的兩位扭打在一起。」

足球健將大山正紀靜靜地搖頭：

「墜樓身亡的事件是一個多月前發生的。」

「啥？」

「殺人犯『大山正紀』在一個多月前，和他以前的同學鬥毆，害對方墜樓身亡。」

39

大山正紀造訪互助會，看到其他人困惑的反應，開始思考整件事該從何說起。

「總之，先進來再談吧。」

最年長的大山正紀提議，其他成員也點頭同意。主辦人大山正紀讓出一條路，請正紀進門。

正紀走到會場中央，背後感受到眾人的視線。

他站在桌子前面，轉身面對每個神情嚴肅的大山正紀，和他們視線相會。

「那麼，你剛才談到殺人犯『大山正紀』，以前有個同學對吧？」

主辦者大山正紀直接開門見山。

「我一件一件慢慢講吧。」正紀先說了句開場白。

「四天前，你們回去以後，我一個人苦思良久，最後傳了封簡訊給殺人犯『大山正紀』。我也沒期待他回信，或許我只是想要一個藉口，證明自己也有出過一點力吧。不料，他竟然真的回信了。」

「為什麼他只回你的信？」

「這我也不曉得，反正我就順著自己的心情，寫下我想講的話。那種意氣用事的文章可能挑起他的興趣了吧，總之他回了一封信，想跟我見面詳談……我考慮過後答應赴約，場所不是廢棄賓館，而是他指定的公園。那座公園挺大的，人不多就是了。」

「為什麼你要獨自赴約？」

「他說我找其他人過去的話，他就不會現身了。那座公園沒什麼遮蔽物，他可以從遠方觀察來赴約的人吧。」

主辦者大山正紀一副無法諒解的表情，但還是默默點了點頭。

「我就是在那裡跟他對談的。我問他為何要假冒我的身分，他說他很羨慕我。因為我高中時代在足壇上很活躍，受到各方的關注和愛戴。我們姓名相同，年紀也相近，他才會特別注意我吧。」

「我也一樣，他的心情我能體會。」

「他得知網路上有『大山正紀同名同姓被害者互助會』以後，決定假冒身分參加。可是在自我介紹的時候，他很著急，不知該怎麼回答才好。於是他急中生智，冒用我的身分。他聽完其他人自我介紹，發現我沒有到場。」

——我想成為幸運的大山正紀。

據說，殺人犯「大山正紀」說過這句話，表情還十分真切。

事實上，正紀高中時專心踢足球，每天都過得很充實，對未來也有夢想。他努力實現自己的足球夢，追求一個名動天下的未來。

「我也說出了自己的心聲。」

正紀獻出自己的青春專心踢球，想要站上光明璀璨的舞台。不過，同名同姓的少年犯下血腥兇案，在他的人生留下一道陰影，而且是他無法獨自抹去的陰影。

名校教練答應正紀的體保資格也泡湯了，到頭來只能就讀成績不怎樣的普通大學，加入弱小的足球社團，踢一些玩票性質的比賽。代替他進入名校就讀的競爭對手，在天皇盃表現傑出，獲得了職業球團的關注。正紀看到那則新聞，心情難以平復。自己花了兩、三年才忘掉的夢想，競爭對手早已實現。

四年後，殺人犯「大山正紀」重返社會。正紀害怕自己的人生遭受牽連，但他並沒有輸給惡名。

——我要憑自己的力量，奪回屬於我的人生。

正紀下定決心，重新追逐夢想。

「殺人犯『大山正紀』說，他跟我不一樣，他被惡名的壓力給打垮了。之後，他說出自己的遭遇。我在電話裡也提過，他高中時曾被霸凌。有一個叫大山正紀的小學老師，犯下猥褻女童的罪行被逮捕，他也無辜受到牽連。」

——你以後也會犯下性侵案吧？

「大山正紀」很喜歡動漫，他只是在教室裡畫可愛的女孩子，同學就對他抱有偏見。理由是他跟性侵犯的名字一模一樣。

因為他在求學時代也被性侵犯的惡名連累過，所以才會參加「大山正紀同名同姓被害者互助會」吧。

「其實，他讀的那間高中，還有另一個大山正紀。」

所有人都發出驚詫和疑惑的聲音。

「他們就讀不同的班級，對方同樣叫大山正紀，但沒有被欺負。」

「還有這樣的大山正紀……」主辦者大山正紀皺起眉頭，表情顯得很複雜。

「兩個人的際遇比較起來天差地遠，他一定更加痛苦吧。畢竟身邊就有一個沒被欺負的大山正紀。」

「我想是吧，他在那樣的環境裡受苦，對人生絕望，才會犯下那樣的罪行。」

「可是！這點理由不值得同情吧。」獅頭鼻的大山正紀憤然反駁。

「誰沒有難堪的過去啊，絕望到想自暴自棄的又不是只有他一個，但也沒像他那樣亂殺人啊。大家的心靈被扼殺，也還是咬緊牙關撐下去。」

殺害一個無辜的六歲女童，「大山正紀」就是無庸置疑的加害者，遭受霸凌不是動手殺人的正當理由。然而，這個事實公諸於世，說不定能改變輿論風向。因為這世上有太多人受過不公平的待遇，多到難以想像的地步。

不懂打扮、長相難看、個性陰沉、不善溝通、喜歡動漫、常畫萌圖、不會念書、跟性侵犯同名同姓。這些都是遭受霸凌的理由。

在現實生活和網路中，安分守己的人也會受到這種無理取鬧的攻擊和中傷。一定有人會同情「大山正紀」的洩恨之舉。

主辦者大山正紀問道：

「所以那個墜樓身亡的，是他以前的同學囉？」

正紀點點頭。

「談到那個同學的時候，殺人犯『大山正紀』說，那個人已經不在世上了……我問他為什麼，他才坦承一個多月前，他接到那個同學的聯絡，對方約他出來碰面。」

——老實說，我沒想到你會願意來。

——我被你害得很慘，就因為我們同名同姓，我的人生都被你毀了。

那個同名同姓的同學道出了多年來的積怨。過去同名同姓的狼師犯下性侵案，他並沒有受到惡名連累；但同一間學校有同名同姓的人犯下血腥凶案，這種程度的不良影響可就躲不過了。他跟其他大山正紀一樣，在各種場合都吃足了苦頭。

「不在場證明我都安排好了。」

同名同姓的同學說完滿腹委屈後，殺意畢現。

——只要你還活著，我就無法擁有自己的人生。

——我要奪回自己的人生。

那個同學情緒失控，憤怒襲擊殺人犯「大山正紀」。二人在廢棄賓館的頂樓扭打，最後那個同學墜樓身亡。

殺人犯「大山正紀」，殺害了第二個人。

據說，殺人犯「大山正紀」也被眼前發生的事情嚇到。這次媒體會刊出他的照片，他再也無法回歸社會。

——萬一屍體被找到，人生就徹底結束了。

「走投無路的『大山正紀』決定隱匿犯行。他打電話給母親，叫母親開車來幫忙載運屍體。」

「這也太扯了吧……他的母親怎麼會幫這種忙……」主辦者大山正紀搖頭反駁。

「按照他的說法，在他犯下殘殺幼女的血案以後，他的母親受不了輿論抨擊，試圖了結自己的性命。曾經走投無路的母親，一聽到兒子又動手殺人，大概也心慌意亂了吧。」

某天一覺醒來，自己的兒子突然變成血腥的殺人犯，當母親的痛苦難以想像。不僅要承受輿論的批判，還要面對媒體的精神轟炸，以及鄰居的指指點點。

正紀操作手機，調出他事先存下的一則新聞給大家看。

「二十日上午八點半左右，有民眾通報在奧多摩的懸崖下，發現一名男性身亡。根據警視廳的說法，男性吊掛在樹木上，距離山道的斜面大約五公尺左右。死者名叫大山正紀（二十三歲），死者的母親表示，兒子兩天前說要去健行，之後就音訊全無了。警方認為死者是在健行過程中，不小心跌落山崖身亡。」

「你們看。」

「啊！」主辦者大山正紀一看到新聞，立刻發出驚呼聲。

「這篇報導我有印象，之前我看過。大家還在聚會時討論，如果死的是殺人犯『大山正紀』，我們的人生就解脫了。原來，這就是你說的案件？」

正紀吁了一口氣緩和緊張情緒，頷首說道：

「死者是殺人犯『大山正紀』的同學，兩人學年相同，歲數也一樣。」

「我們還以為是單純的意外呢。」

「那個同學安排不在場證明，想要殺害『大山正紀』，結果反而害到自己。」

同名同姓的同學欺騙家人，說要去奧多摩的山區健行，而且在下手之前，還把這件事情告訴殺人犯「大山正紀」。沒想到這個不在場證明，反過來被殺人犯「大山正紀」利用。殺人犯「大山正紀」把屍體運到奧多摩山區，拋下懸崖，偽裝成登山意外。

主辦者大山正紀緊張地說道：

「這次媒體會報出兇手的名字，社會大眾一旦知道兇手是殘殺幼女的『大山正紀』，肯定會引起軒然大波，這是時間早晚的問題。」

正紀也想過這個可能性。

「事情肯定會演變到那個地步，我們也得做好心理準備才行。」

「這次媒體也會刊出犯人的照片。」獅頭鼻的大山正紀湊上前，表達自己的主張：「犯人的長相公諸於世，就能證明我們不是變態殺人犯了，也不見得是壞事啊。」

年紀最大的大山正紀，倒是有不一樣的看法：

「照片會不會刊出來，這就很難說了。未成年罪犯在成年出獄後再次犯案，媒體處理起來也會特別謹慎。萬一檢警認定他是正當防衛，也有判無罪的可能性，如此一來媒體就更不可能公布照片了。」

所有人都不說話了。

這次殺人犯「大山正紀」自首，搞不好只會害這名字更加惡名昭彰。

「殺人犯『大山正紀』為何要自首呢？」

染髮的大山正紀提出問題。

「警方也不是笨蛋，屍體被發現以後，由於死者的母親有說過兒子要去健行，因此警方對外宣稱是意外，媒體也按照警方的說詞來報導。不過，警方也懷疑死亡現場在其他的地方，沒有懈怠調查。」

「你這情報哪裡來的？」

「殺人犯『大山正紀』告訴我的，警方調查被害者的電腦，發現裡面有殺人犯『大山正紀』出獄後的各種相關訊息，因此循線找上他問話。他知道自己被警方盯上，被逮捕只是時間早晚的問題，乾脆決定自首。」

大夥點點頭，都接受這個說法。

「對了，互助會中，是不是有被攻擊的大山正紀？」

主辦者大山正紀不明白，為何正紀要提完全不相干的話題，但他還是如實回答，被攻擊的是家教老師大山正紀。

「是殺人犯『大山正紀』攻擊那個家教老師的。」

「咦？為什麼他要那樣做？」

「他說，那個家教老師就是猥褻女童的狼師。」

在場所有人都發出驚呼聲。

「狼師謊報年齡加入了互助會。殺人犯『大山正紀』高中時活在那個狼師的陰影下，所以一碰面就發現對方偽裝身分。『大山正紀』有看過狼師被逮捕的照片，後來他壓抑不住內心的怒火，出手報復那個狼師。」

「原來是這樣啊……七年前我上網查到那則性侵案的新聞時，沒有點進去看，並沒有看到狼師的照片。」

「你要是有點進去看照片，應該也會注意到吧。可惜發現狼師身分的，只有殺人犯『大山正紀』。」

「對了，我之前在聚會上說出家教老師遭受攻擊的事情，殺人犯『大山正紀』也說他搭電車時，背後被人貼了一張惡意中傷的文宣，甚至還說出『狩獵大山正紀』這種聳動的字眼……現在看來，那張文宣也是他自己準備的，這樣就可以把攻擊家教老師一事，偽裝成鄉民動私刑了。」

這一切，都是同名同姓的負面連鎖效應。

主辦者大山正紀低著頭，自言自語地說道：

「那我們以後該何去何從啊？」

正紀一咬牙，發出了嘆息。

殺人犯「大山正紀」被逮捕，人生是不是就不會被惡名連累了？

沒有人知道答案。

網路鄉民每天都在互相傷害，每個人都在替自己傷人的行為尋找正當的理由，被傷害是理由，心情不好也是理由，憤慨也是理由。沒有人懷疑過自己的理由是否正當，也沒想過自己的正義是否會造成別人的痛苦。

被惡名連累的人生到底算什麼？罪過該算在誰的頭上？該算在犯罪者的頭上？還是該算在那些不分青紅皂白的鄉民頭上？難不成，自己敗給了惡名，應該算在自己的頭上？

自己的名聲比不過惡名昭彰的罪犯，這是理所當然的。負面新聞總是令人印象深刻。

「『大山正紀』犯案以後，我一直在思考一個問題。我認為，大家都太喜歡攻擊別人了。」正紀說出自己的感想。

疫情蔓延以後，人們不得不過上自我約束的生活，理性和道德再也壓抑不了人性中潛藏的攻擊性。公務員、自營業者、自由工作者、藝人、運動選手，只要有人膽敢抱怨，就會被鄉民群起圍攻，連PO一張開心的照片，都會被當成幸災樂禍。

「大山正紀」在這種情況下出獄，正好成了洩憤的標的。

「之前有無辜的企業主管，被誤認為殺人犯的父親。還有一個叫大山正紀的女性，推文被鄉民誤解而引發眾怒，她的男友在幼稚園任職，也被鄉民冤枉，在網路上遭到誹謗中傷。殺人犯『大山正紀』求學時只是畫一些宅圖，就被同學欺負。這位小朋友，也是同樣的處境吧。」

正紀看著中學生大山正紀，聽說這位中學生也是受到惡名連累，在學校飽受欺凌。

「最可怕的是，有些人相信他們有權利決定該批判的對象。就連那些整天疾呼言語暴力不可取的人，只要看到別人犯下自己無法容忍的過錯，就會輕易地使用言語暴力。殺人犯就要被公審？性侵犯就要被公審？講出歧視性發言的人就要被公審？講話不得體的人就要被公審？外遇的藝人就要被公審？畫小黃書的漫畫家就要被公審？接受街頭訪問講錯話的普通人也要被公審？到底誰活該要被公審到自殺的地步？」

「那些鄉民只會說，他們純粹只是在批評自己無法忍受的事，沒有要逼人自殺的意思。」主辦者大山正紀對此也有感悟。

「是啊，不過那些被群眾批判的人，只是剛好沒去自殺而已。」

「剛好沒去自殺？」

「那些講錯話、做錯事、興趣不被大眾認同的人，受到群眾的批判以後，只是剛好沒有去自殺。而批判的一方以為自己有公審別人的權利，被公審的一方又剛好沒去自殺，所以鄉民才不用背負『殺人的罪孽』。」

侮蔑人性的言語暴力，本來就具有足以殺人的凶惡特性。

「各位不妨回想一下自己的求學時代，每個人都開過一些惡劣的玩笑，或是講過一些不該講的話。敢說自己從來沒犯錯的人，要不是忘記了，再不然就是毫無自覺吧。結果現在網路社群普及，不小心講錯一句話人格就會被侮蔑。不管你過去做過多少善事，講錯一句話就會被當成惡人批判。」

主辦者大山正紀默默點頭。

「這是個不允許原諒他人的時代，不跟著鄉民一起批判，鄉民就會罵你姑息養奸、助紂為虐。很多人害怕遭受攻擊，只好跟著一起批判那些倒楣的犧牲品。這就是霸凌生成的結構性問題，大夥一同霸凌不合群的對象，不跟著霸凌的就會成為下一個目標。」

「你講的沒錯，我以前也想過這個問題。」

「在這個扭曲的時代，稍微談一下自己努力的經驗也會被攻擊，我就有親身經歷。我媽支持我追求夢想，每天精心烹煮營養均衡的飯菜給我吃。我在高中足壇上大放異彩，媒體採訪我媽時，我媽也有說出這件事。結果，有網紅批判我媽，鄉民也跟著群起圍攻。

「『不要講得一副很偉大的樣子好嗎？真令人不爽。』

「『為什麼母親就該盡心盡力？少噁心了。』

「『萬一其他小孩也要求自己母親照辦，這責任你們擔得起嗎？』

「『這篇報導根本是在苦毒其他母親，會產生不良影響。』」

區區一個網紅的批判像傳染病一樣迅速蔓延，讓廣大群眾感染到負面情緒。

包括憤怒、憎恨、悲哀——

「我媽只是善用她的營養師資格，來照顧我這個兒子，我看到那些批判很難過，我媽也非常難過。那些鄉民居然還說，那篇報導會有不良影響。他們在講那句話之前，應該先想想自己的發言有多傷人吧？我受不了那種充滿攻擊性的環境，兩、三年前就很少用網路了。後來終於擺脫雜念，得以專心朝目標邁進。」

「原來是這樣啊。」

「我覺得，我們也該擺脫人性的『惡意』了。把人逼死的言行舉止，沒有絲毫正義可言。」

大山正紀，就這麼一個單純的名字。

正紀環顧其他同名同姓的人。

他們是另一個自己。

不過，又不能算是真正的自己。大家同名同姓，感覺跟複製人差不多，但彼此的生平、出生年月日、家庭環境、朋友、價值觀、思維、特長都不一樣。大家都是獨立的個體。

正紀輕嘆一口氣。

他身旁的親朋好友，大概也跟其他人同名同姓。從這個角度來看，全日本的民眾幾乎都是如此。被殺害的津田愛美小妹妹，一定也有人跟她同名同姓。看到媒體連日報導「自己的死訊」，同樣叫津田愛美的人應該也不愉快吧，而且對那起凶案會特別感同身受。

「我現在很認真在踢球。」正紀談起自己的現況。

其他大山正紀都愣住了。

「老實說，現在才要進入職業足壇太晚了。不過，乙級聯賽的選拔，我去參加了。選拔很少開放普通人參加，好在高中時的教練有幫忙介紹，我才有機會挑戰。」

「那那結果如何呢？」

主辦者大山正紀眼巴巴地望著正紀。正確來說，他急著追問出一個答案，彷彿這個答案是拯救他自己的關鍵一般。

「我當上『練習生』了，雖然沒有薪水，但可以參加球團訓練，表現好的話未來也有機會簽約。」

「簽約？」

「就是像中澤佑二那樣的例子。他是踢後衛的，也是從練習生轉為職業選手，後來在日本職業聯盟大顯身手，獲選日本代表隊。努力，是能夠開創未來的。」

努力幹出一番成果，要顛覆惡名絕非不可能。

「我會試著消除惡名。不管要花多少年，我都要弘揚我的名聲，抬頭挺胸活下去。」

正紀說出自己的決心。

確實，有些人一看到正紀的名字，就對他抱有偏見和疑心。然而，大學足球社的隊友對他依舊友善，跟那些隊友相處久了，他才發現自己太在意其他人的惡名了。再者，母親也贊成他繼續追求夢想，這對他也是一大鼓勵。

母親曾經告訴正紀，她在懷孕時有多期待正紀出生。母親花了一個多月的時間，精心思考兒子的名字，最後想到「正紀」這兩個字，涵義是踏上正途、遵守綱紀。

沒錯，同樣的名字有著不同的期許。就算是同名同姓，那也是獨一無二的姓名。

所有大山正紀的視線，都集中在正紀身上。

「大家一起來消除惡名吧，一個人力有未逮，所有人一起努力總辦得到吧？讓我們一起奪回自己的名聲。也許會花上不少時間吧，但大家持續努力，慢慢改變人們心中的印象，總有機會扭轉的。」

「一切操之在我。」主辦者大山正紀喃喃自語。

「是的，抱著積極的心態努力吧。不要公布犯人的照片了，這樣太激進了。」

「我贊成，我也要在自己的研究領域幹出一番成果。」最年長的大山正紀，語氣也鏗鏘有力。

所有大山正紀齊心協力，終有一天——

染髮的大山正紀，獅頭鼻的大山正紀，中等身材的大山正紀都堅定地點點頭。

少年大山正紀顯得有些侷促，但同樣以堅定的語氣說道：

「那我在學校，也會勇敢面對霸凌。」

姓名——

這是一個捉摸不定，卻又無法輕易切割的象徵。人們對於同名同姓的對象，內心多少會有一些芥蒂。其實雙方深入對談，說不定會比興趣相同的人更談得來。

現在所有人都感到清爽自在。大山正紀之名被玷汙的這幾年來，他們終於有撥雲見日、豁然開朗的感覺。

大夥，都看到了未來。

後話

大山正紀盤坐在拘留所中，盯著眼前的牢籠。

他想起自己在公園和足球健將大山正紀碰面的經歷。足球健將大山正紀的簡訊，隱隱透著一股傲氣。對方一開始先吐露這幾年所受的苦，最後卻說自己沒被惡名打敗。以一個被惡名連累的人來說，足球健將大山正紀十分特別，他對那個人很感興趣。因此，才想跟對方見面詳談。

實際見了面，互相說出心聲後，正紀決定向警方自首。

不曉得少年時代的前科，對這次的意外有何影響？檢警會認定是正當防衛嗎？還是會判過失致死？

至於那個同名同姓的同學——

他們之間有一種類似同性相斥的情緒，兩人姓名相同、學校相同、學年相同，連住的地方都在同一棟公寓。

正紀想起自己犯下凶案後，所引發的一場騷動。那是他出獄以後出於好奇心調查的。起因是鄰居發的一則推文。

「附近的公寓前面停了好幾輛警車，鄰居們議論紛紛，不曉得出了什麼大事？」

鄉民的推文也附了截圖，照片拍出公寓和好幾輛警車，以及多名制服警察。同一個鄉民還發文表示，原來警方帶人到附近公寓，是在調查「愛美小妹妹凶殺案」。一想到犯人住在自家附近，那位鄉民差點沒嚇死。

於是乎，其他鄉民開始肉搜犯人住所。從庭園的樹木間隙，看得到二〇六號房的門牌。門牌的照片有放大，上面清楚印著「大山」二字。照片在網路上瘋傳。鄉民們以為殺人犯住在二〇六號房，二〇六號房的一家之主，也被鄉民公布上班地點。

事實上，網路鄉民搞錯對象了。住在二〇六號房的，是那個同名同姓的同學。

網路鄉民先找到住在二樓的大山家，就以為那裡是犯人的住所。如果他們也有確認四樓的門牌，就會發現同一棟公寓有兩戶大山家。

沒錯，就讀同一間高中的兩名大山正紀，都住在同一棟公寓。警察按下的是四〇五號房的門鈴。

「我偷偷跟蹤了大山正紀的父親，他爸在『高井電器』上班。他媽都沒出門，很可能是家庭主婦！」

「我在『高井電器』的官網上找到高階主管的名冊。犯人的父親叫大山晴正，年齡四十八歲。原來殺人魔的老爸是人生勝利組，年收應該破千萬，媽的不可原諒。」

「在電視上把責任推得一乾二淨的傢伙，就是他啊！」

「一看就是會養出變態的嘴臉，不講倫理道德、做人又白目的垃圾父母。」

「養出殺人犯的父母，別想過安穩日子了！永遠活在恐懼中吧！」

那位父親接受採訪的報導，也被鄉民挖出來撻伐——「我用自己名字裡的正字，來替兒子命名，期許他成為跟我一樣的好人。我希望他人如其名，行事端正信守綱紀，有一顆體貼別人的善心，過上幸福美好的人生。」

「這下確定他們是一家人了，他說兒子的名字也有正字嘛。」

鄉民們攻擊的全是那個同名同姓的同學。不過，幾天後，該名同學的父親任職的「高井電器」發表了公開聲明，輿論的風向也改變了。

「關於津田愛美小妹妹慘遭殺害一事，本司亦深感沉痛，也希望家屬節哀順變。又，本司職員大山晴正，與被逮捕的少年並無血緣關係，網路上的說法純屬空穴來風，還望謠言止於智者，勿再以訛傳訛。」

好在有那一場獵錯巫的騷動，正紀的父母才倖免於難，鄉民的肉搜也收斂了不少。只不過犯案的事終究瞞不住鄰居，最後他們還是不得不搬家。

正紀想起他跟足球健將大山正紀說過的故事。

就讀同一間高中的兩名大山正紀，一方墜樓身亡，另一方活了下來。

真相是，被欺負的阿宅大山正紀，才是墜樓身亡的一方。跟女同學一起欺負人的大山正紀反而活了下來。

升上高中以前，正紀是一個很不起眼的孩子，從來不受女生歡迎，也沒什麼跟女生交談的機會。偶爾擔任幹部跟女生一起做事，交談內容也僅限於公事。

升上高中以後，正紀有心改變自己，但改得了外在氣息，改不了內在本質。

就在這時候，正紀得知同一學年有另一個大山正紀。

正紀向其他人打聽另一個大山正紀的消息，偷偷觀察對方的一舉一動。原來，那個大山正紀是典型的阿宅，平常都在教室裡乖乖畫圖。

我可不想被當成那種人。

正紀打從心底這麼想，他不希望「大山正紀」成為不受歡迎的代名詞。

至少他自己不能變成那樣。因此，他故意凸顯彼此的差距。

同樣是大山正紀，我跟那傢伙完全不一樣，絕對不要拿我跟他比。

正紀凸顯自己跟阿宅的不同，整天講一些討好女同學的話，來獲得女同學的支持。滿口違心之論，就只為了讓自己更受歡迎。最後他還學到了一個方法，就是把阿宅大山正紀塑造成壞人，來凸顯自己正義的形象。他用傷害另一個人的方式，確保自己安全的地位。

「這叫什麼？萌圖是嗎？我真的受不了這種東西，生理上完全無法接受。這世上不是有很多健全的作品嗎？為什麼不看那種的啊？」

「不要在二次元得不到滿足，就跑去當性侵犯啊。要是還有其他大山正紀犯法，會玷汙我的名字。」

「女生討厭的嗜好，勸你還是放棄比較好。錯的人是你，好好反省改進啊。你畫的東西傷害到她們了，她們有批判你的權利。」

批評別人的倫理觀念，平凡無奇的自己就成了大善人，旁人也深信不疑。實際上，那些跟正紀有同樣價值觀的女同學，看到他拚命批評阿宅大山正紀，便對他的言行讚不絕口。過去他從不受女生歡迎，現在卻突然獲得了女生的好評。

這也讓他學到一個教訓，討好性格溫柔的女生，不會有太大的效果。相反地，討好那些經常批判別人的女生，迎合她們的主張，就能得到旁人的讚賞。在他的眼中，那種女生特別好騙。

「真不愧是大山同學，跟這一個大山完全不一樣呢。」

「跟只會畫噁爛圖的死宅大山完全不一樣呢。」

「大山同學說得太有道理了。」

「你最懂女孩子的心了！」

「沒錯，我們受傷了，好可憐喔。」

「哪像另一個大山，連自己做錯事都不知道。」

女生尊敬的目光帶給正紀很大的快感，犧牲和批判他人，是獲得讚賞的最快途徑。同名同姓的另一個大山正紀，是最好的標的。

拿另一個大山正紀來比較，作賤對方，更可以拉開彼此的差距。

——你的人生糟糕透頂，是你自己的問題。誰叫你不努力，我可是努力過了。

當初在廢棄賓館的頂樓，正紀就是用這句話，來搪塞阿宅大山正紀的指責。

——同名同姓的人犯下的罪過，會由其他同名同姓的人來擔。

正紀努力塑造良好的形象，好讓大家相信他跟那個小學狼師不一樣。把阿宅大山正紀當成犧牲品，也是形象操作的一環。他頻繁前往隔壁班，目的就是要凸顯雙方的差距。

據說，阿宅大山正紀高中時曾經自殺未遂，搞到後來還想報復霸凌自己的女同學，結果被當成「持刀攻擊弱女子的敗類」，在班會上受盡指責，變成不敢上學的家裡蹲。

不想被欺負的話，為何不迎合那些女同學呢？只要那個阿宅大山正紀乖乖道歉，發誓以後不再畫萌圖，就不會再受到欺負了。

我就是那麼做的。

正紀徹底討好對方，以免成為被攻擊的一方。那些女同學講話再怎麼蠻橫，他都給予無條件的認同，從不表現出真正的自我。所以，他從沒被欺負過，在其他人眼中甚至還是一個受歡迎的男生。

講一些違心之論討好對方，或者矯飾自己，迎合其他人的意見，這點小事大家都在做不是嗎？

直到那個霸凌人的女同學談起她的妹妹，這一切才全變了樣。

「我有一個念小學的妹妹，我超擔心她的！她長得非常可愛，還當過雜誌的讀者模特兒，萬一被變態盯上怎麼辦？」

正紀對那個女同學的妹妹有點興趣，女同學也大方秀出照片。不愧是當過讀者模特兒的小女生，真的非常可愛，跟姊姊完全不一樣。

六歲小妹妹的笑容天真無邪，一點也不像只會欺負人的姊姊，正紀完全被迷住了。他裝出一副道貌岸然的模樣，擔心小妹妹被阿宅大山正紀玷汙，其實是怕大家發現他對小女生感興趣。

正紀努力克制自己的衝動，最後還是忍不住找上愛美小妹妹。他要把小妹妹拖進廁所時遭受抵抗，拿出了威脅用的刀子。

等他冷靜下來後，一切都無可挽回了。

正紀出獄後才知道，他就讀的高中鬧出了不小的風波。媒體有去採訪學生，學生對殺人犯的印象如下。

「那個人在班上很孤僻，都沒朋友。」

「他就是一般人說的宅男，很喜歡動漫，只有二次元角色才是他的朋友。」

「他很喜歡小女生吧。」

「女同學表示，看得出少年不習慣和現實中的女生相處，從來不敢正眼看女生，女生有事找他，他講話永遠支支吾吾。」

「由於少年為人陰沉，班上同學都不願與之來往。」

學生們談論的，都是那個阿宅大山正紀。

採訪內容或許有誇大之嫌，卻不是有意為之的謊言。幾乎全校師生都知道，阿宅大山正紀拿刀試圖攻擊女同學。

一個大山正紀犯案被捕，另一個大山正紀被霸凌到不肯上學。兩個大山正紀都不在，也難怪有學生搞混。

其他班級的學生跟他們不熟，都以為阿宅大山正紀才是殘殺六歲女童的犯人，誰叫他看起來就是一副有問題的樣子。

媒體早就預設立場，按照他們想報導的方式採訪學生，因此也沒發現學生搞錯人。或者應該說，媒體刻意忽視那些不自然的地方。

足球健將大山正紀誤以為這起殺人案是阿宅大山正紀的復仇。正紀希望這一個沒有屈服於惡名的人，能夠替自己做正面宣傳，所以才答應碰面。

只要有人證實，殺人犯「大山正紀」曾經受到被害者的姊姊霸凌，這個編造出來的故事就會被當成事實，在網路上流傳下去。故事講得煞有其事就行了，不用說得很客觀，就算缺乏事實根據，也會有一大堆白痴相信。

反正「愛美小妹妹凶殺案」也有不少傳聞被當成事實。鄉民們想知道的不是真相，而是他們想聽的故事，再也沒比這更蠢的風氣了。

正紀閉起眼睛深呼吸。

話說回來——

萬一沒有人相信也無所謂，這點小手段也騙不了警察，並不是重點。重點在於，這種方法騙得了別人，騙不了自己。

在少年監獄服刑七年的回憶，盡數浮上正紀心頭。

正紀很後悔自己一時衝動鑄下大錯，也確實有好好反省，跟被害者道歉。可是，他內心很害怕改過向善。

一旦改過向善，他就會體認到自己犯下多自私惡劣的罪行，不得不面對深重無比的罪孽。

放任欲望和激情，犯下凶殘的血案，這是無法推卸責任的大罪，也找不到一絲合理化的藉口。

這個罪孽實在太過沉重，沉重到他根本扛不起。

他很懷疑自己是否受得了。

因此，他想要盡可能得到一點救贖。沒有救贖，就沒有改過的可能。

如果我是那個阿宅大山正紀。

同名同姓的兩個人，他想成為比較有悲劇色彩，比較容易被同情的那一方。

正紀想欺騙的不是世人，而是自己的心。

自己的罪孽要是有那麼一點點值得同情的餘地——或許，就有資格改過向善了吧？應該就能忍受自己改過了吧？

正紀張開眼睛，看到的依舊是牢籠。

他不在乎被罵自私。

他只是想得到寬恕。

得不到寬恕，就無法在社會生存下去。

到時候回歸社會，有一件事他要先處理好。

他在出獄後跟律師討論過改名一事，用改名的方式消除前科很難受到認可。不過，少年犯被公布姓名有酌情考量的餘地。大山正紀的惡名無人不知、無人不曉，用這個理由提出申請的話，家事法院也許會同意改名。

正紀沒有馬上提出申請，主要是他害死了阿宅大山正紀。當時他害死對方後，已經料到自己會在不久的將來被逮捕。成年人改名後才被逮捕，新名字和舊名字都會被媒體爆出來。

這樣改名就沒意義了。

至少要等到司法不再追究他害死阿宅大山正紀後，改名才有意義。

「大山正紀同名同姓被害者互助會」的成員，還要承擔他留下來的惡名，而他自己卻能早早拋棄這可恨的名字。

這次，要用乾淨的名字活下去。

正紀祈禱未來的人生，不要再被名字束縛。

國家圖書館出版品預行編目資料

同姓同名／下村敦史著；葉廷昭譯. -- 初版. -- 臺北市：圓神出版社有限公司，2021.10
352 面；14.8×20.8公分 --（小說緣廊；22）
譯自：同姓同名
ISBN 978-986-133-788-3（平裝）

861.57　　110014071

Eurasian Publishing Group 圓神出版事業機構 用心與你對話・視野無限寬廣　圓神出版社 Eurasian Press

www.booklife.com.tw　　reader@mail.eurasian.com.tw

小說緣廊 022

同姓同名

作　　者／下村敦史
製　　圖／鈴木成一設計室
譯　　者／葉廷昭
發 行 人／簡志忠
出 版 者／圓神出版社有限公司
地　　址／臺北市南京東路四段50號6樓之1
電　　話／（02）2579 6600・2579 8800・2570-3939
傳　　真／（02）2579-0338・2577-3220・2570-3636
總 編 輯／陳秋月
書系主編／李宛蓁
責任編輯／胡靜佳
校　　對／胡靜佳・朱玉立
美術編輯／簡瑄
行銷企畫／陳禹伶・鄭曉薇
印務統籌／劉鳳剛・高榮祥
監　　印／高榮祥
排　　版／莊寶鈴
經 銷 商／叩應股份有限公司
郵撥帳號／18707239
法律顧問／圓神出版事業機構法律顧問　蕭雄淋律師
印　　刷／祥峰印刷廠
2021年10月　初版

定價 400 元　　ISBN 978-986-133-788-3　